Олег Радзинский

ПОКАЯННЫЕ ДНИ

Роман

2024

Любое использование материала данной книги,
полностью или частично,
без разрешения правообладателя запрещается.

Покаянные дни. Роман / Олег Радзинский. – BAbook, 2024. – 250 с.

ISBN 978-1-965369-00-5

© Олег Радзинский, 2024
© BAbook, 2024

Война началась в телевизоре. Но там не осталась.

Московская сага во время путинской войны в Украине. Семья Найденовых жила свою жизнь, а за окнами их квартиры шла иная жизнь, которой управляли иные люди. Найденовы думали, что так и будет – две параллельные, непересекающиеся жизни в одной стране. Или две страны – их личная и остальная Россия. Началась война и все поменялось. И теперь то ли бежать, то ли бороться. То ли пытаться склеить обратно, что разбила война.

Война началась в телевизоре. А потом танки скатились с голубого экрана и въехали в наши квартиры. Вместе с войной.

Книги Олега Радзинского:

«Посещение» (2000)

«Суринам» (2008)

«Иванова свобода» (2010)

«Агафонкин и время» (2014)

«Случайные жизни» (2018)

«Боги и лишние» (2021)

День конченый – не повторится.
День кончился. Что было в нем?
Не знаю, пролетел, как птица.
Он был обыкновенным днем.
А все-таки не повторится.

Зинаида Гиппиус

*Автор благодарит Бориса Гребенщикова
за идею названия.*

Содержание

8   Две сестры

49   Война за мир

90   Наступление и наказание

148   Остров Кавказ

209   Черное и белое

ДВЕ СЕСТРЫ

1

Далецкая появилась летом. За полгода до начала войны. Словно чувствовала: пора. Ее время.

Далецкая позвонила снизу. Вернее, позвонила консьержка Тося: «К вам пришли». Кто мог прийти в восемь утра к нам, в семью, где не вставали раньше десяти? Только мама бродила по квартире, забыв, зачем вышла и куда идет. Часто утром я заставала маму в передней: она стояла, прислонившись к стене, всегда в одном и том же месте, рядом с похожей на высокий темный куст вешалкой, и ждала, пока ее найдут и отведут обратно в спальню или посадят на диван в большой комнате. Я брала ее за руку, и, послушная чужой воле, мама шла за мной – молчаливая, отдельная, давно живущая в своей реальности-нереальности, словно дерево, что растет у тебя в саду, но ты о нем ничего не знаешь: оно само по себе. Мама жила сама по себе, а мы жили сами по себе. Мы вообще жили сами по себе – отдельно от всего нас окружающего. Так жили бы и дальше, если б не война.

– К вам пришли, – сказала консьержка Тося. И точно: к нам пришли.

Накануне ночью мы с Костей ссорились. Несерьезно, как часто ссорились в последние годы. Ссора как ритуал. Пора серьезных ссор минула, прогремела над нами – короткая летняя гроза, гром, молнии, сполохи – в начале совместного времени. Невозможно быть женатыми шесть лет и продолжать ссориться серьезно: тогда нужно разойтись. Расходиться мы не собирались, потому ссорились несерьезно. Да и не из-за чего было серьезно ссориться: мы оба это давно поняли. Все равно он меня за все прощал. Заранее.

Раньше – когда только стали жить вместе – я боялась, что не простит. Уйдет. Потом поняла: не уйдет. Простит. Он и прощал.

Одно плохо: из-за этих ссор по ночам я не высыпалась. Костя продолжал и продолжал говорить – выспрашивать с кем и как, что делали, и не мог успокоиться, пока я не чувствовала, что момент настал, что он возбужден от своих расспросов, от мелькающих у него в голове картинок, и пора – наступило время снять его накопившееся возбуждение, дать ему вырваться наружу, вылиться наружу, и я начинала его ласкать: робко, кончиками пальцев, словно боясь, что он меня оттолкнет, затем все сильнее, обретая над ним власть, подчиняя, укрощая, муча, не разрешая кончить, шепча ему все, что рассказывала до этого, все подробности, заново и заново, придумывая новые детали, пока он не тянул меня вниз. Он быстро кончал мне в рот и засыпал. Это и был акт прощения.

А я еще долго не могла спать. Вот и не высыпалась.

Консьержка Тося работала в нашем доме, сколько я себя помню. А я живу в нашем доме уже двадцать шесть лет. До переезда в Воротниковский мы жили около Смоленской – в большом шумном доме с нелепым старым двором, где не по центру, так же нелепо, как и все остальное, стояла зеленая беседка. Во двор можно было попасть через высокие темные арки, где пахло. Каждое лето беседку перекрашивали в тот же светло-зеленый цвет, и за зиму она становилась бурой. То ли у них была такая краска, то ли у нас такая зима. То ли жизнь такая, что все зеленое становится бурым. Возможно, беседка была живой и проходила тот же цикл, что и полуживые растения на маленьком газоне в нашем дворе: зеленые по весне и летом, бурые поздней осенью, мертвые зимой. Кто знает: мир полон загадок.

Мир консьержки Тоси не был полон загадок. Она жила в мире, где все понятно. Ясно. Определено. Мне бы так.

Мы переехали в Воротниковский, когда мне исполнилось семь: папа получил много денег за свой фильм «Испытание». Больше он ничего не снял. То есть снял, но ничего равного. Так, перепевы прошлых картин. Только об этом у нас в семье не говорили. Нельзя: папа – российский Феллини. Не меньше. Он так считал.

Целыми днями папа сидел у себя в кабинете и делал вид, что работает. Пишет, готовится к новым съемкам. У него стоял старый видеокассетник, каких уже давно нигде не было, и он смотрел свои фильмы, такие же старые, как и видеомагнитофон. Кассеты были надписаны от руки – название и год, вехи, мерки его жизни, и наших жизней тоже, потому что жизнь нашей семьи мерялась его мерками. Я была не я, не Ася Найденова, а дочь Романа Кирилловича: а, вы дочь Романа Кирилловича, ну да, ну да. Как отец? – сами спрашивают и точно не знают, жив ли он еще или нет.

А он жив. Только ничего не снимает.

– Спасибо, папа хорошо. Работает над новой картиной.

– Замечательно. Ждем, ждем. Такой мастер. Такой мастер. Таких сейчас уже нет.

А он есть – такой. Только никому не нужен.

Так я думала. Оказалось, нужен: Далецкой.

В дни, когда у него нет утренних классов, Костя встает поздно. К одиннадцати. А то и позже. Долго сидит на кухне – на Глашином диване. Просто сидит – не ест, не пьет. Привыкает к новому дню. Смотрит на мир, словно там что-то изменилось за прошедшую ночь.

Я стою у когда-то ярко-белого высокого кухонного шкафа с кружкой остывшего кофе и гляжу на мужа. Думаю, как его люблю. Другие не в счет. Он мой. Мой. Только мой. А вот я не его, а сама своя. Раньше я думала, что принадлежу Марку. И никогда не смогу быть больше ничьей. Не потому, что не хочу: не могу. Оказалось, что Марку я не нужна.

Хорошо, должно быть, быть чьей-то. Знать, кому принадлежишь. В ком растворилась. Я бы хотела. Пыталась, не раз. Не дано: остаюсь отдельной собой.

Папа никогда не был только моим: он принадлежал самому себе и кино. Папа принадлежал Роману Кирилловичу Найденову – авангардному советскому режиссеру, ставшему ретроградным российским феллинистом. При советской власти (не помню, была маленькой, когда та рассыпалась) папа снимал «новаторское кино» – как бы в преддверии новой жизни, которую все тогда ожидали. Новая жизнь пришла, и папа в ней потерялся: жизнь – в первый раз на его памяти – была новее искусства. Он так не привык. Их тогда много таких потерялось, старавшихся удивлять, эпатировать, быть впереди жизни. Потому что жизнь стояла на месте, и все ждали – когда же? Когда? А потом жизнь полетела, сорвавшись, русская тройка – без ямщика, без дорог, да и без лошадей, полетела, сама не зная куда, непонятно кем ведомая, у кого поводья, и удержаться в ней, не слетев на жесткое полотно дороги, мало кому удалось. Большинство слетели и остались в придорожье. Как папа.

Марк как-то мне объяснил, что случилось с творческой интеллигенцией в новой России после перестройки: раньше она обслуживала власть и публику, поставляя версии прошлого, описание настоящего и обещание будущего. Настоящее вдруг – неожиданно для всех – сломалось, прошлое оказалось не таким, как рассказывали, а будущее менялось каждый день. Будущее теперь нужно было строить самому: оно не грозило больше наступить согласно обещаниям, а просто грозило. И все – и власть, и публика – перестали интересоваться чужими описаниями реальности, потому что настоящее было зыбко и менялось каждый день, становясь новым прошлым. Все жили в пока ненаступившем будущем. И не верили больше тем, кто когда-то поставлял его версии.

Так, сказал Марк, закончился двухсотлетний пакт российской власти с творческой интеллигенцией, ее обслуживавшей: творческая интеллигенция перестала быть полезной. Вариантность будущего, как выяснилось, превосходила любые ожидания, и ничего полезного интеллигенция не могла предложить. Изыски никого больше не интересовали: наступила пора утилитарности, полезности. А такие, как мой папа, оказались бесполезны. Конец фильма.

Мне только исполнилось семнадцать, когда Марк мне это разъяснил, и на меня это произвело впечатление, как и все, что он говорил. Все, что он делал. Особенно все, что он делал со мной.

Марк, Марк. Марк – не мой. Я пыталась быть его, но он не захотел. Марк только свой. Мир в себе. Понимает меня, как никто. Принимает меня. Объясняет мне меня. Оправдывает все, что я делаю: «Масе все можно». Почему мне все можно? А вот можно, и все. Евангелие от Марка.

Каждой женщине нужен свой Марк. Который говорит, что ей все можно, потому что она – она. Мне повезло. Иначе бы спряталась в самой себе и никогда бы оттуда не вышла: ничья ни для кого. Папа жил собой, мама жила папой. То есть раньше жила папой, пока не заболела. А теперь живет где-то далеко-далеко, где нет ни папы, ни меня, ни ее прежней. Туда не добраться: мир для одной. В нем живет только мама.

Как Сюзанна Георгиевна? Болеет, болеет, слышали от знакомых. Бедная женщина. А такая была актриса. Такая красавица. Что ж делать: никого не щадит. Прямо поветрие какое-то с этой деменцией. И у Ольховских отец вот тоже… Не слышали? Да, и у Ольховских отец…

Папа жил собой, мама сперва жила папой, потом затерялась в зазеркалье, а мы с Костей жили отдельно от них обоих, да и от всего за окном квартиры в Воротниковском: там шла жизнь, касаясь нас шорохом слов, отголосками чужого, и слова те были чужими. Как и вообще все слова. Наверное, потому я выбрала заниматься немым кино.

2

Раньше с нами жила Глаша. Она спала на диване в кухне – головой от окна. Диван раскладывался каждый вечер, Глаша доставала из дивана белье, одеяло и стелилась. Она спала без подушки, положив под голову мягкую вязанную серую кофту. Глаша спала в белом платке, а днем носила темный. Словно ночь была праздником, наступавшим каждый вечер. Дни же оставались буднями, а по будням белое не полагалось. Хотя кто знает: сейчас уже не спросишь, а пока Глаша была жива, я так и не спросила.

Глаша ложилась рано – в девять, и на кухне наступала тишина: никто не готовил нам еду, не мыл нашу грязную посуду, не звенел ложками-вилками – царство сна. Потом Глаша умерла, а диван остался. Диван назывался «глашин», и на нем долго никто не спал. Пока не появилась Далецкая. Пока не позвонили снизу.

Никто в квартире не слышал этот звонок: Костя спал, раскинувшись по диагонали, заняв собой почти всю кровать, папа тоже спал, а мама, может, и не спала, но кто теперь знает, что мама слышит, а что нет? Внешние звуки не проходят в ее мир, там – немое кино. Там, как в немом кино, должно быть, только музыка. Интересно было бы посмотреть.

Я выбрала немое кино на третьем курсе ВГИКа. Почему я пошла во ВГИК? А куда еще: я же дочка Романа Найденова. Ничто другое не рассматривалось: только кино. Если не режиссер, то сценарист. Если не сценарист, то хотя бы актриса. Ну, а если никто из первых трех, то киновед.

Папа ничего не сказал, когда я поступила на киноведение: занимался собой. Искал деньги на фильм. Я помню, как он по двадцать раз спрашивал у мамы: Никита не звонил? Не звонили от Никиты? Или: был у Никиты в Фонде кино, обязательно даст денег на фильм. Сам сказал, что практически решено. Запускаемся в следующем месяце.

Деньги папе не дали, и последним его фильмом остался плохой фильм конца 90-х. Провинциальная актриса из брянского театра в главной роли. Сбитый кадр, динамичный монтаж. Чтобы как у Феллини – длинные общие планы, статичная рамка, актеры входят в кадр, выходят из кадра. Словно театр. Словно театр теней.

Фильм провалился в прокате. Собрал меньше, чем затраты на прием по случаю премьеры. Все хлопали, поздравляли. Вышли две рецензии. Одну мы от него прятали, но он нашел и прочел. Друзья принесли.

Фильм назывался «Надрыв». Папа всегда любил названия из одного слова – «Надрыв», «Испытание», «Непричастность». Последние два – классика, изучают во ВГИКе. О первом мало кто знает. А этот первый – его последний.

Иногда директор «Мосфильма» после многих просьб присылает машину, и папа едет на студию, повторив сто раз: «Я на студию уехал». Там он ходит по павильонам, мешает съемкам дешевых сериалов, заговаривает с уже не знающими его молодыми режиссерами. Кто этот старик? А, Найденов. Тот самый, «Испытание». Жив еще. А я думал, он уже...

А он – все еще. Только не снимает. Значит, как бы и не живет.

«К вам пришли», – сказала консьержка Тося. – Пускать?» Знала бы я, чем обернется, положила бы трубку. Или ответила бы – жестко, как не умею: «Нет, не пускать». Хотя это и не честно: Далецкая имеет право жить с нами. В нашей квартире. Она мне однажды объясняла – долго, подробно, без обиды, а я сидела и слушала – молча. Потому что возразить не могла, а соглашаться не хотела.

Далецкая просыпается рано – раньше всех. Когда-то раньше всех вставала Глаша, теперь Далецкая. Я выхожу из нашей спальни, она уже сидит у стола в кухне и пьет чай. Из блюдечка. Никто больше не пьет чай из блюдечка – только в книгах про прошлое. Только в пьесах Островского. А Далецкая пьет. Интересно, дует ли она на чай? Я не видела.

У нее красивое лицо. Немного деформированное, но красивое. От мамы-актрисы. Если смотреть только на лицо, иногда забываешь, кто она. Какая. А лучше не забывать.

За окном – холод. Зима. Хотя уже конец марта. Ветер страшный, ураган – дует-дует. Дует давно-давно. Сколько лил дождь в Макондо? Дождь в Макондо лил четыре года, одиннадцать месяцев и два дня. Что если ветер в Москве будет дуть столько же? Сдует город? Страну? Унесет людей в другие края, и останется пустое пространство – необжитое, незаполненное, ненужное никому, кроме самого себя. Дикие звери станут бродить меж полуобвалившихся зданий вдоль Садового кольца, обнаглевшие сорняки проломят асфальт и собянинскую плитку, природа вернется, восторжествует на остатках снесенной ветром цивилизации. Конец русского мира: погиб от ветра.

Прогноз: постоянная ветреность. Хотя постоянная ветреность – это больше про меня. Сказал бы Марк. Ну и что? Масе все можно.

По утрам в большой комнате (мама называла ее «общая», должно быть, что-то из ее детства) Далецкая смотрит телевизор. Без звука, чтобы не будить папу. Раньше, когда она появилась – в другом теперь мире, Далецкая называла папу Роман Кириллович. Теперь говорит «папа». Пока не ему, не впрямую, а в разговорах о нем: «Папа попросил меня разобрать записи о съемках «Надрыва». «Папа уехал на студию». «Папа сегодня нездоров». Был Роман Кириллович, стал папа. То есть на самом деле он всегда был папа, только сначала она не решалась.

Она вообще не спешила: оглядывалась, приживалась. Выжидала – тихо-тихо: спала на Глашином диване в кухне. Мыла посуду за всеми: папа никогда за собой не моет, Костя моет, но иногда. Я мыла за другими, пока не появилась Далецкая: Ася, что вы, давайте я вымою, вы же на работу спешите. Я все равно за Романом Кирилловичем сейчас убираю. И Костину помою. Идите-идите, я Сюзанну Георгиевну покормлю, уже сварила овсянку. Я присмотрю. Ей еще памперсы нужны – заканчиваются. Идите-идите.

Я и шла. А Далецкая оставалась. А теперь вроде как мы приходим к ней домой. Теперь – полгода спустя – она спит на кушетке в папином офисе. Кушетка из зеленой кожи. Разве кожа бывает зеленой? Наверное, у крокодилов. Но эта – не из крокодильей, из обычной, только крашеная. Кушетка длинная, и нормальный человек мог бы спать, не то что Далецкая. Она бы и в кресле поместилась с ее ростом. Нехорошо так думать, но я думаю. Мне внутри не для кого быть хорошей: никто же не видит.

В большой (общей?) комнате работает телевизор. В телевизоре – война в Украине. Звук выключен, но и так все понятно: скоро возьмут Киев. Повторяют вечерние передачи – соловьевы, симоньяны, скабеевы разрываются от напряжения: поясняют. Выхода не было. Президенту не оставили выхода. Мы предупреждали. Восемь лет. Дети Донбасса. Где вы были восемь лет. НАТО собиралось напасть. Боевые комары. Все и так понятно, без звука. Даже еще понятнее.

Рядом с Далецкой на длинном, обитом синим с золотом велюром диване сидит мама. С прямой спиной, не опираясь – как обычно. В детстве мама занималась балетом – училище Большого театра. Почти закончила, но в девятом классе сломала стопу. Поступила в Щукинское. А осанка осталась.

Ася, я Сюзанну Георгиевну еще не кормила, она так рано не будет. Я потом, попозже, вы не переживайте. Прослежу. Она у меня хорошо кушает.

Так и говорит: кушает. Нельзя же так: «кушает» в третьем лице допустимо только о ребенке – «маленький Вася кушает кашку». Мама – взрослая, все-таки она ест, а не кушает. Или мама уже как ребенок и про нее можно? Или Далецкую ее мама не учила правильно говорить? Странно, актриса все-таки. Хоть и в провинции.

Мама-актриса ее любила: Далецкая рассказывала, как мама ее любила. Какое у нее было счастливое детство и как она совсем не страдала от того, какой родилась, потому что родилась у мамы, которая ее любила.

У них в квартире стояла специальная, сделанная на заказ, мебель — для Далецкой, чтобы ей было легче сидеть на стульях. И везде маленькие подножки: встала и достала, что нужно. Потому что мама ее любила и хотела, чтобы ей было удобно.

Ее мама отказывалась от съемок в кино, чтобы быть с ней побольше: понимала, что нужна больному ребенку. Хотя какая она больная? Просто маленькая.

Из-за меня никто не отказывался от съемок. И не отказался бы. Никто не читал мне на ночь, как ее мама читала маленькой Далецкой, укладывая свою дочку-дюймовочку в специально сделанную кроватку. Как в кувшинку. Со мной не гуляли в парке, как с ней. Не интересовались мною. Не любили, как мама ее любила. Просто зависть берет.

Смотрю на Далецкую: толстые кривые, вогнутые внутрь ноги высоко над полом. Плоские ступни в крошечных тапочках с оторочкой из фальшивого белого меха, словно десятилетняя девочка сидит на диване. Короткие ручки словно отростки, словно ласты у пингвинов, только чуть длиннее. Жалко ли мне ее, что она такой родилась? Было жалко. Теперь не так жалко: она оказалась очень сильной. А сильных чего жалеть? Они ж сильные.

Ася, вы сегодня не поздно вернетесь? Я спрашиваю, потому что папа вчера вечером интересовался, у него вопросы по архиву, я почти все разобрала, но по одному фильму не можем найти статьи, рецензии. Называется «Остановка» А нам нужно: мы же монографию собираемся издавать о папином творчестве.

Мы. В смысле папа и она. Соавторы. Семейное издание. А мы так — на подхвате, статьи в архивах поискать. Поищу, во вгиковской библиотеке должны быть. У меня сегодня две лекции, последняя в час закончится, отпущу студентов и поищу.

«Остановка» — конец 70-х. Нашумевший фильм. Две серии, тогда так снимали. Первая — в монохроме, черно-белая эстетика. Как немое кино.

Монохром — всегда стильно, идеальный фильтр, устраняющий сценарное несовершенство. Переведите любую фотографию, любой кадр в монохром, и черно-белый формат сразу создает концепцию из любой случайности, любой ерунды. Пусть в кадре хоть грязная тарелка с остатками еды, но в черно-белом — это эстетическое высказывание, а в цвете – бытовая деталь. Черно-белое смотрится серьезнее цветного – один из секретов немого кино. Черно-белое – мир без однозначности. Мир без цвета, за которым прячется интерпретация.

Это из моей книги «Пять секретов немого кино». Мой переработанный диплом. Монохром – секрет первый.

Марку понравился основной тезис: немое кино – объект созерцания, наличие диалога сделало кино субъектом. Зритель немого кино оставался вне действия, оставался наблюдателем, как при восприятии живописи, диалог же, речь актеров вовлекли публику в участие, позволили ассоциировать себя с действием на экране, прожить роли. Из объекта в субъекты, от созерцания к действию, от неучастия к участию – вот путь развития кино.

Может, пришло время стать из объекта субъектом? Принять участие в действии, в действе, творящемся за окнами нашей квартиры? Принять участие в их жизни? Сделать эту жизнь своей? Мы – папа, Костя, я сама, мои друзья-любовники, все мы жили отдельно от происходящего за нашими окнами. За окнами жили *они*. Другие. Не мы. Там шла их жизнь, как в телевизоре. Мы же жили параллельно: обозревали их жизнь, как немой фильм. Как телевизор в нашей большой комнате, работающий без звука. Неучастие как принцип. Созерцание как стиль жизни.

И вот война. Пока в телевизоре.

Только для нашей семьи это закончилось еще прежде войны: когда появилась Далецкая. К вам пришли. Пускать?

К нам пришли. Откройте дверь. Открыли.

3

Вчера ходили в гости к Шулинским. Адик еще больше растолстел, Марина опять покрасилась – ей идет. Может, и мне покраситься? Нет, не буду.

Говорили про то же, про что все теперь говорят: как стало плохо и как скоро, совсем скоро, станет хуже. Марина радовалась, что их сын Боря заканчивает школу где-то в Англии, ему только исполнилось восемнадцать, в России могут и в армию загрести. Они надеются, что он там поступит в институт и не вернется. Адик объяснял про санкции, а Марина сказала, что Назаровы уехали. Вот так: уехал Миша и со мною не попрощался. Словно между нами и не было ничего.

Костя жаловался на сокращение ставок на курсах. Название громкое – Государственные Курсы Иностранных Языков, а платят мало. У него была зарплата пятьдесят тысяч – на 0,75 ставки. Началась война – сократили до сорока. Еще тридцать тысяч надбавка за степень, специально защитил кандидатскую по Каштелу Бранку – никому не нужному португальскому писателю 19-го века. Классик, но только в Португалии, писал под именем «Камилу». Я читала в Костином переводе – ничего интересного. Его жизнь интереснее, чем творчество: скандалы, романы, тюрьма, герой светской возни при португальском дворе своего времени, а потом ослеп и с отчаяния застрелился. Должно быть, понял, что никому не нужен.

И португальский язык сейчас никому не нужен: португальцы к нам не ездят. Раньше в Москву приезжали ангольцы и наши туда, были переводы, ими Костя и зарабатывал: в Анголе оказалось много всего – нефть, алмазы, уран. Еще что-то полезное, не помню. Он рассказывал, но я так и не поняла, зачем нам ангольское: у нас самих все это есть. Но и понять особенно не старалась: чужая жизнь, чужой мир. За моими окнами. За окнами меня.

Раньше нам – преподавателям – доплачивали за публикации, теперь публикации в основном бесплатно. Мне теперь ничего не платят и за рецензии на фильмы. Веду колонки в двух онлайн-изданиях, но писать не хочется: и ничего достойного не снимают, и не платят. Хорошо, что пока во ВГИКе ставки не сократили: получаю, как раньше. У меня тоже неполная ставка, но платят все же больше, чем на Костиных курсах. Пока.

Хорошо Шулинским: Адика кормит его рекламное агентство. Поит. Позволяет учить сына за границей. А у нас с Костей как денег не было, так и нет. Но лучше, чем у Нины: она работает куратором в музее, там беда. Совсем.

Нина воцерковилась пять лет назад, и жизнь ей больше не страшна. Нина-Нина. Как весело мы с ней жили – все могло случиться каждый день. Случалось. Лучшая подруга.

Нина теперь одевается в «скромное» – юбка до середины икры, закрытые блузки, длинный рукав. По воскресеньям платок: идет в платке на службу и потом не снимает. Так и ходит весь день с покрытой головой. И закрытыми ногами. Дура: у нее модельные ноги. А она их под юбку, чтоб никто не видел. Жалко же.

Я всегда хотела ноги, как у Нины: точеные, словно у манекена в витрине дорогого магазина – длинные, тонкие. Фигурные ноги. Теперь под юбкой.

У меня ноги – слабое место. То есть прямые, но не очень длинные. Пропорциональные ноги. А у Нины как у олененка – нарушение пропорций, оттого и красиво.

У меня ноги классические – как у античных статуй. Только щиколотки не тонкие. А хотелось бы тонкие. Как у Нины.

Я ее ноги знаю, как свои. Мы с ней раньше… ничего серьезного – для удовольствия, попробовать. У меня с женщинами всегда чистое удовольствие, с ними я не ожидаю отношений: ожидаю ощущений. А с мужчинами задача привязать, доказать свою нужность. Словно я боюсь, что сама по себе не нужна. Не интересна. Потому что родителям была не нужна. И вообще никому, кроме Кости.

Это мне Марк объяснил – давно-давно. Когда я спала со всеми его и своими друзьями. Вообще со всеми подряд. Словно набирала армию, рекрутировала. Переспала – поставила галочку: еще один новобранец. Еще один друг. Я ему теперь нужна. Глупость, конечно.

Я самой себе не нужна. Вот что страшно.

Война началась в телевизоре и долго там оставалась. То есть мы все понимали, что произошло страшное, что *они* начали войну. Но это была их война. Их война, им и воевать. За окнами.

А могли бы понять, что окна наши давно уже выбиты. Я поняла раньше других: когда появилась Далецкая.

Август в Москве – время окончания одной жизни и ожидания другой. Жизнь в Москве начинается в сентябре, летом Москва стоит пустая, притихшая, придавленная пыльной жарой. Все по дачам, а у нас дачи не было: папа не любил загородной жизни. Деньги от папиных фильмов сначала купили квартиру на Воротниковском, а затем тратились на жизнь. Потом денег не стало, и возможность дачи отпала сама собой. Мы с Костей ездили на дачи к друзьям. Или я ездила на дачи к своим друзьям без него.

Возможность дачи. Почти по Уэльбеку. Недостижимо, как и остров. И так же иллюзорно.

Был четверг. Почему важно, что четверг? Не знаю, но запомнила: Далецкая появилась в четверг. Число не помню, только что конец августа, но помню день – четверг. Летнее утро, квартира наполнена тенями от раннего московского солнца, просачивающегося сквозь светлые тюлевые занавески. Окна закрыты от ночного холода и дневных мух.

Я подождала, пока лифт остановится на нашем этаже, и посмотрела в глазок: никого. Хотя двери лифта открылись и закрылись: звук чмокающей резины. Затем звонок. А в глазке опять никого. Я открыла дверь и сначала ее не увидела: смотрела перед собой. А нужно было смотреть вниз.

У Далецкой красивый голос: с переливами, мягкий, затягивающий. Хочется слушать. От матери-актрисы. Интересно: моя мама тоже актриса, но я от нее не взяла ни балетной фигуры, ни мурлыкающего голоса, словно большая кошка ласкается, перед тем как тебя съесть. Интересно, что у мамы было с мужчинами? По ней же, наверное, с ума сходили: красавица, актриса. Экзотическая внешность: смуглая, черноволосая, темноглазая.

Только это я от нее и взяла: смуглость и черноглазость. Но моя смуглость не оливковая, как у нее, а какая-то сероватая. Не такая красивая. Папина кровь разбавила мамину экзотичность. Вышло сероватенько.

Я сначала подумала, что пришел ребенок. Потом поняла – карлица. Стоит, улыбается. Большая голова, большая для ее тела. Смотрит отчего-то не снизу вверх, а как бы на моем уровне. До сих пор не знаю, как ей с ее ростом удается так смотреть.

Вы, наверное, Ася? Кивнула: Ася. А я Полина Далецкая. Я к Роману Кирилловичу.

Хотела сказать, что он еще спит, но отчего-то не сказала. Проходите, пожалуйста, сейчас его позову.

Она вошла, и с ней вошел ее маленький чемодан из красного пластика. Он теперь стоит за папиным столом в кабинете. Ее вещи разложены в тумбе под книжными полками: тумба с дверцами, там раньше хранились альбомы с семейными фотографиями – бабушки, дедушки, я маленькая, папа на съемках. Теперь там лежат вещи Далецкой: маленькие, как она сама.

Ася, не стесняйтесь, я привыкла, что на меня смотрят: я не обижаюсь. Что делать, если такая родилась? Пусть смотрят. Мне не обидно.

Она сверху вроде нормальная, а начиная с плеч будто сплющили тело. В Далецкой роста сто тридцать семь сантиметров: я однажды запомнила, где она заканчивается, когда мы стояли рядом, и потом замерила на себе. Может, нехорошо так делать, но я замерила. Мне это было для чего-то нужно.

4

Я решила заниматься немым кино на третьем курсе. Решила после одного из экспериментов с Марком: мы тогда много экспериментировали. То есть экспериментировала я: Марк все это уже делал с другими девочками и не раз. Он рассказывал.

Марк читал нашему курсу сценарное мастерство. Его все знали – Марк Гельфанд, лучший сценарист 90-х: «Неизбежная встреча», «Два билета до Волховянки», «Поток». В начале двухтысячных – неудачный фильм: и зрительский, и кассовый провал. Критики тоже не пожалели. Снимал Миша Назаров. Марк его не ругал, не пытался сказать, что это Мишина вина. Наоборот, ругал себя: плохой сценарий. А из плохого сценария не сделаешь хорошее кино. Каким бы талантливым ни был режиссер.

После этого Марк начал преподавать. Тут мы и встретились: мне семнадцать, ему сорок три. Он – единственный во ВГИКе – не спросил меня, дочка ли я Романа Кирилловича. Не передавал ему поклоны. Не расспрашивал, над чем папа сейчас работает. Вообще не говорил о папе: говорил обо мне. Про меня. Для меня.

Я – его главный женский образ. Написал меня в жизни: он хотел такую героиню, и вот она я. Я – его создание; теперь-то я понимаю, что Марк создал меня, как Пигмалион Галатею. Только Пигмалион влюбился в свое творение, после того, как закончил статую, а Марк был влюблен не в меня, а в процесс творчества. Я и была его творчеством. Когда статуя ожила и пошла, ему стало неинтересно.

Мне ни с одним мужчиной не было так хорошо, как с Марком, а мне есть с кем сравнить.

Тот эксперимент Марк описал как чистоту ощущений. Задача – отделить ощущения от контекста: чувств, общения, слов, ожиданий. Ощущения должны восприниматься сами по себе, обрести свою ценность. Избавиться от наносного, от внешнего. Только тогда мы можем почувствовать их настоящую интенсивность, потому что пока ощущения воспринимаются в контексте, они становятся его частью и теряют самоценность. Не помню точных слов, но звучало убедительно и заманчиво. Как и все, что говорит Марк.

Я пришла поздно вечером, как он просил. Его квартира в старом доме на Чистых Прудах. За окном – зимний темный город, тусклые московские фонари делают мир желтоватым. Окна во двор. Дверь его кабинета закрыта, затворена. Там кто-то есть. Стараюсь об этом не думать, стараюсь не думать вообще.

Я разделась в ванной, приняла душ и легла на кровать в спальне поверх гладкого скользкого покрывала: тяжелые темные шторы из двухслойного драпа, почти без рисунка, неясные, чуть проступающие узоры. Марк задернул шторы, и узоры пропали. Вместе с ними пропало все: темнота. Тихая, тихая темнота.

Минут через пять – чуть видная полоска света: открыли дверь. Закрыли. В спальне теперь был кто-то еще. И не один.

Руки, руки, руки. Губы, губы, губы. Пальцы. По всему телу. Я так и не поняла, сколько их было. Считала руки. Но руки меняли положение, передавая меня от одного к другому, губы скользили по мне, языки сменяли друг друга, сменяли другу друга не только языки, и по форме, по размеру, по вкусу во рту я пыталась определить, тот ли во мне все еще, кто был раньше, или уже другой. Другие.

Потом перестала. Дала себя унести, словно вода хлещет через край и нужно просто уплыть с этой водой, стать ее частью, стать ею: темной, тяжелой, всепроникающей, вседопускающей. Каждая капля вмещает в себя океан. Я – океан. Закрыла глаза и растворилась в океане. А океан растворился во мне.

Ни одного слова: только дыхание. Только задыхание. Стоны. Только ощущения – вне контекста. Хотя бессловесность – тоже контекст. Анонимность – контекст? Как быть с этим? Чувствовала ли бы я так же ярко, если бы видела своих партнеров? Наверное, нет. То есть не наверное, а нет.

Одно я знала точно: Марка в спальне не было. Его бы я узнала.

Марк никогда не сказал мне, сколько их было в ту ночь. Кто они были. Только сказал, что не было никого из наших друзей: все незнакомые. Безликие. Одноразовые. Никогда не повторятся. Не станут знакомыми, не станут частью контекста. Останутся ощущениями. И только.

Те, безмолвные, прошедшие сквозь меня по очереди и вместе, ушли один за другим, выскользнули из комнаты и из моей жизни, чтобы навсегда исчезнуть, а мы с Марком долго сидели на кухне и пили красное вино. Его любимое Chateau La Combe. Chateau La Combe не продавали в Москве, Марку привозили друзья из Франции. Он не хотел пить то, что пили все. Марк хотел того, чего не было у других.

Мы не ели – вино и сигареты. Я ждала, что он потянет меня в спальню на скомканное, мокрое от чужой любви, гладкое покрывало или возьмет прямо здесь – на кухне, как делал не раз, и, не дождавшись, начала его ласкать. Нет, сказал Марк, Ася, любимая, нет: не сейчас. Не сегодня. Ты должна сохранить, то, что случилось, ни с чем не смешивать, как чистое вино, а мы с тобою наполнены нашими отношениями, и они сотрут твои ощущения, придадут им наш вкус. То, что было, было для тебя. Унеси это с собою, сохрани. Наполни себя этим. И потом преврати во что захочешь.

Мы пили вино, которого не было ни у кого в Москве, и Марк говорил о немом кино.

Мася, малыш, в немом кино невозможно выразить эмоцию вслух или высказать мысль, обострены альтернативные способы. Нужно заместить слова эмоциональностью, добраться до зрителя через немоту, сделать немоту выразительной. Сделать немоту способом выражения. Сложная задача.

То, что сейчас было, и есть немое кино, сказал Марк. Даже еще сильнее – без изобразительного ряда. Только сенсорные сигналы и их интерпретация твоим мозгом. Это и есть абсолютная чистота ощущений.

У Густава Флобера – воспитание чувств, у Марка Гельфанда – воспитание ощущений. Конечно: он же преподаватель.

Утром, приехав в институт, я решила, что буду заниматься немым кино. Мне хотелось абсолютной чистоты чего-нибудь – без примесей, без наносного, без внешнего. Без слов, туманящих мир.

Вот еще два секрета немого кино из моей книги: секрет первый я уже рассказала – монохром, черно-белость. Секрет второй – музыка. В звуковом кино музыка является фоном, театральным «задником» действия. В немых фильмах музыка единственное, что слышит зритель, она определяет настроение изобразительного ряда, подсказывает, объясняет зрителю, что ему чувствовать. Что происходит на самом деле. В немом кино музыка – чеховский подтекст, раскрывающий истинную суть действия. Без нее происходящее на экране станет чередой жеманных жестов с плохим вкусом.

Секрет третий: экспрессия. Актеры не могут выразить эмоцию словами и потому дожимают выразительность игры до максимума. Это не переигрывание, это единственный способ передать состояние персонажа, рассказать его историю. В нем абсолютная чистота формы, как в анонимном сексе: никаких подтекстов, никаких примесей контекста. Что видишь, то и есть. Что чувствуешь, то и правда.

Немое кино – искусство без лакун. Без рефлексии. Чистота и предельность. Я всегда хотела так жить.

5

Я закончила институт в год, когда Путин решил вернуться. 12 июня у меня шла защита диплома о немом кино, а от Пушкинской площади «Марш миллионов» шагал к другой площади – Болотной, чтобы донести до власти свой голос. У меня немота, у них слова. Вот и разница.

С нашего курса многие пошли. Я спросила Марка: он засмеялся. Посадил перед собой на диван и, усевшись на пол – как он любил, долго говорил об эпохе Просвещения и ее кульминации – Французской революции.

Ася, говорил Марк, пойми, когда Просвещение как реакция на беды 17-го века – чуму, Тридцатилетнюю войну, раскол в Европе – поставило человека на место бога, оно не решило проблемы людей. Проблемы общества. Свобода, равенство, братство? Свобода трансформировалась в либеральный проект, в капитализм, что привело к диктатуре денег. Равенство закончилось марксизмом и диктатурой пролетариата. А братство вылилось в национализм, скоро эволюционировавший в нацизм как свою самую чистую, беспримесную форму, и породило третью диктатуру – одной, избранной нации над остальными. Из трех красивых слов и хороших намерений – свобода, равенство, братство – родились три диктатуры, покончившие со свободой для всех, равенством всех и всеобщим братством. Те, кто начинали эти проекты, потеряли контроль, и проекты обрели собственную логику, собственный курс, окончившийся катастрофой. Участвуя в чем-то, ты берешь на себя ответственность за результат. Потому я и выбрал не участвовать. Ни в чем. А ты выбирай, что хочешь, но помни: тебе за это отвечать.

Я не пошла на Болотную ни в июне, ни в сентябре. Я выбрала не участвовать в том, что не могу контролировать. А что я могу контролировать? Себя, свою жизнь. И то не до конца.

Что за окнами – осталось за окнами. Папа, мама и я жили отдельно от того, что жило за окнами. Друзья Марка – мои любовники – жили собой и друг другом. Я тогда не понимала, что они – друзья Марка, а мои – только любовники. Думала, они и мои друзья тоже. Что я им нужна.

Ася-Мася. Все можно. Но потом за все, что можно, нужно будет отвечать.

Так мы жили – отдельно от всего, что не мы. Жизнь шла, творилась, бушевала на площадях и в телевизоре, а мы не ходили на площади и не включали телевизор. Не участвовали. И не понимали, что за это тоже нужно будет отвечать.

Однажды я спросила Марка, почему он не эмигрировал. Я эмигрировал, засмеялся Марк. Сразу. При рождении. Уехал и никогда не вернулся. Живу в своей стране, которую сам для себя построил.

Как называется твоя страна, Марк. Страна называется МАРК ГЕЛЬФАНД. Население – один человек. Въезд воспрещен, визы не выдаются. Граница на замке.

Я надеялась, почти молилась, что Марк откроет для меня границу своей страны. Встретит на пропускном пункте и проведет в наш с ним дом. Уверяла себя, что я уже там – внутри. Что мне уже выдали новый паспорт, что он возьмет меня в свою жизнь. Навсегда.

Ася, милая, смеялся Марк, пойми, малыш, моя страна – страна для одного: для меня. Построй свою страну и живи в ней. А то будешь, как мама Сюзанна, живущая в чужой стране – стране твоего отца.

Я не хотела свою страну: я хотела в страну Марка Гельфанда. Не пустили. То есть пустили, но по туристической визе, а не на ПМЖ. Потому что в той стране было место только для одного.

Костя Муромцев, мой будущий муж, был передан, подарен мне моей подругой Ниной. Она к тому времени спала с ним месяца два, отношения никуда не шли, потому что единственные отношения, которые Нина хотела, были с другим и тоже никуда не шли: человек оказался безнадежно женат. Двое детей, еще в школе. Нина надеялась, что дети вырастут, и тогда… Дети подрастали, и «тогда» отодвигалось до их поступления в институты, выздоровления жены от внезапно возникшей болезни, выхода очередного сборника его стихов и многого другого, что должно было вот-вот наступить. Но не наступало. В ожидании «тогда» Нина заводила успокоительные романы, выбирая самых красивых и самых ненужных, кто ей попадался. Из всех самых красивых и ненужных в ту пору самым красивым и ненужным был мой будущий муж Костя Муромцев.

Он и вправду красив, как-то даже неприлично для мужчины красив. Почему с такой внешностью он не гей? Не знаю. Я же говорю: мир полон загадок. Иногда они пытаются выдать себя за тайны.

Костя похож на советского актера Костолевского, только совсем другой.

Хочешь? – спросила Нина. Забирай. У меня с ним ничего серьезного. А у него с тобой? Серьезно? Нина засмеялась: Аська, серьезное у него будет с тобой. Гляди, как он тебя смотрит. Он на меня за два месяца так ни разу не взглянул.

Потом – через несколько лет – я спросила, не жалеет ли она, что отдала мне Костю. Нина даже не поняла, что я спрашиваю: забыла, что было. Включая женатого не на ней мужчину.

Нина теперь живет со своим богом, вышла за него замуж. Как монашенка – невеста Христа. Длинная юбка, скрывающая ее модельно-красивые ноги, покрытая черным платком голова по воскресеньям, скромная одежда на каждый день и скоромная пища по средам и пятницам. Упование на спасение. От чего ты спасаешься, Нина? От кого? Глаза долу, на губах молитва. За меня молится. Чтобы я прозрела и узрела. Обрела. А мне не нужно: мне не спастись.

Скромное и скоромное – это Нина теперь. Вот ужас-то.

Я люблю Костю. Очень. Я ему нужна. Он – мой.
Я люблю Марка. Очень. Я ему не нужна. Я – не его.

Папа не сразу проснулся, когда в тот четверг – какое это все-таки было число? – я пошла его будить, оставив карлицу с красным чемоданом в прихожей. Я не пригласила ее пройти в большую комнату. И что – помогло? Не помогло: она с того дня поселилась сначала в нашей кухне, захватив Глашин диван, а теперь живет в папином кабинете. Нужно было вообще не пускать.

Папа спит в пижаме. Никогда больше не видела никого, кто спит в пижаме. Темно-синяя, с отливом. Не помню, откуда она у него, таких две – одинаковых. Одна в стирке, в другой он спит. Иногда ходит в ней по дому – допоздна. Сидит у себя в кабинете в темно-синей пижаме. Работает над новым фильмом в темно-синей пижаме. Какой фильм можно сделать в пижаме? Только такой, на котором все заснут.

Папа, к тебе пришли. Кто? Со студии? Нет, не со студии. Женщина. С красным чемоданом.

Он долго умывался, стараясь проснуться. Затем вышел в светлую от пролившегося туда из окон большой комнаты солнца прихожую. Постоял. Не сразу понял.

– Роман Кириллович, здравствуйте, – сказала карлица. – Я к вам. Из Брянска.

Папа кивнул. И вдруг вздрогнул, провел рукой по лицу. Он так делает, когда волнуется. Почему он волнуется? Ну из Брянска. Поклонница, наверное. Хотя для поклонницы слишком молодая. Моложе меня. А, может, и нет: может, карлики выглядят моложе, чем есть.

— Из Брянска? Вы из Брянска?

— Из Брянска, — кивнула карлица Полина. — Мама умерла. Уже как месяц.

Как-то просто сказала, без грусти, словно мама не умерла, а уехала отдыхать.

Папа молчал. Я тоже молчала. И солнечный свет по стенам прихожей молчал вместе с нами.

— Что с ней… — папа запнулся. — Она же совсем… не старая.

— Тромб. Она не мучилась, во сне умерла. Я ее утром нашла, она не выходит и не выходит, я пошла посмотреть. А она умерла.

Из нашей спальни на голоса выглянул Костя — волнистые волосы красиво до плеч, словно и не спал, словно только что уложился в парикмахерской. Везет кому-то. Высунул только голову, тело за дверью: значит, еще без трусов.

— Здравствуйте, — кивнула ему Далецкая. — Я — Полина Далецкая. Из Брянска. Дочка Романа Кирилловича.

6

Далецкая не любила дураков. Она их не жалела: никому в интернате не было легко, но дураки не понимали, что им выпало, и оттого не расстраивались. Она тоже особенно не расстраивалась, пока не выросла и не поняла, что есть другая жизнь — за стенами.

А дураки не понимали. Их жизнь была внутри стен, и их это не тяготило. Дураков было много — больше, чем дэцэпэшников, некоторые из которых тоже были дураки. Но были и умные, просто больные. Какие-то дэцэпэшники не могли ходить сами — нарушение опорно-двигательного аппарата, но они разговаривали. Читали книги. Делились мыслями. А о чем разговаривать с дураками? Их приходилось терпеть и организовывать. Старшая воспитательница Виктория Николаевна так ей и говорила: «Далецкая, ну-ка сорганизуй мне группу для работы на кухне». Или «Далецкая, ну-ка сорганизуй мне Маврушина, Кольценко и Рудневу на занятия по самостоятельности в быту». Далецкая помогала Виктории Николаевне организовывать дураков. Хотя их нельзя было звать дураками – дети с особенностями умственно-психического развития. Но все, у кого были другие особенности развития, звали дураков дураками.

Официально интернат назывался государственное учреждение социального обслуживания «Низовский дом-интернат для детей-инвалидов с особенностями психофизического развития». С умственными и физическими ограничениями. У Далецкой не было никаких ограничений, кроме роста: она была карлица. Гипофизарный дварфизм, связанный с большим недостатком гормона роста, вырабатываемого гипофизом. Когда Далецкая выросла, она нашла в интернете много статей про гипофизарный дварфизм: редкая форма, не обусловленная генетикой. Не передается по наследству, как другие формы дварфизма. Просто у Далецкой в нужном количестве не вырабатывался соматотропный гормон, отвечающий за рост. И все. Никто не виноват.

Никто, как позже поняла Далецкая, вообще ни в чем не виноват: люди делают, что могут или хотят, когда могут. А если это приносит боль другим, то оттого, что другие позволяют приносить себе боль. Стараться нужно, чтобы тебе не делали больно. Не позволять.

Медсестра Александра Семеновна, которая занималась с децепешниками терапией, так и говорила: «Стараться нужно». Далецкая ей помогала: привозила неходячих на инвалидных креслах, держала им руки – вверх-вниз, передвигала ноги – выше, выше коленки. Было не трудно, но Далецкая делала вид, что трудно: больше будут хвалить.

Ее хвалили. Ценили. Поощряли. Только директриса Никанора ее не любила. Никанора была умная – почти как сама Далецкая, но еще умнее. Пока Далецкая не выросла и не поняла, что она сильнее Никаноры, потому что та может позволить себе ошибаться, а Далецкая такого позволить не могла: ее позиция самостоятельной, почти равной воспитателям, далась ей годами труда и понимания, что нужно, что от нее ждут. А от Никаноры никто ничего не ждал: она же главная. Самая важная. Ей все подчиняются. Когда тебе все подчиняются, ты расслабляешься и начинаешь ошибаться. Далецкая не могла ошибаться: ей было нужно попасть за стены.

Никанора была очень толстая. С какими-то белесыми глазами. Некрасивая. Медсестра Александра Семеновна была красивая и одевалась в красивое под белым халатом. А Никанора одевалась во что попало и ходила по интернату в одной и той же синей плотно вязаной кофте. Часто она смотрела, как Далецкая старается, помогает воспитателям и учителям, прищуривалась по-нехорошему и говорила: «Ты, Далецкая, далеко пойдешь». Словно знала что-то, чего не знала сама Далецкая.

Но это и была правда: она хотела пойти далеко. Подальше отсюда.

Коля Дацюк родился без рук. То есть руки у него были, но до локтей. Там руки заканчивались – без ладоней и пальцев. Словно устали расти и решили: хватит, и так сойдет.

Коля был ее лучший друг: Далецкая дружила с Колей и организовывала его, когда просила Виктория Николаевна. Коля хотел быть музыкантом, но у него не было рук. Поэтому он пел. Коля слушал музыкальные видео и старался петь. Получалось не очень, потому что Коля сильно заикался. Но Далецкая ему об этом не говорила: пусть поет.

Они росли вместе и вместе хотели за стены: Коля петь, Далецая жить. Но Колю не отпустили и перевели в отделение сопровождаемого проживания: там жили те, кто не мог жить без сопровождения. Коля не мог. А Далецкая могла. Она собиралась далеко пойти.

До первого класса Далецкая дружила с Людой Сушковой. Люда была на три года старше ее – дебилка. Так тоже нельзя говорить, но все в интернате говорили. Хотя потом Далецкая прочитала, что ничего плохого в этом слове нет: дебилизм – медицинский термин, легкая форма умственной отсталости. Просто у человека снижена способность к абстрактному мышлению при сохранности моторики. Ничего особенного, люди живут и без абстрактного мышления. Некоторые живут и вообще без мышления. Она за семнадцать лет в интернате всякого насмотрелась.

Люду тоже перевели в отделение сопровождаемого проживания. Хотя их там не очень-то и сопровождали. Обучали работать на кухне, шить синие халаты и наволочки. Кто мог. Люда могла и работала на швейной машинке. Ей нравилось в интернате, она только хотела с мальчиком. А с ней никто. Но не потому, что дебилка, просто никто с ней не хотел.

Типичными для дебильности, узнала из интернета Далецкая, являются невозможность улавливать внутренние связи между явлениями, а также легкая внушаемость. Сама Далецкая улавливала связи – любые. А Люда не могла.

Про внушаемость было правдой: иногда – для развлечения, как эксперимент – Далецкая внушала дебилам, что им нужно делать. Одинцову она внушила, что он должен каждый раз садиться на пол, когда ее видит, чтобы быть с ней одного роста. Одинцов садился и ждал, пока она разрешит ему встать. Потом он надоел Далецкой, но продолжал садиться. Так и сидел на полу, пока Далецкая не уходила из мастерской, где дебилов учили склеивать коробки и сколачивать ящики. Может, и дальше продолжал сидеть, но Далецкая не знала: она же оттуда уходила. И собиралась, когда сможет, уйти далеко.

Отделение для сопровождаемого проживания было не худшее в интернате. Худшим был «лежак» – «Отделение для граждан, находящихся на постельном режиме». Там содержались взрослые; многие были нормальные, но не могли ходить. На их этаже сильно пахло мочой.

Маленькая, она иногда приходила в левое крыло, где в палатах лежали взрослые, которые уже никогда не пойдут, и бродила от одной раскрытой двери к другой, вглядываясь в их лица и стараясь не дышать – пахло. Она смотрела, как редко, раз в день, незнакомые ей нянечки меняют постельное белье и протирают лежачих мокрыми полотенцами, переворачивают на другой бок или на спину. Далецкая прислушивалась к ритму жизни на «лежаке» для взрослых – медленному, тягучему, не такому, как в детском отделении для лежачих на втором этаже: те думали, что вдруг пойдут, эти же знали, что не пойдут никогда. И Далецкая решила уйти далеко, как предсказывала толстая директриса Никанора.

Далецкая понимала, что в интернате она могла уйти только в отделение сопровождаемого проживания – для тех, кто не может жить самостоятельно или кого не хочет семья.

Далецкую не хотели.

7

В одно лето – им было по четырнадцать – Коля Дацюк вырос сразу на семь сантиметров. Далецкая к этому времени уже тоже выросла, то есть совсем выросла и больше не росла. А Коля продолжал расти, и с ним стало неудобно разговаривать: нужно задирать голову. Далецкая не любила неудобств: их и так было много в ее жизни. Ей казалось, что теперь, когда Коля стал таким высоким, он перестанет быть ее другом. Она не могла этого позволить.

Далецкая иногда хотела с мальчиком, но не как Люда Сушкова: та расстраивалась и плакала по ночам, когда выключали свет. Далецкая научилась делать себе хорошо, ее пальцы выучили ритм и силу нажатия, пальцы выучили все правильные точки, и если Далецкая думала про мальчика, пальцы становились этим мальчиком. Мальчик-с-пальчик. Тут как тут.

Люда тоже это делала: Далецкая слышала, как она дышит, когда делает. Но потом Люда не расслаблялась, как Далецкая – счастливая теплота и мягкая усталость, легкость и тяжесть одновременно, а отворачивалась к стенке и начинала тихо плакать, мокро всхлипывая. Далецкой не нравилось, когда мешают ее состоянию влажной радости. Она надеялась, что Люда найдет мальчика и перестанет плакать по ночам.

Проблема решилась, когда Люду перевели в отделение сопровождаемого проживания: теперь по ночам она плакала там и не мешала Далецкой быть счастливой.

Колю тоже перевели в это отделение, но они продолжали видеться в коридорах, классах и при хорошей погоде гуляли по территории. Если шел дождь, они сидели в темной заброшенной подсобке, где хранили ненужное и пахло ржавчиной. Это было их место: туда больше никто не ходил. Потом они стали там сидеть даже когда дождь не шел.

Далецкая хотела рассказать Коле про Люду Сушкову, но решила, что не надо: вдруг Коля станет мальчиком Люды и перестанет дружить с ней самой? Она спросила Колю, кто ему нравится из девочек, и тот вдруг смутился и стал заикаться еще сильнее. Перестал смотреть ей в глаза.

Далецкая поняла, что ему нравится она. Она так подумала, потому что иначе чего смущаться? Но это не решало проблему Колиного роста: он мог продолжать расти, а она останется как есть, никогда не вырастет. С этим нужно было что-то делать.

У Коли Дацюка не было рук. Он не мог делать себе хорошо, как могла Далецкая. У нее были руки, и она могла делать хорошо не только себе.

Так у них началось: без слов. Коля стоял в темной подсобке – высокий, худой, некрасивый, Далецкая стягивала с него спортивные брюки, спускала черные трусы на тугой резинке, и ее короткие толстые пальцы обретали над Колей власть. Коля мычал, закрыв глаза, дергал обрубками рук словно ластами, и Далецкая делала ему хорошо. Она знала, что теперь они с Колей одного роста и останутся одного роста, сколько бы он ни рос.

У многих в интернате не было родителей. То есть были, но они не приезжали, не навещали, значит, их не было. Многие не знали, кто их родители. Далецкую тоже не навещали, но она знала, кто ее мама: Лика Далецкая, актриса. Брянский театр драмы имени А.К. Толстого. В библиотеке интерната не было книг А.К. Толстого, но, когда подросла, Далецкая нашла в интернете его повесть «Упырь». В повести до конца так и не понятно, были ли пришедшие на бал упырями и хотели сосать кровь молодых девушек или это плод фантазии больного человека Рыбаренко; читатель должен решить сам. Далецкая решила, что были. Она только не поняла, почему это нужно скрывать от читателя: упыри так упыри.

Далецкая отпечатала в библиотеке мамины фотографии, тоже найденные в интернете, и прикрепила над кроватью клейкой лентой. Лента была слишком клейкой и, когда Далецкую переводили в другую комнату и фотографии нужно было снимать, оторвала у мамы пол-лица. Пришлось отпечатывать новые.

Дэцэпэшники из умных иногда врали про своих родителей: что они богатые, что звонят им на телефон в кабинете Никаноры, что скоро за ними приедут. Они знали, что врут, и все вокруг знали, что они врут: никто ни за кем не приедет. То есть приедут, но не родители, а злые нянечки с третьего этажа, где размещался взрослый «лежак»: когда придет время, они придут и увезут бывших детей туда, где пахнет мочой и никто больше себя не обманывает. Далецкая не обманывала себя никогда: она знала, что не нужна маме: мама отдала ее в интернат вскоре после рождения.

Далецкая не обижалась: она поступила бы так же. Мама красивая и актриса, и Далецкая ей только мешала. Мама бы стыдилась, что у нее такая дочь. Иногда, когда подросла, она думала, как бы они жили вместе, как она сама могла стать актрисой. Выступают же карлики в цирке? Далецкая была ловкой и сильной: она могла бы. Вокруг публика, все аплодируют. Она в трико с блестками выступает с гимнастами. Ее подбрасывают в воздух и Далецкая летит, летит. Дальше она ничего не могла придумать. Так ее номер и заканчивался – полетом наверх.

За ней никто не приехал из цирка. Далецкая знала, что и не приедут: нужно выбираться из интерната самой. Ее никто не подбросит: сама должна взлететь.

В интернат иногда приезжали из Брянска – из соцобеспечения. Они ходили по комнатам, сидели в классах, смотрели, как кормят в столовой. Все из соцобеспечения были похожи: толстые, как Никанора, но моложе. И наряднее. Они редко говорили с воспитанниками, которые назывались «обеспечиваемые». Далецкая была обеспечиваемая. С ней тоже не разговаривали, хотя она крутилась рядом с воспитателями и Никанорой.

Далецкая отметила одну из соцобеспечения – Тамару Валерьевну. Все ходили вроде бы вместе, но как-то вокруг нее, словно она в центре, а они ее сопровождают. Однажды – при обходе комнат – Тамара Валерьевна задержалась у ее кровати, рассматривая мамины фотографии. Она спросила Далецкую почему. Далецкая не успела ответить, вылезла директриса Никанора – а это наша мама, знаменитая актриса из Брянска, Поля ею очень гордится.

Поля. А всегда была просто Далецкая.

Тамара Валерьевна кивнула и улыбнулась Далецкой. Никанора тоже улыбнулась Далецкой и погладила ее по голове. Далецкая поняла, что Тамара Валерьевна главнее Никаноры. Теперь она знала, с кем нужно говорить о том, как выйти за стены.

На следующий год ей исполнилось семнадцать. Время пришло.

С теми, кто поумнее, в интернате проводили беседы о социальной адаптации. Социальная адаптация заключалась в переводе в отделение сопровождаемого проживания. Далецкая решила, что к ней это не относится: она могла жить самостоятельно – без сопровождения. Она нормальная, просто маленькая. Живут же маленькие сами? Сможет и она.

Соцработник Вера Митрофановна им рассказывала, что детей-сирот государство обеспечивает жильем. Из своего, государственного, жилищного фонда. Но Далецкая была не сирота: у нее совсем недалеко – в Брянске – жила мама. Актриса. Она пошла к директрисе Никаноре и, отсидев час под дверью ее кабинета и дождавшись, пока та выйдет, сообщила, что хочет уехать к маме. Имеет право. Не сирота.

Далецкая ожидала, что Никанора рассердится и отправит ее к дежурной воспитательнице для наказания. Она уже заготовила слова про Тамару Валерьевну, как ей расскажет, что хочет к маме, в следующий раз, когда та приедет ходить по комнатам и смотреть на обеспечиваемых. Не потребовалось: Никанора прищурилась, но по-другому, не как всегда, кивнула Далецкой, и они пошли в ее кабинет. Там на стене висела некрасивая картина – редкий лес, вдали узкая река. Сверху бледное небо.

– Ты, Далецкая, зарегистрирована по месту жительства матери. Мы тебя не переоформляли на интернат. Так что можешь уехать. Имеешь право на площадь.

Это Далецкая не очень поняла, поняла лишь, что хорошо. Ей повезло.

– А если она тебя не захочет, что будешь делать? Сюда вернешься? Мы же тебя снимем с обеспечения, – объяснила директриса Никанора. – Ты подумай: здесь ты все знаешь. Всех. И тебя здесь все знают. Профессию хорошую выучишь. Можешь в колледж заочно – у тебя привилегии при поступлении. Можешь даже стать воспитательницей: я за тобой следила, у тебя должно получиться. У тебя организационные способности. Подумай. Время есть. Это же большой шаг.

Никанора ошибалась: способности у Далецкой были, а времени не было. Она спешила за стены. Спешила сделать свой первый большой шаг.

8

От Октябрьской улицы, на которой Далецкая жила с матерью, до Центрального рынка идти минут сорок. То есть Далецкой идти минут сорок – ноги короткие. А нормально сложенному человеку хватило бы и двадцати.

У Далецкой же поход на рынок занимал еще дольше: она ходила не через Пролетарскую, куда можно свернуть сразу с Октябрьской, а через парк-музей А.К. Толстого, который писал про упырей. Нужно было обходить с улицы Горького, чтобы войти в парк через ближний боковой вход. Это занимало дополнительные десять минут, но Далецкая не возражала – ей нравилось ходить через парк: у мамы был театр имени графа, а у нее – его парк. Это их роднило.

Идя через парк, Далецкая думала о том, как здесь – прямо здесь – гулял А.К. Толстой и сочинял страшные слова про неведомое. Она представляла, как сама гуляет по усадьбе графа и случайно его встречает. Как он интересуется маленькой девушкой – никогда не видел таких! Вы, должно быть, Дюймовочка! – и приглашает ее в свой дом. Как у них все начинается, и скоро она становится хозяйкой усадьбы и приносит уже своему графу кофе в кабинет, где он по утрам пишет у большого чистого окна с видом на парк. Позже Далецкая узнала, что граф никогда здесь не жил: граф жил неподалеку от Брянска в имении Красный Рог, на месте парка же раньше находились кладбище и морг, и жить здесь могли только толстовские упыри.

Придя на рынок, Далецкая долго ходила меж рядов, словно вспоминая, зачем пришла. Она, конечно, помнила, зачем пришла: за творогом и курагой. Ей просто нравилось смотреть на разложенную по лоткам еду. Там продавалось много разного.

Мама Лика каждый день ела одно и то же – размятый творог с курагой, и раз в три дня Далецкая ходила на рынок, где у молодой наглой торговки Насти покупала влажный, рассыпчатый, дышащий белым паром творог, а затем шла к пожилой дагестанке Фариде за ярко-оранжевой крупной сочной курагой. Настя не торговалась и не имела к Далецкой жалости. Все остальные на рынке делали вид, что жалеют –

калека-карлица, и притворялись, будто снижают для нее цены. А Настя не жалела. Потому Далецкая и покупала творог только у нее.

Мама Лика вставала поздно-поздно, Далецкая к этому времени уже давно поднималась и проветривала свою комнату, широко раскрыв окно, как учили в интернате, а затем, встав на стул, расставляла по шкафчикам на кухне высушенную за ночь посуду от ужина, когда мама начинала кашлять у себя в спальне. Мама долго кашляла, затем шла в ванную отплевывать скопившуюся за время сна слизь. Она выходила на кухню и долго сидела, глядя перед собой, курила и пила горький кофе, который Далецкая научилась варить как любила мама – густо и мало, на самом дне старой обожженной турки, потерявшей от пламени и времени цвет. Мама не говорила с Далецкой, просто курила и маленькими птичьими глотками пила кофе. Далецкая ждала, когда та затушит оставшийся от сигареты фильтр и кивнет: теперь можно подать ей размятый творог с курагой. Мама ела его долго-долго, словно просыпалась с каждой ложкой творога. Потом она снова пила кофе, заново сваренный Далецкой, и курила вторую сигарету. Так начинался их день.

Далецкая знала, что мама ее не любит и никогда не полюбит. Она не расстраивалась и не винила маму: они теперь жили вместе – уже три года – и будут жить дальше. У Далецкой теперь было все, как у всех: своя комната, своя мама, свой дом. Она была зарегистрирована в квартире на улице Октябрьской, и даже мама не могла ее выгнать. А любит, не любит – кому это интересно? Далецкой было не интересно: она сама теперь не любила маму, когда с ней пожила: мама оказалась глупой и неприятной, она не заботилась о своем здоровье – много курила и часто после спектаклей приходила пьяная. Иногда ее привозили домой, и она не могла открыть ключом дверь: Далецкая открывала и помогала ей разуться. Затем вела в спальню, где мама ложилась на кровать одетая и сразу засыпала. Далецкая накрывала ее пледом и тушила свет. В комнате стоял тяжелый воздух: мама не разрешала открывать окна и проветривать. Наверное, ее не учили в детстве, что свежий воздух убивает микробов. Или мама жалела микробов и не хотела их убивать.

Иногда Далецкая думала, что будет, если однажды ночью она не откроет маме дверь: пусть та постоит на холодной лестничной клетке третьего этажа и подумает о своем поведении. В интернате, если кто-то себя плохо вел, его отправляли из класса к директрисе Никаноре –

подумать о своем поведении. Мама не хотела думать о своем поведении, и Далецкая поняла, что сорганизовать маму не удастся: та не хотела жить правильно. Мама не хотела быть здоровой и полезной обществу, как учили в интернате. Мама хотела курить натощак и пить густой горький кофе.

Далецкая расстраивалась, что в жизни мама не такая красивая и молодая, как на фотографиях, прикрепленных клейкой лентой у нее над кроватью в интернате. Мама была не стройная, а тощая – с выступающими ключицами, острыми коленками и торчащими косточками у больших пальцев ног. Косточки болели, но мама упрямо носила узкие туфли и узкие сапоги на острых каблуках. Далецкая хотела ей рассказать про вальгусную деформацию стопы – она прочла про это в интернете, но потом передумала: мама никого не слушала и не понимала, что себя нужно беречь. Она не заботилась ни о себе, ни о других. Как когда-то решила не заботиться о Далецкой.

Мама была почти старая – не как на фотографиях. И она не улыбалась и не смотрела загадочно и маняще, как когда-то смотрела на Далецкую со стен интерната. Тощая, некрасивая, старая. Пахнущая табаком и микробами. Совсем не та мама, какую хотела себе Далецкая.

Она не любила маму: та не заслуживала ее любви.

Теперь Далецкая любила папу: она его никогда не видела. Он жил в Москве и был знаменитый. Папа снимал фильмы и в одном из них снял маму: та была молодой и красивой. Не то что теперь.

Фильм, где мама сыграла главную роль, после чего у нее родилась Далецкая, назывался «Надрыв». У мамы в шкафу с книгами стояли две кассеты с фильмом «Надрыв», хотя Далецкая так и не поняла, зачем две: они же одинаковые? На всякий случай она посмотрела обе, одну за другой, убедиться, что там одно и то же.

Перед тем, как смотреть фильм, Далецкая прочитала про него в интернете, чтобы знать, о чем. Она всегда так делала: легче смотреть. Критики писали одно и то же: «Надрыв» – история российской провинциальной интеллигенции, не пережившей перестройку, не перестроившейся. Молодая женщина Дина – ее играла мама – живет в большом провинциальном городе, у нее семья – муж, ребенок. Ребенок – маленький мальчик – мелькнул в фильме два раза, а потом как-то пропал. Далецкая так и не поняла, куда он делся. Возможно, его отправили в интернат.

Дина — художница, но ее работы теперь никому не нужны. Ее муж Аркадий — тоже художник, и тоже никому не нужен. Так они и живут, никому не нужные. Далецкая посмотрела фильм три раза, но ей осталось не ясно, почему они стали не нужны и кому были нужны раньше.

В фильме «Надрыв» много молчали. Сидели и молчали, глядя перед собой, пока солнце спускалось на медленную реку, растворяясь в поблекшем небе. Шли и молчали, глядя перед собой, пока по улице пробегала непородистая собака и камера уходила за ней, бросая героев. Критики не объясняли, почему Дина и Аркадий столько молчат. Далецкая смотрела на молчащих и думала, что они могли бы поговорить и решить, как снова стать нужными. Но они молчали и курили. Как мама по утрам.

Еще в фильме часто шел дождь. Мама смотрела на дождь и была несчастлива. Далецкая об этом догадалась сама, потому что в фильме мама просто смотрела на дождь и молчала. Оставалась ненужной.

Критики писали про работу с кадром и светом, про использование режиссером Найденовым дальних планов. Далецкая поняла, что папа — лучше других. Он жил в Москве. Она нашла в интернете про папу все, что можно: оказалось, у него другая семья. Жена и дочь — чуть старше Далецкой. Она его не осуждала: возможно, папина жена лучше, чем мама. Наверное, не курит и думает о своем поведении.

В фильме «Надрыв» Дина в конце концов начинает изменять Аркадию с бандитом Иваном. Она не любит Ивана: любит своего мужа, но изменяет ему с бандитом. Далецкая так и не поняла, почему. Дина не скрывает свои измены от Аркадия, и оба продолжают молчать. Словно ничего не происходит. Потом Аркадий вешается. Дина находит его в кухне, садится, закуривает и молчит. Смотрит на мертвого мужа и его последнюю картину, которую он ей оставил, вместо того, чтобы звонить в милицию или скорую помощь. Она курит, а бандит Иван давит на гудок машины около подъезда: хочет, чтобы Дина к нему вышла. Так гудком фильм и заканчивался: оставалось не ясно, пошла ли Дина к Ивану или осталась молча сидеть в квартире, где под потолком в сигаретном дыму красиво висел ее муж. Далецкая так и не поняла, хотя смотрела три раза.

9

То утро грозило дождем, заливало мир сероватой бледностью, затем небо расступилось и осветилось солнцем, словно переводная картинка выступила из-под матовой влажной пленки. Никакого дождя – хороший ясный день.

Далецкая начала беспокоиться после одиннадцати: обычно в это время мама уже кашляла и отхаркивала скопившуюся за ночь флегму. Это означало, что можно молоть терпко пахнущие маленькие гладкие коричневые бобы в старой ручной бронзовой кофемолке, только осторожно, а то можно сломать деревянную ручку на расшатанном шарнире.

Мама называла кофемолку «мамина», хотя для Далецкой кофемолка была «бабушкина». Мама никогда не говорила про свою маму «бабушка»: это означало бы признать право Далецкой на семью. А она это право признавать не собиралась. Далецкая понимала и не обижалась.

У нее не было бабушки. Да и мама оказалась не настоящая.

В то утро мама не кашляла и не отплевывалась в ванной. За дверью ее спальни расплывалась тишина, просачиваясь из-под темной узкой щели в квартиру, заливая собой коридор и переднюю. Далецкая подходила, прислушивалась, думала, стоит ли будить маму: той нужно было к часу на репетицию. Не нужно: мама взрослая и должна отвечать за свои поступки. Как учили в интернате.

Когда она пошла слушать тишину за дверью маминой спальни в четвертый раз, оттуда – как шорох – донеслось сипение. Не стон даже – сипение. Далецкая подумала и открыла дверь.

Врач ей не понравился: молодой слишком. Несерьезный какой-то. У него было трудное нерусское имя, и Далецкая решила его не запоминать. Худой, в белом халате поверх застиранной синей хирургической формы, на ногах – резиновые тапочки для купания. Словно собрался в бассейн. Несолидно.

На нее смотрели в приемном покое Первой городской больницы, куда их привезла скорая, но Далецкая привыкла к этому за пять лет жизни в Брянске: пусть смотрят. В интернате на нее никто не смотрел: там были дети и поинтереснее. Было на кого посмотреть.

Ишемический инсульт, объяснял глухим усталым голосом нерусский доктор – фразы длинные, специальные слова, словно читает из медицинской книжки, – ишемический инсульт возникает как следствие закупорки церебральных сосудов атеросклеротическими бляшками и тромбами. В зоне остановки кровообращения формируется очаг некроза мозговой ткани. От его расположения и размера зависит тяжесть последующей парализации. Острое нарушение кровоснабжения в структурах левого полушария, результат – так называемый правосторонний паралич. Как у вашей матери. Скорее всего, без надежды на восстановление. Лучше смотреть правде в глаза.

Далецкая согласилась: она всегда смотрела правде в глаза.

– Почему так называемый? – спросила Далецкая.

– Так его называют, – врач посмотрел на часы. – Подержим ее какое-то время, стабилизируем по жизненным показателям. А вам нужно подумать о создании ей домашнего ухода. Связаться с органами соцопеки. Инвалидность оформить. Ей теперь потребуется постоянный спецуход.

Далецкая кивнула. Она знала про спецуход: насмотрелась за семнадцать лет в интернате.

– А почему это с ней?

Врач подавил зевок, моргнул.

– Курила? Много?

Далецкая кивнула.

– Злоупотребление табаком, – пояснил врач. – Алкоголем. Сосудистые нарушения. Результат – тромбофлебит, проблемы с сердечным ритмом.

Он говорил, словно читал памятку. Ему было не интересно.

– А мне к ней можно? – спросила Далецкая. Она хотела увидеть маму с правосторонним параличом. Беспомощную. Негордую.

– Не сегодня, – он зевнул, больше не прячась. – Стабилизируем по жизненным, тогда разрешим посещения. Насмотритесь еще.

Для установления инвалидности и выделения маме соцработника требовалось назначить медико-социальную комиссию. Далецкой объяснили про очередь, но она не хотела ждать. Она попросила директора театра – толстого, высокого, жевавшего свои мокрые губы Николая Петровича – позвонить кому-нибудь важному; тот пообещал и не сделал. Когда Далецкая ему напомнила, он соврал, что звонил, что обещали помочь. Далецкая сразу поняла – врет. Не обиделась. Поблагодарила. Запомнила.

Ей никто не собирался помогать. В театре собрали немного денег и принесли домой в красивом голубом конверте с золотыми узорами по краям. Цветы тоже принесли, но они пахли слишком сильно, и Далецкая их выкинула в мусорку во дворе. Ей пришлось встать на ящик, чтобы открыть тяжелую грязную крышку мусорки, и она опасалась, что ящик под нею сломается: в нем не хватало двух поперечных досок.

Далецкая поняла, что должна рассчитывать только на себя. Другого она и не ожидала.

Она нашла на сайте органов соцопеки Тамару Валерьевну, приезжавшую к ним интернат, и отправилась к ней без записи на прием. Та ее помнила.

– Назначим на комиссию, – пообещала Тамара Валерьевна. – Мама у тебя, все-таки, не с улицы. Известный в городе человек. У нас следующая комиссия через три недели. Пока найми кого-нибудь: ты ж сама ее на судно не посадишь. И не вымоешь. Сил не хватит.

Далецкая согласилась. Она во всем соглашалась с Тамарой Валерьевной, чтобы та поняла: Далецкая хорошо подумала о своем поведении. Уже давно.

Она не сказала, что не собирается сажать маму на судно, а использует подгузники для взрослых. Те были дорогие – 970 рублей за десять штук, но Далецкая не выбрасывала уже использованные, а простирывала в ванной с мылом и потом сушила. Иначе откуда ж денег набраться.

Маме дали инвалидность, и Далецкая пошла благодарить Тамару Валерьевну с коробкой конфет. Она понимала, что дело не в подарках: Тамара Валерьевна и так бы помогла. Но Далецкая знала, что с конфетами лучше.

– Тебе опеку нужно оформить, – посоветовала Тамара Валерьевна. – Это через нас, я девочкам скажу, помогут заполнить документы. Организуем поддержку при рассмотрении. Мама твоя не с улицы все-таки.

Девочки — пожилые толстые тетки — объяснили, что такое опека над потерявшим дееспособность. Над инвалидом. Далецкая слушала внимательно: перед ней открывался новый мир. Мир ее опекунства.

Мама Лика была не Лика, а Гликерия Нифонтовна. Далецкая знала это из своего свидетельства о рождении. Кто так называет ребенка, думала Далецкая. Почему? Она прочитала в интернете, что Гликерия означает «сладкая». К маме это не подходило: она пахла едким потом и мочой. А раньше пахла тяжелым табачным запахом. Запах табака постепенно исчез, потому что Далецкая больше не покупала маме сигарет, хотя та просила — отплевываясь слюной, еле формируя слова непослушными сухими потрескавшимися губами, но Далецкая не собиралась тратить деньги на вредное. Хватит, накурилась.

Иногда мама плакала. Почти без слез, словно роса на лице. Тряслась, когда Далецкая переворачивала ее на бок, чтобы протереть от пролежней или поменять подгузник. Далецкая не показывала, что видит: понимала — маме стыдно. Она решила дать ей возможность подумать о своем поведении.

Дедушку звали Нифонтом. Означает «разумный, рассудительный». Далецкой нравилось его имя, и она решила, что унаследовала разумность от дедушки. Она часто представляла его: высокого, непременно высокого, с тяжелой палкой, вышагивающего по улицам города — неспешно, рассудительно, идущего по важным делам. Я бы ладила с дедушкой, думала Далецкая. Мы же оба разумные.

И с отцом бы я ладила, думала Далецкая, когда смотрела и пересматривала его фильмы на старых кассетах, хранившихся у мамы в книжном шкафу. Знаменитый режиссер, живет в Москве. Он был записан в ее свидетельстве о рождении. Но фамилия мамина.

Она прочитала, что оба имени — Гликерия и Нифонт — греческие. Значит, я — гречанка, решила Далецкая. Ей нравилось об этом думать. Отчего-то быть гречанкой казалось ей важным.

Опекунство оформили в июле. Далецкая получила справку и решила, что пора. Она продумала этот шаг — второй большой шаг в ее жизни, пока стирала использованные подгузники и протирала маму мокрой кухонной губкой, а потом промакивала жестким от сушки на балконе полотенцем: покупать влажные салфетки выходило дорого.

Мама не хотела есть сваренную Далецкой овсяную кашу, просила творог с курагой. Просила кофе. Просила курить. Не хотела меняться.

Кофе Далецкая больше не покупала: денег не напасешься. Раньше она ходила за кофейными бобами в супермаркет «Пятерочка» на бульваре Гагарина. По дороге Далецкая любила заходить в торговый центр «Галерея» на углу Гагарина и Октябрьской, где долго бродила меж магазинных витрин, разглядывая развешенную на манекенах одежду и всякие товары, которые она никогда не сможет купить. Себе она покупала детскую одежду на том же Центральном рынке, где и творог. Приходилось подшивать: у нее ноги и руки были непропорционально короткие.

В «Галерее» Далецкая всегда подолгу стояла перед витриной магазина «Империя путешествий». Далецкая смотрела на разного вида и назначения багаж и представляла, как она заходит и выбирает себе чемодан. То есть делает вид, что выбирает, потому что уже давно выбрала: небольшой красный пластиковый чемодан на четырех маленьких колесах. Далецкая представляла, как они путешествуют – чемодан и она. Объезжают Империю Путешествий. Как она упаковывает и распаковывает красный чемодан и везет его по Империи. Насмотревшись на свой чемодан, Далецкая шла в «Пятерочку» за кофейными бобами.

Все это теперь было в прошлом: кофе больше не покупался. Сама Далецкая кофе не пила, а маме вредно. Да и дорого.

Она выкинула бабушкину кофемолку: та все равно еле работала, но раньше мама не разрешала от нее избавиться и купить электрическую. Раньше мама решала, что делать, а теперь решала Далецкая. По праву опекунства.

Соцработница Ксения – худая, с тонкими губами – приходила на четыре часа в день. Она помогала мыть маму, помогала перестилать постель, когда нужно, но потом уходила, и Далецкая оставалась с мамой одна. Далецкая хотела остаться одна. Но не с мамой.

Из всей своей жизни Далецкая жила одна только четыре дня – пока маму стабилизировали по жизненным показателям. Все остальное время она жила с кем-то чужим – с дебилкой Людой и другими девочками в комнате. Потом с мамой, которая старалась понравиться, но так и не понравилась. Потому что такая родилась и как бы хорошо себя не вела, другой не станет. Далецкая не обижалась на маму: не любит, так не любит. Она ее тоже не любила.

10

Поездка заняла меньше, чем ей представлялось: пять лет назад она ехала в Брянск почти три часа, а сейчас – по обратной дороге – управились за полтора. Должно быть, потому что в Брянск она ехала на автобусе, останавливавшемся здесь и там, а теперь возвращалась на машине: маму уложили на заднее сиденье и привязали, чтобы не упала. Да и упала бы – не страшно: там падать невысоко.

За пять лет мало что поменялось: только двор на въезде словно съежился, сжался и побледнел. Поблек, будто краска выцвела: и небо, и трава на газоне перед зданием стали бледнее. Раньше двор ей казался большим и ярким, а теперь стал меньше. Или я выросла, подумала Далецкая. Или насмотрелась другого.

Коридоры тоже стали у́же. Когда маму посадили в кресло и везли по коридорам, Далецкой все время казалось, что вот-вот заденут за зеленовато-бурые стены, обязательно заденут. Но молодая незнакомая санитарка провезла маму, не задев ни стену, ни острых углов с плохо пригнанным черным плинтусом. Далецкая шла за ними, везя за собой большой голубой чемодан на двух колесиках: мама когда-то ездила с ним на гастроли. Чемодан был почти пустой: Далецкая знала, что маме теперь мало что будет нужно. А что нужно – всем обеспечат. Как положено обеспечиваемым.

Даже директриса Никанора стала меньше. Худее. Она и воспитательница Виктория Николаевна встретили Далецкую в регистратуре, где оформляли вновь прибывших. «А Виктория не изменилась, – решила Далецкая. – Такая же. И, должно быть, так же бьет по губам, если кто что не так».

С ними в регистратуре ждала незнакомая молодая женщина. Далецкой она не понравилась: слишком красивая для интерната. И одета дорого, не с рынка.

– Полина, знакомься, это наша новая главврач Лана Григорьевна.

Полина? Вот и Полина. Дожила все-таки до Полины.

– Здравствуйте, Лана Григорьевна, – заулыбалась Далецкая. – Вот мама моя.

Она помнила, что взрослым нужно показывать радость. Что ты всем довольна. Готова быть полезной.

Мама Лика сидела в инвалидном кресле, сильно завалившись на правую сторону. Она не показывала радости. У нее текла слюна из правого уголка губ. Далецкая подумала и решила не вытирать: пусть видят, как есть. Что инвалид. Что тяжело с ней, нужен спецуход.

– Вот, – повторила Далецкая. – Мама моя.

Лана Григорьевна кивнула и ничего не сказала. Никанора не кивнула, просто промолчала. А Виктория Николаевна посмотрела на маму Лику и повернулась к Далецкой:

– Сама-то что будешь делать? Учиться пойдешь?

Воспитательница оставалась воспитательницей.

– Полина, зайди ко мне, пока твою маму осмотрят, – предложила директриса Никанора. – Потом вернешься на оформление.

– Ты подумала хорошо? – спросила Никанора, когда они уселись в ее кабинете, показавшимся Далецкой меньше, чем был. И потолок словно стал ниже. – Ты же знаешь, как здесь у нас – на «лежаке». Мы, конечно, поставим твою маму на контроль, но ты-то знаешь: там рук не хватает. У нас нянечки увольняются. Ставок нет лишних. Она ж у тебя совсем не ходячая. Не привыкшая к нашим условиям. Тяжело ей будет.

– Не ходячая, – согласилась Далецкая. Она помнила, что со взрослыми нельзя спорить. – Ей спецуход нужен. Я дома не могу обеспечить. А в интернате обеспечивают. Маме положено как инвалиду. У меня направление есть.

Никанора ничего не сказала, просто сощурилась, как раньше сощуривалась, глядя на Далецкую, когда та старалась быть полезной.

– Не ошиблась я в тебе, Далецкая. Ох, не ошиблась.

Вот – снова Далецкая. Ждать пришлось недолго.

Она вдруг испугалась: что, если Никанора не отпустит ее из интерната? Оставит с мамой – ухаживать? Она затревожилась, словно в нее залили холодный страх, как бывало раньше, когда она бродила по третьему этажу, глядя на лежачих взрослых и радуясь, что она карлица, но ходячая. Что сама может себя обслуживать и жить самостоятельно. Без сопровождения.

«Не имеет права меня насильно держать, – думала Далецкая. – Или имеет? А что: скажет, и не отпустят. Отвезут на «лежак» и оставят.

Запрут. Никто даже и не узнает: я же никому не нужна. Кто заступится?» Она пожалела, что никому не сказала, куда едет, но вспомнила, что и говорить было некому: Далецкая была одна. Во всем мире. И ни одному человеку не было до нее дела: запрет ее Никанора в интернате, и не узнает никто.

— Я ехать скоро должна, — сказала Далецкая. — Там машина внизу ждет, мне в город нужно обратно к пяти: люди придут квартиру смотреть.

— Продаешь? — поинтересовалась Никанора. — На меньшую меняешь?

— Сдать хочу. Я же в Москву еду — к отцу.

Форм для подписания в качестве опекуна вновь поступаемой обеспечиваемой было много, и Далецкая подписывала их крупным ровным почерком, как учила Виктория Николаевна. У нее всегда был красивый почерк, словно по линейке писала. Ее хвалили учителя.

— Полина, там Коля Дацюк, друг твой, про тебя спрашивал, мы ему сказали, что ты приезжаешь. Зайдешь в мастерские?

— Меня машина ждет, Виктория Николаевна, — вздохнула Далецкая. — Они ж по времени деньги берут.

Она не хотела видеть никого из прежней жизни. Не увидишь — и жизни той как и не было.

Маму вывезли из приемного покоя переодетую в персикового цвета шелковый халат, привезенный Далецкой. Мама всегда ходила в этом халате по утрам, пила в нем густой черный кофе, глядя на сигаретный дым. Далецкая знала, что халат снимут, когда маму будут укладывать, и спрячут в маленький шкафчик при кровати. Мама теперь всегда — навсегда — будет одета в серенькую распашонку в крапинках с запа́хом — завязки сбоку. Так легче на судно сажать и протирать от пролежней. Когда распашонка совсем замарается, ее поменяют. На такую же.

Далецкая это видела и не раз. Ей это было неинтересно.

— Вы здесь с мамой попрощайтесь, — предложила Лана Григорьевна. — Мы вас на этаж для лежачих пустить не можем: санитарный контроль. Сами знаете.

Далецкая кивнула: она знала. Да и не собиралась подниматься: она там все уже видела.

— Мама, тут за вами будут ухаживать хорошо, — сказала Далецкая. — Тут врачи хорошие. — Она не знала, что еще сказать. — Нянечки помогают. Вам хорошо будет.

Она ждала, скажет ли ей что-то мама. Вдруг скажет? Далецкая знала: что бы мама ни сказала, она свое решение не поменяет, но ждала — а вдруг?

Мама Лика молчала. Она смотрела на Далецкую сбоку, потому что клонилась направо: паралич-то правосторонний. Как обычно при ишемическом инсульте. У нее текла слюнная пена и, повисев, капала беленькими пузырями на персиковый халат. Пузыри быстро таяли, оставляя мокрые пятнышки.

— Обнять можете, — разрешила Лана Григорьевна.

Далецкая кивнула и осторожно обняла маму с левой стороны — не попачкаться слюной.

Ей показалось, что мама все-таки что-то сказала. Просипела ей на ухо. Но что именно, Далецкая не расслышала.

ВОЙНА ЗА МИР

1

Война началась в телевизоре. Но мы его не смотрели.

Далецкая смотрела. Интересовалась. А мы нет. Так поначалу и жили как обычно, как всегда: своей жизнью, параллельной их жизни – телевизорной. Я читала про войну в «Фейсбуке», в «Телеграм», не сильно вникая в происходящее: это же их война. Они ее начали, они пусть и воюют. А у нас – немое кино.

Четвертый секрет немого кино? Регулируемая частота кадров.

Большинство фильмов снимается с частотой 24 кадра в секунду. Человеческий мозг не в состоянии воспринимать более частую смену кадров, то есть воспринимать может, но не регистрирует как увиденное. Изменение частоты проекции в звуковом кино искажает записанный звук, а немые фильмы могут демонстрироваться с произвольной скоростью: они ж немые. Нечему искажаться. Киномеханик, вращающий ручку кинопроектора, сам регулировал частоту кадров, как бы интерпретируя картину для зрителя, ориентируясь на настроение публики в зале: если казалось, что публика теряет интерес, он увеличивал частоту до 30 кадров, если казалось, что публика слишком возбуждена, замедлял до 20. Темп происходящего на экране влиял не только на восприятие зала, но и на настроение самого сюжета, которое могло в зависимости от желания стоящего за кинопроектором измениться от минорного до мажорного. Поменять смысл и стать иным.

Видимое – продукт интерпретации. Покажут нам кино с другой скоростью, и мы увидим то, что хочет показывающий. Со звуком сложнее: слова несут смысл, отдельный от изображения. Их можно только заглушить. Или запретить произносить.

Мы продолжали жить в немом кино, где кто-то другой – невидимый, высоко над залом, в темной кинобудке – крутил ручку загадочного фильмоскопа как хотел. Как решил. Как ему было нужно. А мы? Мы не глядели на экран.

Так прошел март.

Мы узнали про Бучу в апреле. Читали в «Телеграм», смотрели заполнившие интернет-пространство видео и фотографии с пригородными улицами, полными почерневших трупов. Не верили. То есть я не верила, а Костя поверил сразу: он служил в армии, когда не поступил в иняз после школы, и верил всему плохому, что может произойти. Армия, сказал Костя, приучает человека делать с другим человеком все, что угодно. Армия регулирует частоту кадров, с которой ты видишь мир, и ты видишь мир таким, как тебе его показывают.

Далецкая смотрела телевизор – соловьевы, скабеевы, симоньяны. Я села смотреть с ней, словно хотела, чтобы меня уговорили, убаюкали, убедили, что Бучи не было. Что вообще нет такого городка под Киевом – выдумка неонацистов-наркоманов, построенный ими кинопавильон с разложенной в страшных позах загримированной массовкой. Что все не так однозначно. Что все вообще не так.

Мама сидела на диване рядом с Далецкой и смотрела с нами. Что она видела? У нее своя частота кадра, и кто-то неведомый крутит ручку кинопроектора у нее в голове. Кинозал для одной. Закрытый кинопоказ.

Далецкая держала розетку с вареньем в левой руке и чайную ложку в правой, оттопырив мизинец, как делают иногда люди, пьющие водку из рюмок. Она заметила, что я смотрю на нее.

– Ася, вы не бойтесь, я аккуратно: не заляпаю. Не уроню.

Я спросила, верит ли она тому, что говорят в телевизоре. Что не было убийств в Буче. Что все не так.

– Да что вы, – удивилась Далецкая. – Врут нам все: им положено говорить, что ничего не было, они и говорят. Наши поубивали там всех, конечно, постреляли. А этим положено говорить, что ничего не было: чтобы народ не расстраивался.

— А вы что теперь? — неуклюже спросила я. — Как теперь?

Далецкая не поняла. Посмотрела на меня: о чем я?

— Как теперь жить после такого? Когда наши с вами сограждане убивают чужое население? Мирных жителей?

— А кого ж им убивать, Ася? — Далецкая положила в рот ложечку варенья и покатала сладкий комок языком. Прикрыла глаза, проглотила. — Не своих же. Чужих и убивают. Они и военных убивают, не только мирных. Им кого скажут, того и убьют. Это ж война.

Я жила свою жизнь как бильярдный шар — по инерции. Ударили, отправили в жизнь, и я покатилась. Дочка Романа Кирилловича, значит, должна заниматься кино. Занимаюсь. Костя считает меня шлюхой, значит, должна спать со всеми. Сплю. Друзья вокруг уезжают, значит, и мы уезжаем. Вокруг нас все только об этом и говорили. Покупали билеты втридорога. Куда придется. Но и куда придется билетов было уже не достать.

Мы пришли к Шулинским на майские выходные: Москва тихая, в городе ограничено движение из-за подготовки к параду. Хотя везде писали, что парад вообще отменят. Что к 9 мая закончат войну, а потом проведут парад в Киеве — Путин на Крещатике, украинские военные с сорванными погонами проходят перед ним со склоненными от стыда головами и бросают знамена к его ногам. Что на параде объявят всеобщую мобилизацию, и войска прямо с Красной площади отправятся на фронт. Что к 9 мая бросят атомную бомбу на Украину, потому что наших разбили под Киевом и не оставили России другого выхода. Вообще все время получалось, что России не оставляют другого выхода, что страна живет в ожидании чьей-то доброй воли, а когда не дожидается, то ей — огромной, раскинувшейся на одиннадцать часовых поясов империи — приходится делать что-нибудь ужасное, страшное: убивать своих, убивать чужих, захватывать чьи-то земли. А что делать: выхода не оставили. Я читала, слушала, все больше погружаясь в происходящее, в разные версии прошлого, в множащиеся прогнозы будущего, пытаясь определить, куда мне катиться дальше. В какую лузу. Откуда будет следующий удар.

У Шулинских большая квартира в старом ведомственном доме – осталась от Марининых родителей: ее папа был советский замминистра чего-то не очень важного. Она рассказывала, но я не запомнила. Мы все были чьи-то дети. И сами стали не очень важными.

Марина приготовила много вкусного: она хорошо готовит. А я не умею. Ничего не могу. Да и не хочу. Бедный Костя. Ему бы такую жену, как Марина: готовит, заботится об Адике, переживает, что он все толстеет и толстеет. Что у него диабет. Диету не соблюдает. Интересно, она догадывалась? Знала? Костя знал: я сама рассказала. Я ему всегда рассказываю, потому что так честно: если люди любят друг друга, не должны ничего скрывать. Иначе какая это любовь.

Он сперва попереживал, как обычно, говорил, что теперь не сможет продолжать дружить с Адиком. Кричал на меня: Адик – мой лучший друг, мы с детства, ты меня лишила самого близкого человека. Костя, самый близкий тебе человек – это я, а не Адик Шулинский. Ну и что? Для нас с тобою ничего не меняется: я тебя как любила, так и люблю. И ты меня. Любишь ведь? Любишь. А если ничего не поменялось, значит, это не измена. Потому что измена, это когда все меняется. А у нас по-другому: Адик, не Адик, я-то с тобой. Твоя. Только твоя.

Простил. Он всегда прощает. Раньше я думала, что это Косте нужно меня прощать, а на самом деле это мне нужно, чтобы меня простили. Простили, значит, любят. Марк говорит, что я специально создаю эти ситуации – так дети делают, чтобы проверить родительскую любовь: если я сломаю игрушку, все равно будут любить? А если тарелку красивую разобью, все равно будут любить? Простили, значит, любят. Вот и я так: хочу, чтобы простили. Значит, любят.

Интересно, все-таки, Марина догадывалась? У нас с Адиком уже давно ничего нет: скучно стало обоим. Неинтересно. Но если б он хотел, я бы продолжала с ним встречаться: он же друг.

Марк объяснил мне как-то, что я использую секс как обменный инструмент. Расплачиваюсь за дружбу. За нужность. Почему? Боюсь, что мне нечего предложить друзьям-мужчинам, кроме своего тела. Боюсь, что иначе стану ненужной – мой самый большой страх.

Почему? Родителям была не нужна. Вот почему.

В тот майский вечер у Шулинских было много гостей. Все знакомые. Говорили, конечно, о войне и о том, кто куда уже уехал и кто куда собирается. Адик – выпивший много вина, задыхающийся от обилия еды и своего веса – спорил с Димой Старцевым, что уезжать не нужно, что скоро все закончится – шарф, табакерка, элиты не выдержат, экономика не выдержит, военные не выдержат, Запад не позволит и тоже не выдержит. Никто не выдержит. Дима – поседевший, поредевший, борода какая-то пегая, весь словно выцветший – слушал вскипающего от собственной правоты Адика и кивал, будто соглашаясь. Это означало, что он не согласен ни с чем.

– Все так, Аркаша, все не выдержат – элиты, экономика, Запад. Поля и реки. Горы и просторы. Кроме многонационального и многострадального РФ-народа: он выдержит все. На это и есть их расчет.

Их. Они. Другие. Не мы. Параллельная Россия. Мы вот здесь – пьем вино и рассуждаем, боимся, тревожимся, не выдерживаем, а они живут в другой стране, где можно выдержать все. Мы и они. Как обычно. Мы прячемся в нашей жизни, а они все выдерживают. Все выносят.

Вынесет всё – и широкую, ясную, грудью дорогу проложит себе. Жаль только – жить в эту пору прекрасную…

От Шулинских шли домой пешком по пустому ночному городу, притихшему, будто перед грозой или бомбежкой. За потемневшими от позднего времени окнами спали люди, могущие выдержать все. Я им завидовала: я не могла. Раньше за моими окнами были они и жившая отдельной от нас жизнью страна, а теперь за их окнами оказались такие как мы.

– Аськин, если уедем, куда? Я бы в Португалию. Не нужно с языком мучиться. Смогу быстро найти работу.

В Португалию так в Португалию. Я, кроме Франции и Турции, нигде не была. Интересно, нужны ли в Португалии киноведы – специалисты по немому кино? Нужны, конечно: как без нас. Востребованная профессия.

Костя хочет в Португалию. Значит, поедем. Он мой муж. Мой избранник. Моя судьба. Женское счастье – был бы милый рядом. Шар покатится в новую лузу. Желтого в середину дуплетом. Новая жизнь – и тоже не моя.

2

Вчера арестовали отца Симеона – священника прихода, куда ходит Нина Малахова: распространение ложной информации, порочащей вооруженные силы РФ. Дискредитация. Что-то такое говорил с амвона, что не должен был говорить. Нина пришла заплаканная, расстроенная, даже закурила снова, хотя недавно снова бросила. Она часто бросает курить – табак греховен. Потом снова начинает – от жизненных расстройств.

Я нашла их с Костей, сидящих на Глашином диване в кухне: у нее глаза красные. Раньше бы краска потекла, а теперь ничего, можно плакать: она больше не красится.

Далецкая тоже с ними сидела: ножки высоко над полом, тапочки с фальшивой меховой оторочкой. Чай пила, слушала. Молча. Она хорошо умеет молчать, словно ее и нет. Мне бы так научиться. Мне бы многому у нее научиться.

Она уже три месяца живет в папином кабинете: так удобнее всем, Ася, и я на кухне не мешаю, и папе так лучше. Почему папе так лучше? Наверное, лучше. Далецкая. Себя не жалеет, все для других.

С ней действительно удобнее: она теперь и за продуктами ходит, и готовит на всех. За мамой ухаживает. Мы ей деньги даем – на хозяйство. За квартиру вовремя платит, а то я всегда запаздывала. У нее теперь доступ в наши личные кабинеты на госуслугах: так легче. Раньше я должна была думать о нашей жизни: чем кормить папу и Костю, что нужно купить маме, как ее оставить одну в квартире, когда мы с Костей уходим – на папу какая надежда, а теперь дома Далецкая. Словно Глаша вернулась с того света. Словно кто-то взрослый вернулся и тихо – без лишних слов – взял на себя нашу жизнь. Мы и не заметили, как это случилось. Как отдали ей право управлять нашей жизнью.

Жили-тужили. А вот приехала карлица с красным чемоданом и все наладила. Взяла на себя наши заботы. И мы теперь вроде как у нее живем.

Тихо так все получилось, само собой. И всем удобно.

– Вы не понимаете, ему теперь срок дадут, реальный. А у него астма тяжелая, задыхается, он же на ингаляторе. Отец Симеон очень мягкий, интеллигентный, как он там с уголовниками будет.

Слезы, слезы. Не умею успокаивать. Я сама никогда не плачу. Не из-за чего, наверное.

Далецкая скользнула со стула, подошла, достала чистый платок. Откуда у нее все есть, и все вовремя? У меня никаких носовых платков нет, да и не было никогда: кто ими пользуется? А у Далецкой все под рукой.

— У них запись, кто-то записал его проповедь и послал в ФСБ. Вот такие в церковь ходят. Специально пришли, чужие какие-нибудь.

— Свои, Нина наверняка кто-то из своих, — Костя ее обнял, гладит по волосам. Жалеет. — Теперь все друг на друга доносят: дети на родителей, родители на детей, ученики на учителей, учителя на учеников. Боятся, спешат первые донести, чтобы на них не донесли. Ужас, тридцать седьмой какой-то.

— Может, я еще чай поставлю? — предложила Далецкая. — Или кофе хотите? У нас хороший, машина импортная. Ася пьет.

Когда Нина ушла горевать о своем священнике к себе домой, Далецкая спросила:

— Константин, — она одна его так называет — Константин, — вы сказали про тридцать седьмой. Я не поняла — что за тридцать седьмой? Тридцать седьмой что?

Вот так, ничего общего. Никаких общих референций. Словно выросли в разных странах. А ведь семья.

Мы теперь встречаемся по средам. У Марка свободный день в институте, он дома, а у меня среда — библиотечный. Считается, что я работаю в архивах, еду в Госфильмофонд в Белых Столбах. Собираю материал для научных работ. Я и собираю — у Марка.

Раньше я к нему бегала при каждой возможности, когда училась — сразу после занятий или вместо, а теперь вот раз в неделю. Раньше мне его всегда не хватало: хотела все время быть рядом. С ним. Чтобы он со мной. Во мне. Чтобы видеть, трогать, осязать, запах его люблю, его вкус у меня во рту. Самый родной на свете — Марк. По средам.

На первом курсе, когда у нас все началось, сколько я плакала — тогда умела еще — из-за других его девочек. Искала их следы в его постели, нюхала простыни, полотенца. А он и не скрывал: Ася-Мася, глупость это: что у нас с тобою, у нас с тобою. А что с другими — с другими. Это к нам отношения не имеет.

Так я и научилась делить на нас и других. Глаза закрыла, других словно и нет. Так и прожила всю жизнь с закрытыми глазами.

Эту девочку – первую – хорошо помню: с актерского. С третьего курса. Настя. И я Анастасия, и она Анастасия, только я – Ася-Мася, а она – Настя. Красивее меня. Я это сразу отметила. Чуть не заревела, когда пришла к Марку и ее увидела. Я знала, он предупредил, что мы будем втроем – это для тебя, Мася, я сотни раз это делал, мне не нужно, а нужно тебе, чтобы ты перестала ревновать. Все равно ревновала, хотела быть лучше ее в сексе. Конкурировала сначала. Но Марк так все сумел сделать, что мы обе чувствовали: это – для нас, мы обе – главные. Только я все-таки хотела быть для него главнее.

Потом были другие девочки, потом были его друзья, потом много чего было. Все для меня. Мне все можно. Сначала стало можно, потом стало нужно. Что было болью, стало удовольствием от того, что перестало быть болью. Зажило. И новая кожа поверх наросла.

Раньше у нас с Марком много чего было. А теперь остались среды.

Я рассказала Марку про арест отца Симеона. Он, наверное, когда-то был Семен, а при принятии сана стал Симеон. Был просто Сеня, жил как все, как мы с Ниной жили – вольно-привольно, а потом обратился к вере и – отец Симеон. Словно библейский старец – борода до пояса. Хотя у Нинкиного Симеона борода короткая. И сам не старый – пятьдесят где-то, не больше.

Симеон – означает «услышанный». Вот его и услышали – кому нужно. Лучше бы выбрал другое имя.

Марк не удивился: его вообще мало что удивляет. Прожил долгую жизнь, много всего видел. Ему в этом году шестьдесят. В июле. А мне в октябре тридцать четыре. Ужас. Жизнь прошла.

– Эта церковь больше не христианская, – Марк закурил. Он теперь курит прямо в постели, раньше только на кухне. – Эта церковь оставила Новый Завет – завет любви и жизни – и теперь практикует Ветхий Завет – закон и возмездие. Не любовь к ближнему, а ненависть к дальнему. А дальним становится любой, кто нарушил закон. Их закон.

Я слушала, лежа у него на плече, уткнувшись носом в ложбинку ключицы – люблю с ним так лежать. Теперь больше всего я люблю с ним так лежать – в него уткнувшись. Можно и без всего остального: просто приходить с ним полежать.

С Костей по-другому. Два моих любимых. Без одного не могу, без другого не хочу.

— Пришло время Ветхого Завета, Ася: люди должны теперь жить ради смерти. А не ради жизни. Отражает новый общественный договор. Понимаешь?

Не понимаю. Хочу, чтобы он продолжал говорить. Голос его люблю — хрипловатый, низкий, чуть дрожащий, вибрирующий. У меня от звука его голоса внутри начинает все дрожать. Говори, Марк. Говори.

— Люди пока не осознали, что Путин сменил договор с обществом: раньше договор был — ваше неучастие в обмен на обещанную властью стабильность. И всех устраивало: жить-то дают. Зарабатывать. Главное — не лезь куда сказали не лезть, и тебя не тронут. А теперь новый договор: ваша жертва в обмен на наше величие. Население двадцать пять лет приучали к неучастию, к мысли, что материальный комфорт самое важное, а теперь от него требуют умереть за идею. Понимают, что за идею хер пойдут, и потому платят большие деньги: люди же за это время привыкли, что деньги — главное.

А что для меня главное? Марк? Костя? Почему не я сама? Почему я для себя не важна? Стыдно должно быть: война, люди гибнут, детей убивают, а я думаю о своей жизни. Не хватает масштаба. Приучили к неучастию. Да и приучать не нужно было: всегда так жила.

3

Я люблю лето в Москве. Никто не любит — пыль, жара, мухи, все сбегают на дачи, а я люблю: веселый тополиный пух еще кружится белыми пушистыми снежинками, заполняя собой тонкий, еще непрогретый после долгой зимы воздух, обещая новое, неизведанное, удивительное. И новое наступает — лето. В мае идут холодные грозы, а потом разом лето. Воздух в городе становится жарким, липким от накаленного солнцем асфальта, словно прогревается от асфальта снизу, а не от солнца сверху. Словно лето наступает в Москве из-под асфальта. Хотя, возможно, так оно и есть.

Люблю просыпаться в Москве летом: уже светло, еще прохладно. Но ясно, что днем будет жарко. Зимой в Москве темно и холодно, и днем мало что меняется. А летом прохладный по утрам мир становится днем теплым. Мир становится не лучше, но теплее.

Короткие платья, босоножки. Теплый ветер обвевает голые ноги. Или что-нибудь длинное, широкое, чтобы развевалось, колыхалось, жило вместе с походкой. Словно идешь в облаке. Что-нибудь совсем легкое – марля, шелк, тонкий-тонкий хлопок. Или лен, но обязательно белый. У меня есть такой белый сарафан на тонких черных лямках с черной оторочкой по подолу и черными полосками по бокам. Лиф узкий, в обтяжку, а юбка колоколом. Одно плохо: быстро пачкается. Проехала два раза в метро и нужно стирать. Не наездишься.

Диму Старцева арестовали в начале августа. Пост в ФБ: отрезвит ли российское командование украинский ракетный удар по Антоновскому мосту. Дима писал про неудачи на фронте, про крейсер «Москва», про отступление из-под Киева, про разгром оказавшихся не такими уж страшными кадыровцев и выражал надежду, что теперь российская власть начнет мирные переговоры. В общем, ничего нового в его посте не было, он даже Путина не ругал: просто перечислил факты и предложил выход. Чтобы людей сохранить. Своих же, россиян. О том, кто прав, кто виноват – вообще ни слова. А его арестовали: оправдание терроризма. От пяти до семи. Поверить трудно. А не поверить нельзя.

Шулинского вызвали на допрос почти сразу: о чем говорили, когда, кто присутствовал. Адик рассказал, что следователь молодой, не давил, объяснил, что просто хотел побеседовать. Согласился, что, может быть, Дима и не виноват, но для того и следствие: установить – виноват или нет. Не виноват – отпустят. Виноват – накажут. Время-то военное, Аркадий Наумович, сами понимаете. Не можем позволить иметь пятую колонну у себя в тылу.

Тыл. Фронт. Война. Дожили. Начали далеко-далеко – на чужой земле – специальную военную операцию, а она обернулась дома войной. И теперь у России два фронта: на одном воюем с украинцами, на другом со своими. Со своими, конечно, легче: они в ответ не стреляют, а пишут посты в «Фейсбуке» и «Телеграм».

Я вернулась домой с работы, у нас Шулинский: сидят с Костей на кухне, Адик рассказывает про допрос. Пришел предупредить Костю, что его могут вызвать: он же Димин друг, хоть и не близкий, но друг.

У Димы в телефоне наверняка Костин номер. Они по номерам будут вызывать, по друзьям в соцсетях.

Адик советовал Косте не ходить, если вызовут: заболеть. Уехать в отпуск. Лето, все-таки: может же человек уйти в отпуск летом? Очень даже.

Когда я пришла, они обсуждали иск Генпрокуратуры к «Новой». Вроде бы совсем закроют, плевали они на Нобелевский комитет. На все плевали. Они войну начали, куда уж больше. Лучше уехать, сказал Адик. Можно и не в отпуск, а совсем. Вокруг все уезжают. Маринка напугана, хочет ехать в Грузию. Там дешево и уже полно наших. Наши, ихние. Вот и случилось: наша внутренняя эмиграция стала внешней. Жили отдельно от населения, теперь будем жить отдельно от страны.

– Я бы в Португалию свалил, Адька. У меня ж язык, легче будет, чем в другой Европе. Да и дешевле.

– Португалия – хорошо. Далеко. Туда не дойдет. Она и в Первую Мировую, и во Вторую осталась в стороне. А мы, наверное, в Грузию: там вся наша стая. Тбилиси теперь вторая Москва.

– А как там к русским? Мне Нестеров – с моего курса – пишет, что на каждом здании – «Русские, убирайтесь домой», «Путин – убийца» и всякое такое. Понятно, что правильно, но все же неприятно. Ясно, что мы не виноваты, а отвечать приходится за всех русских. За Путина, будто мы с ним заодно. Будто мы его поддерживаем.

– Им плевать – поддерживаем, поддерживали или нет, – Адик погасил окурок, но не до конца, и тот, сплющенный, продолжал дымиться белой едкой струйкой в старой папиной пепельнице. – Виноваты по определению: не сопротивлялись. Позволили ему довести до войны. Я, знаешь, раньше считал, что все немцы виноваты в истреблении евреев, в гитлеризме вообще, а теперь понимаю, каково им было после сорок пятого. Всех под одну гребенку. Но если вдуматься – справедливо: это ж их страна была, их Германия, их ответственность. Допустили, значит, способствовали. И мы так же: страна-то не путинская, а наша. Допустили, значит, ответственны. А в позиции нашей – мы за него не голосовали, мы ни в чем не участвовали, мы вообще такие хорошие, такие демократичные, такие прогрессивные европейцы – разбираться никто не будет: русский – виноват. По признаку принадлежности. И правильно, в общем. Виноваты все – и ты, и я. И даже Аська.

Я-то в чем? Хотя виновата: окна закрыла, от всего закрылась. Вещь в себе. Вещь для себя. Вещь в себе для себя. Два в одном.

– И Навальный виноват? И Кара-Мурза? Тоже виноваты? По признаку принадлежности?

– Эти боролись, – Шулинский достал новую сигарету, зачем-то ее понюхал. Подождал закуривать. – Те, кто боролись, пытались активно изменить ситуацию, не виноваты. А такие, как мы, кто сидел по кухням и стебался над ними, – он мотнул головой вверх – туда, где невидимая, недостижимая, непостижимая, веками жила российская власть, – такие виноваты, и больше, чем люди, поддерживающие Путина по инерции: они не задумывались, им власть и власть, лишь бы их не трогала, а мы-то задумывались, обсуждали, осуждали. Но не делали ни хера. И до сих пор с тобою сидим на кухне и обсуждаем. А он людей убивает. От нашего имени.

В кухню вошла Далецкая, постояла. Затем открыла дверь балкона: было накурено. Я привыкла, сама раньше много курила, сейчас меньше, а она не курит. Не сказала ничего, просто дверь открыла – проветрить. Но ясно, что это как бы укор. Упрек молча: плохо себя ведем.

Далецкая достала из холодильника кастрюлю с супом: будет кормить маму. Тарелку глубокую достала, ложку, начала резать хлеб. Все молча, но понятно, что человек занят делом, пока другие ведут пустопорожние разговоры. Человек заботится о других, а те, кто, по сути, должны заботиться, сидят и трындят. Курят. Наносят вред себе и окружающим.

– И вообще, что твой Нестеров жалуется на грузин? Мы же двадцать процентов их территории...

Костя мотнул головой – остановись. Показал глазами на Далецкую, занятую супом: не при ней. Как быстро вернулся страх: боимся у себя дома. Боимся какую-то приживалку – Далецкую. Боимся всего чужого.

Какие мы раньше были смелые. Какие ироничные. Мир вокруг как повод для умных комментариев. Как повод для стеба. И закончилось: конец эпохи иронии. Что вместо, что теперь? Мир как источник страха? Конец эпохи постмодернизма. Наступила другая эпоха – эпоха военного реализма.

Наш дом теперь не наш: в нем поселились далецкие. Греют суп, живут в наших кабинетах, где мы раньше сидели и творили никому, кроме самих себя, ненужные вещи. И вот наступило время полезных вещей – суп, уборка, глажка. Она гладит в большой комнате, стоя на двух томах «Энциклопедии мирового кино». Папа сначала хотел что-то сказать, потом передумал: ему же гладит, его вещи. Можно и помолчать. Можно не замечать.

Мы привыкли не замечать: наши родители выбрали не замечать советскую власть, мы выбрали не замечать этих – новых. Жили сами по себе в своем отдельном мире. Только мир этот кончился: у них оказались от него ключи, и они поселились в наших квартирах. И тихо, не торопясь, но неизбежно захватили наш дом. Наше пространство. А мы наблюдали, как наблюдали этот год за Далецкой. Словно нас не касается. Оказалось, касается: теперь боимся у себя дома при ней говорить.

Не осталось у нас больше дома: в нем поселились чужие. Они и раньше в нем жили, а мы делали вид, что живем одни. Только время то кончилось: пришло другое время. И чужие в нем – мы.

И во времени этом мы чужие, и в этом пространстве.

4

Ей понравился интернат для стареньких: сама бы жила. Просторное двухэтажное здание в Измайловском парке. Здание стояло дугой – стеклянная галерея, тянувшаяся среди зелени, чуть загибаясь по краям, и от нее перпендикулярно, будто прямоугольные отростки, отходили жилые корпуса, где жили обеспечиваемые. Далецкая по привычке называла их обеспечиваемые, хотя в этом интернате они назывались ветераны: интернат был не интернат, а Дом ветеранов сцены им. А.А. Яблочкиной. Официально, прочла Далецкая на их сайте, ДВС был частью Геронтологического центра «Восточный» Департамента труда и социальной защиты населения города Москвы – «стационарное учреждение социального обслуживания, предназначенное для постоянного проживания ветеранов сцены пожилого возраста, частично или полностью утративших способность к самообслуживанию и нуждающихся в постоянном постороннем уходе». То, что нужно, их случай: способность проживать самостоятельно утрачена, ветеран нуждается в постоянном постороннем уходе.

Ветераны сцены, говорилось на сайте, получают услуги. В этом и была разница с обеспечиваемыми, поняла Далецкая: тех обеспечивали, а этим предоставляли услуги – отношение разное. Услуги были трех типов: в отделении для ослабленных, в отделении геронтопсихиатрии и платные услуги для всех, за кого могли и были готовы платить родные. Далецкой решила договориться о стационаре в отделении геронтопсихиатрии: там предоставляли услуги выжившим из ума.

Когда она вошла в освещенный августовским солнцем широкий холл – окна до потолка, мраморный пол, зачехленный рояль – Далецкая вспомнила свой интернат: там было по-другому. Она подумала о маме Лике и как бы маме предоставляли здесь услуги, ведь она тоже ветеран сцены, но решила, что это только бы осложнило ситуацию: мама осталась в другой ее жизни – в обшарпанных облупившихся коридорах ее памяти, населенных директрисой Никанорой, безруким Колей, девочками-дебилками, пропахшим мочой «лежаком» для недвижных взрослых и прочим, прочим, чем была ее прежняя жизнь, пока она не села в рейсовый автобус из поселка городского типа Низова в областной город Брянск. Это был ее первый шаг из прошлого в будущее, и с тех пор она сделала еще один – в Москву, в новую семью, а ведь могло не получиться, могли прогнать, не пустить в их жизнь, но она доказала свою нужность, свою необходимость, потому что в отличие от Найденовых жила реальностью: Роман Кириллович жил иллюзиями о будущем фильме, Сюзанна, ускользнувшая далеко-далеко, жила в отдельном от всех и всего мире, а молодые – Ася и Костя – жили собой и своими неладами. Далецкая наблюдала за их жизнями и не могла понять, почему они не видят того, что перед ними, почему убегают в мечты, в неслучившееся и не могущее случиться, что за толк заниматься немым кино или преподавать никому не нужный португальский язык, если за это мало платят. Найденовы словно сошли с экрана фильмов ее отца или наоборот – продолжали жить в этих фильмах, не замечая жизни вокруг, не желая ее замечать, как Далецкая не желала помнить о прошлом, доставшемся ей из-за недостатка гормона роста соматотропина в ее сплющенном теле. Никто не виноват в том, что тебе выпало, думала Далецкая. А вот в том, что ты не ценишь, что тебе выпало, виноват. И будешь за то платить.

Она чувствовала себя не Полиной Далецкой, а вершителем судеб тех, кто не ценил данные им жизни: мама Лика не ценила свое здоровье, ее отец не ценил возможность приятной праздной жизни пенсионера в большой московской квартире, Ася не ценила выпавшее ей замужество, а Костя не ценил самого себя. Далецкая была им послана показать, что случается с теми, кто не ценит реальную жизнь. Воспитательница Виктория Николаевна была права: думать нужно о своем поведении. А те, кто не думают, отправляются подумать к директрисе Никаноре, где их не ждет ничего хорошего. Или вообще ничего не ждет.

Роман Кириллович плохо высыпался: Сюзанна будила его по ночам, садилась в кровати и начинала раскачиваться, громко разговаривая с видимыми лишь ей собеседниками. Принималась смеяться, хлопать в ладоши, затем вставала и зажигала в спальне свет. Роман Кириллович потом долго не мог заснуть и часто лежал с закрытыми глазами до утра, пока белесый свет московского утра не заполнял комнату, стараясь заползти под веки, требуя возвращения к жизни, жить которую после бессонной ночи не было сил. Раньше он уходил в кабинет и там высыпался, вставал поздно, когда день уже утверждал себя в полуденном мире и, проснувшись, долго лежал на узком диване – высокий худой старик, седая голова с шелком поредевших волос на мягкой, принесенной из спальни подушке, – возвращаясь из неясного, заполненного мятущимися тенями сна в жизнь, где его ждали старые фильмы и новые замыслы, в которых не было ничего нового. Он это знал, но не мог остановиться: остановиться означало признать поражение и скорую смерть, потому что без кино не было жизни. Кино и было жизнью: жизнь жилась, чтобы снимать кино.

Теперь он не мог уходить отсыпаться в кабинет: там поселилась Далецкая.

Она – чуткая к настроению других, выученная всей своею жизнью быть чуткой – поняла, почувствовала, что копившееся раздражение ее отца (Далецкая приучала себя думать о нем, как об отце) скоро перенесется на нее. Нужно было что-то делать: возвращаться на Глашин диван в кухне она не собиралась, потому что это был шаг назад – в прошлое, а Далецкая шагала только в будущее. Оставалось обеспечить Роману Кирилловичу комфортную жизнь в спальне. Одному.

Оставалось еще раз доказать свою нужность. Полезность. Незаменимость. Ася не думала об отце, значит, должна подумать она. Главное же, она должна подумать о себе, потому о ней не подумает никто. Это Далецкая знала точно.

На сайте было разъяснено, что ветеранам необходимо обратиться с заявлением в МФЦ. Документы далее отправляли в Департамент труда и социальной защиты населения, после чего они поступали на комиссию, где и решался вопрос о выделении ветерану путевки на стационарное социальное обслуживание. Далецкая хорошо понимала систему: проходила эту процедуру с мамой Ликой. Она собрала медицинские справки, подтверждающие у Сюзанны Найденовой альцгеймер, и съездила с ними в Департамент. На нее там никто не пялился: соцработницы и не такое видали.

Далецкой повезло: пожилые женщины в Департаменте помнили фильмы Найденова. Помнили они и гибкую стройную черноглазую темноволосую Сюзанну, игравшую в этих фильмах. Женщины поохали вместе с Далецкой, тактично повыспрашивали историю романа ее мамы с Найденовым и похвалили Далецкую за заботу о чужих ей в общем-то людях несмотря на собственное несчастье. Женщины дружно поругали Асю — своя дочка не помогает не делает ничего, только о себе думает, и Далецкая защищала Асю от нападок: у нее работа преподавание ВГИК немое кино нет детей нет муж только готовить времени тоже нет домом заниматься времени нет она же работает правда всего три дня в неделю но ее дома почти не бывает, и от этой защиты все еще больше понимали, какая плохая Ася и какая хорошая Далецкая. Кто настоящая дочь Романа Кирилловича и у кого хорошее поведение. Далецкая рассказала женщинам о работе отца, его новых замыслах, подчеркнуто называя его отцом, и пообещала пригласить на премьеру будущего фильма, над которым тот не может работать, потому что Сюзанне Георгиевне нужен постоянный уход. А ему и самому нужен уход. На обоих Далецкую не хватало.

Через две недели пришло назначение на комиссию. И пришло время переговорить с Романом Кирилловичем и Асей.

— Там в каждой комнате отдельный санузел, комнаты на одного, — рассказывала им Далецкая. — Комнаты как отдельные квартиры: спальня, прихожая и жилая, общая площадь — от 11-ти до 16-ти метров. У кого как, но хватает, они же в комнатах не все время проводят, кто ходячие. А Сюзанна Георгиевна активная, ей еще долго ходить, только нужен специальный уход.

Ася молча слушала, глядя на сидящую за столом отца Далецкую, собравшую их в кабинете. Далецкая специально попросила их прийти в кабинет: здесь была ее территория, она тут спала, но все напоминало Роману Кирилловичу о работе. Она знала, что он хочет работать, создавать иллюзию, будто жизнь идет, продолжается, будто скоро начнет снимать кино, ведь кино и есть иллюзия жизни. Далецкая дарила ему эту иллюзию: нужно было только услать мешавшую ее исполнению Сюзанну туда, где она не станет будить его по ночам, не давая возможности работать днем. Услать туда, где ей обеспечат необходимый специальный уход. Для нее же все делается — для Сюзанны.

— Условия замечательные, как в кино (*напомнить про кино*), зимний сад, по которому ходячие гуляют. 6-разовое питание диетическое. Свежий воздух — они же прямо в парке. Санаторные условия.

— Как же она там будет — одна, среди чужих? — спросил Роман Кириллович. — Здесь Сюзанна дома, в семье, а там чужие вокруг.

Далецкой было ясно, что он согласен, теперь нужно дать ему себя уговорить.

— Можно и так оставить, как сейчас, вам с Асей решать. Я просто смотрю, как Сюзанна Георгиевна здесь по квартире мается — из кухни в прихожую, из большой комнаты в спальню, места себе не находит, я ж при ней целый день, а там условия. Уход. Там у нее больше общения будет: вокруг другие ветераны, актрисы разные. Медсестры. Посещение свободное. Я же говорю — санаторий.

— А вы бы свою маму отдали? — спросила Ася.

«Хочет, чтобы за нее решение приняли, — поняла Далецкая. — Ответственность с себя хочет сложить».

— Мою маму, Ася, туда бы не приняли: это для заслуженных ветеранов. Для знаменитостей. Как Сюзанна Георгиевна. Моя мама была известна только в Брянске, у нас в Брянске такого и близко не было. А Сюзанне Георгиевне положено.

Пусть поймут, что это их привилегия. Она, Далецкая, никто: карлица из провинции. А у них привилегии. Которые можно использовать. Нужно использовать. Нельзя не использовать.

О том, что им самим станет легче, говорить нельзя: не благородно. Они же не для себя Сюзанну туда отправляют, а для нее. Чтобы обеспечить ей специальный уход.

Далецкая слушала, как Роман Кириллович долго и путанно уговаривает себя вслух, как хорошо его жене будет в ее новой жизни, и думала: «Вы решили, что нас там позачинали и мы к вам не приедем? Приедем! Приедем! Мы уже здесь».

5

Ася ей нравилась – красивая. Волосы густые, темные, с отливом. Не то что у нее – тут светлые, там серые, будто пепел, которым мама Лика обсы́пала всю брянскую квартиру, пятнами какими-то. И висят как нитки. А у Аси волосы ровные – волной. Фигура тоже красивая: не тощая, как сейчас все стараются, а нормальная – бедра, грудь. Ноги стройные, только зря она такое короткое носит – не девочка уже, за тридцать. Но Далецкая не осуждала: носит и носит. Ее дело. Если муж не возражает, пусть носит.

Больше всего Далецкой нравилось Асино лицо: не конфетное, не кукольное, как теперь в моде, а странное, словно иностранное. Будто итальянка или испанка, как их представляла Далецкая: смуглая, черноглазая, нерусская какая-то. Далецкой было приятно, что они сестры.

А вот что они с Костей ссорятся по ночам, ей не нравилось. Она часто слышала их ночные ссоры, когда шла в туалет мимо спален по длинному темному коридору с набитыми вдоль стен книжными полками. Говорил обычно Костя, обижался на что-то, Далецкая не могла разобрать слов, но понимала, что он обижен, что Ася сделала что-то плохое, но что именно, Далецкая не могла слышать: дверь была плотно закрыта, и чужая жизнь просачивалась в серую мглу коридора Костиной неясной обидой и приглушенными словами Аси, не спорящей, но словно успокаивающей мужа: все не так страшно. Не то, что она совсем не виновата – это Далецкая бы услышала в тембре голоса, почувствовала бы присущим ей пониманием состояния других, а что, может, и виновата, но не так уж это и страшно. Иногда Костя повышал голос до слышимого через дверь, и Далецкая разбирала его упреки – одни и те же: как могла, о чем думала, и – будто гася разгорающийся пожар – тихий Асин голос, словно пена из огнетушителя: ш-ш-ш, ш-ш-ш, и пожара нет. Залит. Погашен. Наступала тишина, в которой будто утонули их слова, и только Костино приглушенное стонущее дыхание, а потом становилось и вовсе тихо. До утра.

Далецкая быстро поняла, что ссоры их несерьезные – ни о чем. Что Костя для себя ссорится. Чтобы затем помириться.

Делать нечего, думала Далецкая. Детей нет, вот друг другом и занимаются. Отношения выясняют. О здоровье нужно думать, нервы беречь. В интернате все воспитательницы берегли нервы. Старались не расстраиваться по пустякам. Далецкая тоже решила не расстраиваться по пустякам. И не расстраивалась.

Да и не из-за чего ей расстраиваться: она жила в центре Москвы – главного города ее мира – и все больше, все безусловнее становилась дочкой Романа Найденова. Далецкая думала, что нужно будет поменять фамилию на отцовскую, но не хотела торопиться и его торопить: все в свое время. А время то еще не пришло. Но придет. Обязательно придет.

Ей нравилось в Москве: на нее меньше смотрели на улицах, оттого что люди были больше заняты своими делами, чем в Брянске. Все спешили, обгоняли друг друга, будто бежали наперегонки, не замечая других, и Далецкая шла в этом потоке, вроде бы вместе со всеми, но отдельно, потому что каждый в Москве шел куда-то отдельно. Жил отдельно. Не видел никого, кроме себя. И не замечал, что рядом семенит пеговолосая карлица.

В Москве война не чувствовалась. Только по телевизору, где об этом все время говорили. Обсуждали по всем каналам, кто первый начал, из-за чего – будто себя уговаривали: не мы. Далецкая-то хорошо понимала за что шла война: война шла за мир. Мир возможен только, когда нас окружают свои. Украина хотела от нас сбежать, переметнуться к другим, а мы не дали. Вместе попали в эту жизнь – давно еще, вместе столько лет, значит, вместе и дальше жить. Нельзя Украине дать уйти к другим: тогда врагов станет больше. На одного.

Она это проходила в интернате: там хотели, чтобы она с ними осталась, чтобы разделила их жизнь, а она вырвалась и уехала. И едет, едет – все дальше и дальше. Далецкая Украину понимала, но не сочувствовала: она ж в России живет, ей России сочувствовать нужно. Хотя, правду сказать, войной особенно не интересовалась – до Москвы не дойдет. Брянск другое дело: до украинской границы 170 км, два часа на машине. А от интерната в Низово вообще меньше часа. Прилетает им, наверное, думала Далецкая. Бабахнут американской ракетой, и нет интерната. И мамы нет. А в Москве война шла только в телевизоре.

Телевизор Далецкой приходилось смотреть: Сюзанну Георгиевну нельзя было оставлять в большой комнате одну. Но про войну Далецкая смотреть не желала: она нашла в папином кабинете кассету с комедией «Полосатый рейс» и ставила ее снова и снова. Сюзанне нравилось. И Далецкой нравилось – про тигров.

Там девушка-буфетчица была сначала просто буфетчица, а потом укротила и тигров, и красивого капитана, который на нее раньше внимания не обращал. Вот это Далецкой и нравилось.

Роман Кириллович войной тоже не интересовался: он собой интересовался. Своим кино. Далецкая помогала ему разбирать записи о снятых им фильмах: тот хотел написать книгу воспоминаний, пока ждал деньги на съемки. Он рассказывал, как что снимал, Далецкая записывала, а потом подбирала к записям фотографии и кадры из его фильмов. Она перепечатывала эти записи на привезенном из Брянска маленьком старом лэптопе (у Романа Кирилловича не было своего) и показывала ему. Он заменял одни фотографии другими и правил текст, но на бумаге: не умел на экране. Потому пришлось уговорить его купить принтер.

Войну Роман Кириллович не обсуждал, словно война шла где-то далеко-далеко, а не в Украине. Словно это было чужое, неинтересное кино, которое и смотреть не стоит, и обсуждать нечего. Далецкая скоро поняла, что Найденовы так живут: у них были свои, только их жизни. В своих жизнях они и жили. Каждый в своей. Им другие не нужны были, потому что они только собой интересовались. И друг другом немножко: чтобы с другими разговаривать о себе.

Далецкая росла в интернате, где была никому не нужна. Она знала, что не нужна. Там никто никому не был нужен, только лежачим нянечки нужны были, но они ж лежачие. А нянечкам лежачие были не нужны. Она понимала, что нужно жить, чтобы тебе не был никто нужен. Так и по телевизору говорили: России никто не нужен. Сами проживем. Не позволим никому диктовать. И правильно, думала Далецкая, будем жить, как хотим. Она и ушла из интерната, чтобы жить без оглядки на воспитателей. Хватит, навоспитывались.

Ушла, чтобы больше не думать о своем поведении. Как Россия.

6

Беда пришла к Шулинским в конце августа. Марина была дома одна: Адик на работе, спасал быстро тающие заказы пока еще оставшихся в России рекламодателей. За окном жара, липкий, пропитанный бензином и городским шумом московский воздух, но у Шулинских в квартире сухо, прохладно: кондиционер, и окна закрыты. Марина даже занавески в спальне задернула: солнце мешало читать. Да и ковер перед кроватью меньше выгорит.

Она читала роман Ле Телье «Аномалия». Адик уже прочел и много о нем говорил – пылко, будто споря с кем-то невидимым, булькая словами, словно закипающий чайник. Адик хвалил и роман, и перевод Маши Зониной, которую Шулинские знали через общих знакомых: в их мире все были друзья через два рукопожатия. То есть все, кто остались рукопожатными. Как они сами.

Прочитать обязательно, сказал Адик: элегантное смешение жанров – метафизический роман, триллер, фантастика, недаром Гонкуровскую премию дали. Я бы тоже дал. Он всегда добавлял что-нибудь такое: я бы за такое дал Нобелевскую, этому я бы точно Оскара присудил, Трампа я бы никогда не выбрал. Словно все награды мира находились в его распоряжении и он их распределял. Главный по наградам – Аркадий Шулинский. Но никогда не присуждал ничего себе, только другим.

Марина знала, что Маша Зонина живет в Париже – давно-давно. Марина тоже хотела бы жить в Париже. Если б не было такой земли… Но сейчас она бы предпочла, чтобы такой земли не было после того, как жарким августовским днем в ее жизнь пришла фантастика пострашнее неожиданно возникшего из темного нью-йоркского неба самолета, однажды уже приземлившегося в аэропорту Кеннеди сто дней назад, как было в романе Ле Телье. Тот же самолет, те же пассажиры. И вот прилетели снова. Кто же настоящий. Кто имеет право продолжать жить. Метафизика, фантастика, триллер. А у нее реальность, да такая, что фантастичнее и представить себе не могла. Такая, что от нее и окна не закрыть, и занавесками не задернуться.

Потому что звонили в дверь.

Учебный год двигался к завершению, и поздним апрелем небо над Эдинбургом начало обретать цвет. Каждое утро сизая одномерность шотландского воздуха рвалась на полосы – синее, розовое, зелёное, словно струи подкрашенной воды. К двум часам дня краски над головой смешивались, словно в баночке, где художники моют кисти: какими бы ни были первоначальные цвета – в конце выйдет грязно-серый. Небо сворачивалось, опускалось, наливалось сизой темнотой и начинал идти дождь. В это время казалось, что в Эдинбурге нет воздуха – лишь тонкие стрелки воды дымятся в свете прожекторов, установленных под высокими остроугольчатыми арками Инверли Холла. Если смотреть на крышу замка, было видно, что среди общей воды льет одна толстая струя, будто маленькая река в дожде – там был сток. Будто нечто осмысленное в хаосе косых капель. Потому Боря Шулинский и смотрел на эту струю: он искал смысл.

Когда пять лет назад Боря поступил в школу для мальчиков Инверли Колледж, он искал смысл в золотой эмблеме на левом рукаве темно-синих форменных свитеров учеников школы – неровно вышитый круг с чем-то несуразным внутри. Это не так, думал Боря: в ней должен таиться глубокий смысл. Как и во всем остальном. Как в том, что его отправили из дома в это далекое место. Поверить в мир без смысла Боря не мог: зачем такой мир? Для чего? И где в нем мое место?

Первый год было особенно тяжело: над ним смеялись, дразнили из-за акцента, из-за неспортивности, из-за незнания местных сериалов, непонимания детского сленга. Английский московской частной гимназии и скучных часов с репетиторами не помогал, оказавшись не настоящим английским, не тем языком, на котором говорили, сглатывая слова, его соученики, чьи отцы и деды тоже учились в Инверли Колледж. Он был не единственным иностранным студентом, но остальные небританские мальчики приехали в основном из Гонконга и держались вместе. Кроме того, у многих гонконгских отцы и деды тоже учились в Инверли.

И сюда же Марина и Адик Шулинские послали маленького Борю, учившегося в московской гимназии «Золотой ключ» с детьми их друзей, и все они знали друг друга – и родители, и дети. В этом был смысл. А какой смысл учиться там, где никто не знает, что твой папа известный в Москве человек и у него собственное большое рекламное агентство? Что иметь дом на Рублевско-Успенском лучше, чем на

Новорижском? Что зимой в Крылатском можно кататься на настоящих горных лыжах в «ЛАТА-ТРЭК» вместо Австрии или Франции? Что там – в огромном нелепом шумном городе – идет, дышит, гудит отдельная и никому и ничему не сопредельная жизнь, где ты всё знаешь и где все знают тебя? Считалось, что Борю услали в Инверли для будущего, но он быстро понял, что будущее под этим небом его не хочет, не желает, не принимает и никогда не примет. Его будущее осталось далеко, и раньше у него был от этого будущего золотой ключ. Потом ключ отняли, одели в темно-синий форменный свитер с бессмысленной эмблемой и отправили под вечно льющий с чужого неба холодный дождь.

Вечерами перед ужином Боря выходил из общежития и гулял один вокруг огромного грязного, размытого вечным дождем, поля для регби, глядя на зубчатый шпиль Инверли Холла. Он смотрел на замок, в котором теперь и жил, и учился – темная масса серого камня, сложенного в недобрую готику. Он поднимал голову и смотрел в плоское небо, натянутое поверх Шотландии. Далеко к востоку сизым туманом лежало холодное Северное море. Его было не переплыть.

За пять лет в Инверли Боря Шулинский похудел от ежедневного спорта и невкусной школьной еды, оставаясь крупным, широкостным и широкоплечим – в отца, и занял причитавшуюся ему по физическому сложению позицию в Первом составе команды по регби. Он не мог бегать так быстро, как другие мальчики, но во время скрама, когда передовые шеренги обеих команд упирались друг в друга головами и плечами, держал атаку своим весом, охраняя передний край. Его позиция называлась «проп», что означало «столб». Он и стоял как столб, не позволяя противнику сдвинуть себя и других с места, ища глазами продолговатый мяч среди одетых в грязные гетры ног других игроков, чтобы схватить его и выкинуть назад – к своим. Ничего другого ему не доверяли и от него не ждали: уперся в грязную мокрую землю, не позволил сдвинуть назад, схватил мяч и отдал своим. Это и был его смысл.

Каждое лето – после переходных в следующий класс экзаменов – он уезжал в Россию. Экзамены заканчивались в конце июня, и у него оставалось два месяца – два месяца другой жизни. Там его ждали родители, выспрашивавшие про школу, их друзья, путавшие Шотландию и Англию, и дети, знакомые ему с раннего детства по гимназии и даче.

Его рассказы о школе все слушали с вниманием, будто он знал что-то, что не знали они. Но интерес скоро стихал, чужое оставалось чужим, и начинались разговоры о московской жизни. Боря Шулинский вслушивался в эти разговоры, ловя знакомые имена, словно отголоски известной песни, пытаясь понять, чем жила его Москва, лежавшая за холодным морем от далекого места под чужим мокрым небом, куда его услали и где не было смысла. Он часто ощущал себя посторонним, не вхожим в эту старую-новую жизнь бывших друзей, такую отличную от его нынешней жизни, словно оказался на вокзале чужого города, куда случайно сошел с поезда. Боря Шулинский хотел обратно, в хорошо знакомое и удобное прежнее, и понимал, что, когда он вернется, ему нужно будет найти смысл себя в этом прежнем, стремительно становящемся плохо известным ему новым. Доказать, что он свой. И найти место приобретенному им умению держать переднюю линию обороны, уперевшись головой и плечами в чужие головы и плечи: в этом и был его новый смысл.

7

У Шулинских беда. Настоящая. И неясно, что делать. Потому что ничего не сделаешь: ему ж восемнадцать.

Мы узнали от Адика: он позвонил Косте, кричал в телефон, захлебывался, словно Костя виноват. Потом замолк. Просто молчал: у него кончились слова. Сейчас приедем, сказал Костя. Будто наше физическое присутствие могло помочь.

Я в тот день была у мамы, навещала ее – одна. Отец не поехал, он ездил к ней на прошлой неделе вместе с Далецкой. Он теперь всюду ездит с Далецкой: она вызывает Яндекс такси и сопровождает его, куда бы он ни ехал. На Мосфильм, в Минкультуры – бумаги готовит, собирает по папочкам: у нее все по папочкам. Удобно.

Мне кажется, ему нравится, что она карлица. И что она его незаконная дочь. Хотя глупость: как ребенок может быть незаконным? Разве существует закон, запрещающий детям рождаться вне брака? Средневековье какое-то.

Я знаю, что ему нравится: сюжет. Для него Далецкая – это сюжет: знаменитый женатый столичный режиссер, роман с влюбленной в него провинциальной красавицей-актрисой во время съемок, их больной ребенок (хотя Далецкая здорова – здоровее нас всех), воссоединение дочери с отцом через много лет. Какое-то индийское кино, ему вкус изменяет. Или он просто чувствует себя моложе рядом с Далецкой: вот я какой – любовницы, дети незаконные. Романтика.

А что дочка карлица – это для него тоже киношная деталь: он же играет в Феллини. А у Феллини что ни фильм, так обязательно карлики: и «8 ½», и «Сладкая жизнь», и «Казанова»: карлики, карлики, карлики. Может, у папы и родилась карлица, потому что он думал про Феллини? Глупость какая-то лезет в голову. Ревную я что ли его к Далецкой? Может, и ревную: он теперь все время проводит с Далецкой. Я вчера вошла в кабинет, он диктует, она записывает. Семейная идиллия: верная дочь помогает старику-отцу в работе. Я вошла, а папа замолчал: оба смотрят на меня, молчат. Ждут, пока уйду. Словно это я приехала из Брянска и тут чужая.

Далецкая – Корделия наша. Была изгнана – с рождения, потом король Лир понял, кто на самом деле хорошая дочь, она вернулась и теперь при нем. Помогает с архивом. Пишет под диктовку. Вызывает Яндекс такси.

А я оказалась нехорошая. Нелюбимая. Неверная. Впрочем, я всегда это знала.

Хорошо, что у нас с Костей нет детей: не знаешь, что из них вырастет. Как у Шулинских.

Марина не могла поверить, когда Боря позвонил в дверь: они думали, что он в Англии в институт поступает, ждет результатов, а он приехал в Москву. Возвращение неблудного сына.

Почему приехал? Он в армию идет – добровольцем. Хочет защищать Россию. Так и сказал: я приехал защищать Россию. Словно без него некому. Словно Россия нуждается в его защите. Что ему в Англии не жилось? А вот не жилось.

Боря Шулинский записался в армию добровольцем. Выбрал близкий к дому военкомат через «Госуслуги», приехал туда прямо из Домодедова и подписал контракт. Родителям не сказал, ночевал у друга две ночи – ждал медкомиссию. Признан годным без опыта прохождения службы. Сказали, что отправят в оборону в зону спецоперации. И только потом Боря позвонил в дверь своей квартиры: хотел поставить родителей перед фактом.

И ничего не поделаешь: восемнадцать, может принимать решения. И сколько бы Адик ни кричал, ни шумел, ни ходил к военкому, ничего не помогло: ушел. Находится в тренировочном лагере в неизвестном месте. Военная тайна.

Почему Боря Шулинский, учившийся столько лет в Англии, хочет защищать Россию? А вот хочет и все.

Есть многое на свете, друг Горацио...

Мама перестала меня узнавать. Раньше она улыбалась, говорила что-то невнятное, но дружелюбное, позволяла держать себя за руку. Теперь не улыбается, вообще не реагирует. Просидели час у нее в комнате, она молчала, будто меня и нет рядом. На арбуз не посмотрела, а она арбуз любит. Она раньше могла целый арбуз съесть.

Сидели на диване у нее в комнате, рядом, но по отдельности: она одна сидела. Я говорю, а она не слышит. Звала ее гулять – они же прямо в парке. Не слышит. Мне медсестра потом сказала, чтобы я не расстраивалась: у таких это следующая фаза болезни. У каких таких? У таких, как моя мама – с деменцией. Не лечится. Поезд в одну сторону. Экспресс – без остановок.

Мама меня больше не замечает, папа не видит. Никого у меня не осталось, кроме Кости. И Марка. Хотя Марк не у меня: это я была у него. Это я думала, что была у него. А на самом деле мы все ни у кого. И никого у нас нет, кроме нас самих.

Мне кажется, Далецкая это понимает. Она взрослее меня, хоть и моложе. Я часто замечаю, что она на меня смотрит, словно я дура, словно маленькая девочка, неразумный ребенок, только вступающий в жизнь, которому предстоит выучить, как в жизни по-настоящему. Я про себя раньше думала, что я опытная женщина, все повидала, все попробовала, знаю жизнь, потому что у меня было столько мужчин, а ничего я не знаю. Опыт мой хорош только в постели, но жизнь идет не в спальнях. А я так и осталась красивой нимфеткой, которую Марк одалживал своим друзьям.

Если встречаюсь с ней взглядом, Далецкая сразу меняет выражение – сама забота: Ася, вы кушать (так и говорит – «кушать») хотите? Я суп свежий – с грибами, вчера сварила. Будто свежий можно сварить вчера. Ася вы машину стиральную будете сегодня задействовать а то мне для папы нужно у него чистые рубашки заканчиваются я и ваше могу постирать.

Откуда у нее эти слова – «задействовать машину»? Кто ее научил так разговаривать? Кто ее научил быть полезной? Сама научилась. А я не научилась. Бесполезный человек и занимаюсь бесполезным – немым кино. Этого кино давно нет, а я все его изучаю. И других учу бесполезному.

Пять секретов немого кино? Хотите главный? Оно больше никому не нужно. Его звезды погасли, и от них не осталось на небе даже бледного следа.

След погаснувшей звезды – это я. Про меня. Раньше такие, как я, занимавшиеся для себя интересным, но никому не ненужным, сверкали на небосклоне, а теперь от нас и следа не осталось. Чистое небо над родиной. Можно спать спокойно: небо над родиной приехал защитить Боря Шулинский.

8

Капитан Голиков понял, что будет война, еще летом 21-го года: он умел считать.

Голиков задержался в капитанах: его сверстники уже получили майора, а он все еще капитан. Он не жаловался, потому что в службе ГСМ были другие преимущества: горючее и смазочные материалы нужны не только армии, и правильное оформление их расходования приносило хороший стабильный заработок на стороне в Тульской области, где размещалась его часть. Только часть эта там уже не размещалась: в феврале 2021-го их двинули к границе с Украиной – на учения в составе Южного военного округа. Обратно не вернули.

Учения закончились к 23 марта, но техника оставалась в Ростовской области, где теперь стоял его полк. По идее войсковые соединения после учений отбывали в постоянные места дислокации, но они никуда не отбывали. Начслужбы части майор Троценко объяснил Голикову задачу его роты: развертывание и обслуживание ППЗ для обеспечения материально-технической части боевой техники. Тут Голиков и сообразил, что если нужны полевые пункты заправки, то сконцентрированные на границе войска не уйдут домой, где могли заправлять технику в стационарах. ППЗ нужны там, где войска не ждут стационары: на поле боя, учебного или настоящего. А учебные бои уже закончились.

Голиков был не дурак — умный был. Он понимал, что продолжающаяся концентрация на границе ракетных систем залпового огня «Ураган» и «Град», постоянный подвоз наступательной техники, заправлявшейся на его ППЗ, когда учения завершились, означает одно: они идут в Украину. Понятно, что война закончится быстро, хохлы не могли воевать с российской армией, но на войне случается всякое, даже если ты не на передовой, а проходишь службу в частях МТО. Война есть война, и Голиков воевать не хотел. Ему с хохлами делить нечего было: ему своего хватало.

Командование знает лучше, думал капитан Голиков. Хотя подчас сомневался.

Он понял, что война летом 21-го. Не мог ни с кем поделиться, даже с Лерой. Он не скучал ни по жене, ни по сыну, потому что никогда ни по кому не скучал. Не умел. Да и не до скуки: у него не хватало АТЗ-13, и АТЗ-12 были не в лучшем состоянии, а майор Троценко требовал довести нормы заправки до 30 единиц бронетехники за 15 минут. А как с АТЗ-12 доведешь, если комплекс заправляет одновременно только до 8 единиц, и то при оптимальной подготовке? Оптимального же в армии никогда не случалось, знал Голиков: дай бог 6 единиц заправим зараз. А то и меньше.

Потом началась война, и стало не до норм заправки: все нормы пошли на хуй. Вместе с планами. Теперь — после полугода войны — Голиков, потерявший двадцать процентов личного состава в отступлении из-под Киева в апреле 22-го, не был уверен, что командование знает лучше. Он вообще теперь мало в чем был уверен и скучал по семье. Научился.

Он плохо спал по ночам: жара не давала заснуть. В Тульской области в конце сентября стояла прохлада, по утрам сухой холодный воздух будил, бодрил, звал в новый день своей прозрачностью, когда туман поднимался с реки, открывая очистившееся небо с пеной облаков там и сям. Здесь же, на юге, жара не унималась по ночам, и утро встречало тебя солнцем, будто желавшим растопить все вокруг — и людей, и технику, и волю к победе. Солнце было не ласковое, как и жизнь вокруг. Возможно, думал Голиков, если б я приехал сюда отдыхать, мне бы понравилось – тепло, фрукты. Но он-то приехал не отдыхать: он воевать приехал.

Капитан Голиков не хотел воевать. И не понимал ефрейтора Шулинского, который уже дважды подал ему рапорт о переводе на передовую. Они стояли за Луганском – спокойное по фронтовым понятиям место, и Голиков наладил местную клиентскую базу – гражданских, подъезжавших заправляться. Местные, понятно, не платили, конечно, как платили в Тульской области – нищета по российским меркам, но платили что-то, да и не это было важно: важно, что не двигают к линии соприкосновения, потому что Голиков хорошо помнил уничтожение своей мехколонны прошлой весной. Он радовался, что его рота соприкасается теперь только со своими.

А Шулинскому не сиделось в спокойном месте – молодой дурак.

Капитан Голиков решил, что одобрит следующий рапорт ефрейтора Шулинского о переводе в зону боевых действий: без дураков спокойнее. Особенно на войне.

Да и не нужен ему Шулинский: скоро другие прибудут. Много других.

9

Билеты в Стамбул по 183 тысячи на человека. Ужас, конечно. У нас эти деньги были, но только эти деньги и были. А там еще жить нужно, пока не получим визу в Португалию. Непременно в Португалию – на край Европы. Товарищ, мы едем далеко, подальше от милой земли...

Костя много рассказывал мне про португальскую музыку – фа́ду: она грустью похожи на русские песни. Фа́ду означает «фатум», «судьба». Мы с ним слушали протяжные шипящие слова, и он переводил: общая мысль всех фа́ду, объяснил Костя, это принятие своей горькой судьбы. Все фа́ду объединяет печаль о том, что могло быть, но так и не случилось. Сразу видно – страна для меня. Время собирать чемоданы.

Из многих прослушанных мною фа́ду особенно запомнилась одна – в Костином переводе:

Если жизнь не мила,
И легла грусть на плечи,
Ты один, как всегда,
Мои раны залечишь.
Заберешь ты с собой
Застарелую боль
И уйдешь в новый день,
Не раскрыв своей тайны,
Не раскрыв своей тайны.

И мы не раскроем: нечего раскрывать.

Нам казалось, что все вокруг уезжают. У кого были шенгенские визы и деньги, ехали в Европу. У кого не было – в Стамбул. В Ереван. Кто-то в Казахстан, кто-то в Кыргызстан. Нам казалось, что все вокруг уезжают. А уезжали все вокруг нас. Страна оставалась на месте.

В то свидание не было секса. Уже не первый раз я приходила к Марку, и мы сидели в его большой пустой кухне и разговаривали. Пили плохое вино: ему больше не привозили Chateau La Combe. Он теперь курил меньше обычного.

Я знала про его нынешний роман с Лерой Кольцовой: все знали. У Марка иногда случались романы, но к нам с ним это не имело отношения: мы оставались нами, и то, что было у нас, было только у нас. При чем тут Лера? Ни при чем. Но секса не случалось все чаще и чаще: то ли я ему стала не нужна, то ли секс стал не нужен. То ли я стала нужна не для секса.

Мы улетаем в Стамбул, Марк. На следующей неделе. Все вокруг улетают, и не только те, кого могут мобилизовать. Все вообще. Нужен нам берег турецкий. А ты?

Марк Гельфанд, мой любимый. Единственныйнеповторимый. В одно слово. Он красиво поседел, как седеют брюнеты. Ричард Гир какой-то. Марк раньше не был красивым, а теперь стал. Дожил до своей красоты. Как в старости стал красивым Пастернак.

Я без него жить не смогла бы. Позови он меня, свистни только, все бы бросила и побежала. И Костю бы бросила, и папу. А он так и не свистнул. И не свистнет. Не позовет.

Аськин, девочка моя, что сейчас происходит – это карнавал. Как в Средневековье – выпуск накопившегося в обществе пара. В карнавале меняются местами король и шут, небо и земля, правда и ложь, хозяева и рабы. Пусть на три дня, пусть на неделю, но меняются. И это перемена служит обновлению мира, обновлению договора власти с ее подданными.

Карнавал – перевертыш. Потому раньше и назывался Праздник дураков. Представь себе: простолюдины в кабаках, заливая горе вином, выбирали своего дурацкого епископа и торжественно отводили его в церковь. Все плясали, потешались, дурачилась, пьяные в масках, мужчины, нарядившиеся женщинами, женщины, нарядившиеся мужчинами, люди, нарядившиеся животными. Их дурацкий епископ служил праздничную мессу и всех благословлял, а прямо перед ним – на амвоне – ряженные дьяконы жрали колбасу и вареные кишки, плясали, играли в кости и карты, богохульствовали, лапали женщин. И не только своих. И не столько своих.

Карнавал – все можно. Раз в году, но можно. Потом опять нищета, угнетение, горе, но не сегодня: сегодня – наш праздник. Праздник дураков.

Знаешь, что они бросали в кадило вместо ладана? Навоз и старые подметки. Их вонь становилась новым благоуханием – раз в году. Главное было осквернить храм, осквернить все, что было святым, потому что это придавало смысл жизни: мы можем творить, что хотим. Раз в году. Потом рассаживались в тележки с нечистотами и разъезжали по городу, швыряя дерьмо в толпу. Нужно было всех загрязнить, потому что дерьмо уравнивает чистых и грязных: теперь все мазаны одним миром. Миром дерьма.

Зачем это нужно сейчас, Марк? Почему сейчас?

Это гражданская война, которую перенаправили наружу, вовне, сказал Марк. Чтобы замазать всех и дерьмом, и кровью. Как в Первую Мировую. Но она, как и тогда, вернется домой – кровавым карнавалом. И я должен быть здесь, чтобы это видеть: такое – раз в столетие. Или реже. Я пропустил большую войну, пропустил настоящую революцию – когда убивают на улицах. Это я пропустить не могу: такое может больше и не случиться. Или случится, но меня уже не будет. Как я могу уехать, не увидев этого? Себе не прощу.

Я поняла: он хотел написать сценарий про карнавал. Или роман. Для Марка, как и для моего отца, мир оставался источником сюжетов, делавших повседневную жизнь более яркой. Пока жизнь вокруг скучно текла в отведенных ей рамках, его главным сюжетом было превращение меня из Лолиты в Мессалину.

Только я не Мессалина, Марк. Я – это я. Живая. А не придуманный тобою сюжет.

> Заберешь ты с собой
> Застарелую боль
> И уйдешь в новый день,
> Не раскрыв своей тайны,
> Не раскрыв своей тайны.

Скачок приметил здорового пацанчика еще в «духанке»: он другой был. Нездешний.

У Скачка на такое чутье: он людей вдоль сечет. Особливо лохов. С детдома еще, а потом на малолетке враз пробивал, кто борзый, а кто лоховатый. Не пробивал бы, в колонии бы не выжил: в нем силы нет. На зоне, когда в тебе силы нет, хуй день проживешь: опустят.

У него чутье это от природы: его учить некому было. Родителей своих никогда не видел, только воспитателей в детдоме. А воспитатели тебя ничему не научат, что в жизни сгодится: туфта одна. Ему от воспитания ихнего пользы было – ху́евы слезы. Он их не слушал; он себя слушал. Потому и выжил.

Скачок и в детдоме, и на зоне, и по воле хитростью жил: знал, с кем корешовать, а кого прессовать. Здоровый этот, Борис, точно нездешний: в нем страха не было. Без страха на мир глядел. И при башлях, по «котлам» видно: не китайская дешевка, а серьезные, швейцарские – ЛУМИНОКС: сработаны под военные, с желтым циферблатом, противоударные. Скачок сначала прикинул «котлы» у него дернуть, но затем решил, что больше толку с Борисом закорешиться: на дружбе этой можа чего и побольше, чем часы, наварить.

«Духанка» для Скачка была не в тягость: шлифовали, понятно – устав, физподготовка, стрельба из автомата, техника безопасности, подготовка к присяге. Наряды, дежурства. Скачок на других салагах выезжал: кого за хавчик купил, кого за курево, а кого и прессанул, чтобы за него хуету всякую по казарме делали. Он же им не шнырь какой. Там правил много: нельзя днем садиться на шконку, нельзя совать руки в карманы, нельзя расстегивать крючок воротника даже в столовой, нельзя заходить в бытовку без разрешения. Скачок быстро прикинул, что в «духанке», как на зоне, главное – не светиться. Чтобы тебя не замечали. Один из многих. А Борис этот выделялся. Скачок сразу пробил: нездешний.

Такие в зоне или долго не живут, или – если при башлях – служат «сумкой»: их воры доят. Не опускают, а доят: бабло оно везде бабло. Пригодится.

Скачку на гражданке новый срок летел, он потому и пошел добровольцем: в армии схо́ваться. Переждать, пересидеть. Да и по Украине пройтись, слыхал, там хабара можно набрать. Погулять. Там, по ходу, беспредел шерстяной – твори, чо хочешь. Оно и ясно – война. Все спишет.

Курс молодого бойца – один месяц. Главное, в военкомате обещали на передок не посылать, а куда-нибудь в матобеспечение. Как прикидывал, так и случилось: они с Борисом оба попали в ГСМ части под Луганском: технику заправлять. Капитан – Голиков этот – ясно, по суровому пиздил, но в своем праве: бугор. Скачок пока не дергался, прикидывал, где чего можно дернуть – там всего дохуищща: и горючего, и масла, и запчастей. Он сперва думал с капитаном перетереть, договориться, что Скачок будет местным толкать, чтобы тому не светиться, но прикинул и решил обождать: рано. Оглядеться нужно, утвердиться. Себя поставить и – на случай облома – другого подставить. Да хоть Бориса этого. Он же телок голимый. В голове туфта – Россия, враги. Какая нахуй Россия? У Скачка своя Россия, а у ментов своя. Главное, вернуться. Там посмотрим, кому какой фарт.

Боре Шулинскому нравился КМБ: их учили быть молодым бойцом. Он был подготовлен лучше многих физически: и моложе, и привык к ежедневным занятиям спортом в Инверли. После тренировок по регби, когда они часами бегали, пробивали линию противника, боролись в скраме, толкая друг друга, оттесняя от своих ворот, физподготовка КМБ казалась легким развлечением. Он не курил, как многие в «духанке», не задыхался при пробежке с полной выкладкой, да и вообще был здоров. Отжаться сто раз – без проблем. Подтянуться тридцать раз – не вопрос. Боря мог и не такое.

Главное же, ему нравилось, что его принимали за своего. Они все пришли защитить Россию от врагов. Пришли воевать за мир. Боря никому не говорил, что учился за границей, сказал, что закончил школу в Москве. Москва и так напрягала ребят из провинции, так что про частную школу в Шотландии, про замок Инверли лучше было не упоминать. Он как все. Свой.

Боря сразу решил больше слушать и меньше говорить, чтобы себя не выдать: он следил за своей речью, не пуская рвущиеся наружу привычные английские слова. В Инверли, когда только поступил, он тоже много молчал, потому что плохо понимал английский и не хотел давать повод для лишних насмешек: и так дразнили. Здесь же, наоборот, он английский прятал. Чтобы стать своим, нужно прятать то, что тебя от своих отделяет. Боря Шулинский к этому привык. Прятал.

У него появился друг — Игорь Скачков. Игорь был старше на пять лет, а, казалось, на двадцать пять. Откуда-то из Тамбова. Боря никогда не слышал про Тамбов, но себя не выдал — кивнул. Игорь — низкорослый, жилистый, словно скручен из жгутов, с какой-то пегой паршой на стриженной голове пользовался уважением в «духанке». Боря быстро понял, что Игорь не такой, как остальные: он с Борей говорил по одному, а с другими совсем не так. Когда Игорь говорил с другими, Боря его часто не понимал — много слов незнакомых, а они понимали. И делали, как он сказал. Уважали.

Их сблизило, что оба хотели защищать свою страну. Многие пошли в армию из-за денег, а они со Скачковым за идею: на Россию напали фашисты, твой долг — защитить. Игорь сказал, что у себя дома и так хорошо зарабатывал — в торговле. Боря не понял, что такое в торговле, но кивнул, чтобы не выдать непонимание. Нужно быть своим.

Скачков много расспрашивал Борю о семье, о Москве, ему были интересны детали — зарплата отца, квартира, машина. О себе тоже рассказывал, но мало: мать учительница младших классов, отец рано умер — от полученных в Чечне ран. Отец тоже родину защищал, сказал Игорь. Но в основном расспрашивал про Борю и его семью.

Потому Боря Шулинский и был рад, когда оба попали в одну часть. Правда, заправка и обслуживание техники было не тем, на что он рассчитывал, но кому-то нужно делать и это. Keep calm and carry on, помнил Боря главный британский принцип. Shouldn't grumble. Он и не жаловался. Но в ноябре написал первый рапорт об отправке на линию соприкосновения – на фронт. Хотя им и под Луганском иногда прилетало: у HIMARSов радиус поражения 80 км, до них добивало.

Боря Шулинский хотел на передовую. Чтобы окончательно стать своим. Только так он и мог вернуться в Россию – своим. Иначе и незачем было идти на войну.

—— 11 ——

Что у консьержки Тоси двое внуков, Далецкая выяснила по приезде. Консьержек в доме работало три shouldn't grumble – Светлана Николаевна, Оксана Сергеевна и Тося, но Тося, хоть ее и звали без отчества, была главная. Это Далецкая сразу поняла: Тосе отчество ни к чему, и так уважают.

Консьержки работали посменно – сутки, двое дома. Они к Далецкой любопытствовали, сочувствовали, расспрашивали, и Далецкая им порассказала о своем счастливом детстве: любящая мама – красавица-актриса она меня маленькую с рук не спускала зацеловывала баловала жалела потом болезнь тяжело умирала с мамой до конца не отдала в больницу держала за руку культ отца у них в доме мы его фильмы каждые выходные пересматривали как он хотел от Сюзанны Георгиевны к ним уйти но мама отказалась не хотела чужую семью разрушать. Он игрушки мне из Москвы привозил, на все дни рождения приезжал, водил в парк-музей А.К. Толстого – папа и я. В общем, как детство прошло, так и рассказала. Им нравилось. Вздыхали.

Далецкая про Тосиных внуков у других консьержек выяснила – сколько лет, что и как. Мальчики, девять и семь, Андрей и Николай. Далецкая им машинки купила и Тосе принесла: красную пожарную Андрюше вашему, а спортивную серебристую для Коли. Тося поохала, поотказывалась и взяла. Теперь можно было начинать совать Тосе денежку – понемногу, по-дружески. Проявить благодарность за ее службу-дружбу. Далецкой друзья нужны были, особенно которые про Найденовых много знают. Не самой же свою семью расспрашивать.

Тося знала про Найденовых все: что любят, что не любят, с кем у Сюзанны Георгиевны в доме были ссоры, когда она еще могла ссориться. Что Ася по молодости дома редко ночевала, значит, был кто-то, но к себе не водила. Что до сих пор часто ночью запоздно возвращается, но это Далецкая и сама знала. Что Роман Кириллович никого вокруг не замечает, мимо вахты ходит, не здороваясь. Далецкая быстро сообразила, что Тося не любит Найденовых, только Костю жалеет: зять ихний внимательный, красивый такой, вот кому в кино нужно, и всегда улыбнется, не забывает с праздниками поздравить. Еще Далецкая поняла, что Найденовы никогда консьержкам ничего не дарили: ни на Первое мая, ни на Новый Год, ни на 8-е Марта. Не знали их дней рождений, а Далецкая сразу выяснила, когда у кого: ей же жить здесь, нельзя так; нужно мосты наводить. База поддержки нужна – чтобы ценили. Нужно людям полезной быть, они для тебя в три раза больше сделают.

Как с Романом обращаться (она про себя никогда не звала его «папа», звала по имени), Далецкой было ясно: взять заботу про все ему нужное, но неприятное, скучное. Архив собирать, по папочкам раскладывать, записи вести, с Минкультуры переписываться. Ну, и быт, конечно: стирка, глажка, готовка, уборка. Но главное – восхищаться, ему этого сильнее всего не доставало: Сюзанна теперь не могла, а от Аси восхищения можно не ждать: она собою жила. И своими отношениями с мужем. Хотя, подозревала Далецкая, не только с мужем. Она сперва хотела Косте про Асю намекнуть, но решила, что не нужно: ему неприятно будет, что другие знают. И он свою неприязнь на Далецкую перенесет. А ей неприязнь его ни к чему: ей нейтральной надо быть, вроде как на заднем плане. Чтобы особенно не замечали. Чтобы не мешали задачи выполнять.

Первая задача была выполнена: Сюзанны больше нет дома, не мешает, не отнимает времени от Романа: ему это нравилось. Выходило, что Далецкая живет только для него, а ему ничего другого от людей и не надо: чтобы для него жили. Далецкая и жила. Он без нее теперь не мог. Даже ее переезд в кабинет свой одобрил, не захотел спорить. Переезд этот был важен: у Далецкой теперь свое место в квартире, это он к ней приходит. А не она к нему из кухни.

Она думала, стоит ли начинать вслух называть кабинет Романа Кирилловича «моя комната», но решила, что пока рано. А с Асей так и говорила: я потом в моей комнате уберу, сначала на кухне. Мол, у тебя своя комната, а у меня своя. Это наш общий дом. Мы ведь сестры – семья. Чтобы привыкала. Осознавала. Если еще не поняла.

Ася была ее главной заботой: Далецкая же в квартире не зарегистрирована. Ей для этого из Брянска нужно выписаться. На право собственности не повлияет, брянская квартира за ней останется, можно продолжать сдавать, жильцы хорошо платят – не задерживают, но без московской регистрации ее жизнь в Воротниковском была шаткой: останется, пока Роману нужна. Вернее, пока он жив, а возраст есть возраст. Случится с ним что, Ася ее в квартире не оставит. Сама бы Далецкая никогда не оставила. Сама бы Далецкая, правду сказать, себя бы с самого начала и не пустила в квартиру, в жизнь свою не пустила бы, но Найденовы были другие: Роман не нашел, что сказать – вину чувствовал, а Асе это было не интересно: она в своем доме жила по-постороннему. Ася, думала Далецкая, вообще как-то по постороннему в жизни жила. Вроде жизнь мимо нее. Или она мимо жизни.

Далецкая так не могла: у нее права такого не было. Далецкая жила по-настоящему, взаправду жила, потому ей и надо было у Найденовых прописаться. Как к этому подойти, она пока не понимала: нужно не напугать, нужно, чтобы сами предложили. Попросили. А она подумает и согласится. Вот над этим Далецкая и работала. Ждала.

Дождалась. Война помогла.

Вечер никак не наступал: все светло и светло. Будто солнце не знало, что ему пора заходить, уступить место темной московской ночи, подсвеченной неровными, дрожащими желтыми пятнами фонарей и белым неоном реклам в центре города. Конец сентября, в пол-восьмого сумерки обычно захватывают небо над Москвой, проливаясь, разливаясь сизым, серым, поглощая дневной свет, но не сегодня. Не сегодня.

Сегодня в городе светло. Отчего? У меня нет ответа, у меня вообще не осталось ответов. Да и вопросов больше нет. Не знаю, что хуже.

Вчера вынесли приговор Диме Старцеву: шесть лет за оправдание терроризма. Месяц назад отцу Симеону дали три года за распространение фейковых сообщений, порочащих российские вооруженные силы. У Нины в церкви арестовали еще двух прихожан – по той же статье. Адика Шулинского продолжают допрашивать, уже после приговора Диме: почему? Он думает, что следствие хочет представить дело более масштабно: вроде не один Дима Старцев, а целая группа. За раскрытие организации дают звездочки.

Марк остается – занять место в зрительном зале. Но мы с Костей не зрители: нас вызывают на сцену. Оставаться нельзя.

Мы собрались в большой комнате – семейный совет. Денег нам с Костей хватало на билеты до Стамбула и на три месяца жизни там, если верить разным блогам. Что дальше, как дальше, куда дальше – неясно. Но оставаться нельзя. То есть я могу остаться, но Косте нужно уезжать, а куда он поедет без меня? Как я останусь без него? Костя мой муж. Мой мужчина. Мой.

У меня, кроме него, никого теперь нет. Раньше был Марк, были мама с папой, а теперь никого: только Костя. Марку я не важна – больше не сюжет, мама меня не узнает, у папы новая дочка. Что я буду делать в Москве без Кости: преподавать немое кино? Продолжать спать с друзьями и незнакомцами? Начну ходить с Ниной в церковь? У меня меня больше нет, только Костя. У меня меня и раньше не было: жила, как хотелось Марку, папе, другим. Только жизнь эта закончилась: я из нее уезжаю. Пора.

Как у Бродского: «Мне говорят, что нужно уезжать. Да-да. Благодарю. Я собираюсь».

Я собираюсь.

Куда ехать? Денег нет, документов нет – ни у Кости, ни у меня нет шенгенских виз. Можем только в Стамбул, там подадим на визы в Португалию. Сейчас плохо дают, люди ждут месяцами, но Костя считает, что ему дадут: он же знает язык. Хотя в Португалии не он один знает португальский: там еще десять миллионов человек на нем говорят.

Роман Кириллович не сразу понял, почему Асе с Костей нужно ехать в Стамбул. Война, конечно, глупая, бездарная, ненужная война, но при чем тут Костя? Он не слышал про объявленную мобилизацию, да и не понимал, какое она имеет отношение к его зятю: тот же не мальчик уже. Тридцать четыре. Какой фронт, скажите на милость. Глупость.

– Ася, я позвоню… я Никите позвоню, в Министерство позвоню. Я же, в конце концов, народный артист России. У меня от Путина орден есть, сам вручал. В Екатерининском зале.

Он верил в свои заслуги перед страной.

Далецкая молчала: оценивала последствия Асиного отъезда для себя. Она знала, что Костя не прописан у Найденовых, прописан в квартире умерших родителей, доставшейся его старшей сестре – матери-одиночке. У Найденовых было прописано три человека, площади хватало: можно прописаться. Только не напугать.

– Костя, а почему вы решили в Турцию? Может быть, куда поближе?

– Поближе самолеты не летают. И в Турцию визы не нужны.

– А как вы там жить будете? – наивность, наивность. – Вы же с Асей турецкого не знаете. Работать же нужно будет.

– Мы там не останемся, – сказала Ася. – Стамбул – транзит. Получим визы в Португалию и уедем. У Кости в Португалии знакомые. Он же переводчик.

«Надолго собираются, – поняла Далецкая. – Значит, можно вопрос затронуть».

– Да бросьте вы, – вяло спорил Роман Кириллович, – глупость какая-то. Турция какая-то. Португалия. Я Никите позвоню, он все решит. Я на студию сейчас позвоню, Карену: он лауреат трех Госпремий. Он с Путиным дружит. Объясню ему, он все уладит.

«Уладит, как же, – думала Далецкая. – Только таким людям Костей и заниматься. Своих-то дел у них нет». Она промолчала: нужно было дать место Асе. Не форсировать. Тонко нужно. Тонко.

Далецкая в себя верила. Чутью своему верила: она ощущала окружавшие людей облако недовольства, радугу радости, волны желаний, словно запахи. Словно люди с ней говорили: мне больно, холодно, голодно, неудобно. Она, как ищейка, обладала обостренным нюхом на чужое состояние. Иначе б в интернате не выжила и до Москвы бы не добралась.

Выжила и добралась. Теперь время закрепиться.

– Там же дорого, наверное, в Португалии. Или у вас уже работа есть, Костя? Может, вам уже пообещали?

Пусть сами себя убедят, что ничего у них нет. Что никто их там не ждет. Что им помощь нужна.

Она слушала Костины объяснения про трудности с рабочей визой в Евросоюзе, про его надежды – неясные, топкие, но слушала не очень внимательно, потому что ей и так было ясно: ничего у них нет и не будет. Помыкаются и обратно приедут. Но это не в ее интересах. Значит, пора.

— Я могу вам пока деньги высылать, — предложила Далецкая. — Мне за мою брянскую квартиру хорошо платят, все не трачу, остается. Сейчас курс хороший, почти пятьсот долларов выходит, могу вам посылать: я же еще по инвалидности получаю. Нам с папиной пенсией денег хватит.

Так и сказала: с папиной. Пусть привыкают.

— Полина, — Ася запнулась, — неудобно как-то… это же ваша квартира.

— Я Карену позвоню, Никите. Они решат все — все проблемы, — продолжал Роман Кириллович, будто и не слышал их разговор. А, может, и не слышал: он себя слушать привык.

— Что вы, Ася, — Далецкая покачала головой, словно отказываясь от всех грозящих ей неудобств: — Мы же семья. Я же понимаю. Буду на карточку переводить. Главное, чтобы у вас с Костей все устроилось. Это главное.

За окнами как-то враз потемнело: словно солнце в городе наконец притушили. Словно у кого-то в этом городе была такая власть — тушить солнце.

Позже, когда все разошлись, и Далецкая на кухне мыла посуду за Романом Кирилловичем, Ася пришла поблагодарить ее еще раз. Далецкая не прерывала, дала Асе выговориться: той было нужно.

— Ася, вы знайте: я, может, здесь и недавно, но вы все для меня теперь семья. У меня никого на свете, кроме вас с папой, нет. Никого.

Еще раз — с папой. Чтобы закрепилось.

— Поля, спасибо вам, я просто не знаю, что сказать…

— А ничего и не нужно говорить, — Далецкая вытерла мокрые руки светлым кухонным полотенцем и, встав на стоящую рядом с плитой ступеньку, развесила его на прикрученной над раковиной металлической перекладине сушиться. — Я только думаю, платежи коммунальные делать я могу через ваш личный кабинет в госуслугах. А если что с квартирой, если нужно решение принимать?

— А вы не можете?

— Как? Я здесь не зарегистрирована. Я в Брянске прописана.

– Так пропишитесь, – предложила Ася. – Вы же теперь здесь живете, а не в Брянске. Так всем легче будет.

Вот оно. Сами попросили.

– Мне тогда от вас с папой разрешение нужно. Без согласия собственников не пропишут.

Она уже три месяца назад выяснила через Росреестр, что Костя не является собственником, а насчет Сюзанны Георгиевны у Далецкой была справка о недееспособности.

– Конечно, конечно, – согласилась Ася. – Вы скажите, что нужно, я напишу.

Не благодарить: это она им одолжение делает. Чтобы им легче было, пока они по европам разъезжают. На ее деньги.

– Вы только с папой сами поговорите, Ася, – попросила Далецкая. – А то мне не удобно его беспокоить со всякими такими делами. Вы же знаете, он всего этого не любит. Он не любит, когда его на жизнь отвлекают.

Ася пообещала.

НАСТУПЛЕНИЕ И НАКАЗАНИЕ

1

Стамбул – не транзит. Стамбул – надежда на транзит.

Сто лет назад в этот нелепый, грязный, шумный, пахнущий всеми запахами сразу, разбросанный по берегам Босфора на два континента город хлынула белая эмиграция по пути в Европу, в обе Америки – Северную и Южную, куда угодно, но дальше, дальше. И сейчас сюда бросились беженцы из России: в марте – кто не хотел жить при начавшем войну Путине, в сентябре – кто не хотел за него воевать.

Кто такие «беженцы из России»? Это мы.

Оставаться здесь никто не собирается: все едут дальше, дальше. Только не едут: нас никуда не пускают. Потому сидим в Стамбуле и ждем у Мраморного моря погоды. Живем ожиданием. Значит, не живем.

Не нужен нам берег турецкий. И мы никому не нужны.

Я чувствовала себя внутри фильма «Бег»: после объявления мобилизации волна уезжающих – паника, бегство, люди последние деньги тратили на билеты, только бы уехать. Без плана, без подготовки, без понимания, куда едут и как будут там жить. Совсем как мы с Костей.

Ноябрь, тепло. По утрам зябко от сырости, но все равно градусов десять, днем пятнадцать, а то и больше. Дожди. Я здесь рано просыпаюсь: никак не привыкну к шуму из соседних квартир. Окна нашей комнаты выходят во двор, мы радовались – будет тихо, но утром –

в шесть, не позже, турки начинают жить: открывают окна, громко перекликаются, заводят музыку. Слышны гудки машин, звяканье в соседних квартирах. Чем они звякают так громко, так настойчиво? Чем-то турецким.

Костя спит: он не слышит чужую жизнь. А я сижу у окна и смотрю на чужой двор без травы, без беседок, без детских качелей – совсем чужой двор. Солнце постепенно затопляет его, желтит, только по углам не доходит до мусорных баков. Там, отдельная от освещенного желтым солнцем двора, натянута серая тень. Мусору нужна тень.

Две старухи в черном сидят во дворе на складных стульях и курят. Одна рассказывает другой что-то громкое, та не слушает. И даже этого не скрывает. В центре двора турецкие дети бегают за кошкой. Все рады. Счастье простой жизни. Почему я никогда так не жила? Почему я никогда не играла во дворе, не бегала за кошкой? Почему простота воспринималась нами как примитивность и ценилась только рефлексия? Нам было мало жить, нам было нужно рефлексировать по поводу жизни. Осознавать скрытые смыслы, которых в ней вовсе не было; жизнь как метафора. А затем воспроизводить ее на бумаге, на экране, на полотне. Жизни было недостаточно: ее нужно было улучшить, сделать интереснее, объемнее, значимее, и тем самым придать значимость себе. Это называлось творчество.

Мы все жили творчеством. А в это время кто-то просто жил и бегал за кошками. Какая в этом метафора? Никакой: дети и кошка. Бегать хочется, вот и бегают. Почему я не видела этого раньше? Потому что искала скрытые смыслы. А никаких смыслов там нет: просто дети и кошка. Вот и весь смысл.

Наша комната угловая в квартире из четырех комнат. Одна освободилась два дня назад – уехали Пегановы. Они и привели нас в эту квартиру.

Я знала Катю Пеганову со школы. Она тогда была не Пеганова, она по мужу Пеганова. Старше меня на три года. Мама – поэтесса: что-то резкое, откровенное, эротично-изломанное в 90-х и начале нулевых. О ней одно время много писали. Передачи на канале «Культура», творческие ретроспективы. Как обычно. Потом тишина. Тоже как обычно.

Я понимаю Катю, ей тяжело было – дочь своей мамы. А, вы дочка своей мамы? Что вы, что вы. Такой талант. Наша Ахматова. Наша Ахмадулина. Наша ах-ах-ах.

Катя после школы пропала, потерялась, у меня ВГИК и Марк, у меня друзья Марка, у меня воспитание ощущений и ожидание чувств, а она пошла на филфак в МГУ. В каком-то журнале работала, типа «Сноб». Или другом. Замуж вышла, стала Пегановой. Сын Федор – 17 лет. Когда только успела. Ребенок не от мужа, что-то раньше. Потом вышла замуж.

Это она мне рассказала про свою жизнь. Коротко, без деталей. Самое главное.

Муж тихий, не яркий. Анатолий. Бородатый, но не как Марк – щетина, словно забыл побриться, а окладисто бородатый. Не интересный. Химик, по-моему. Что-то такое, не наше.

Пегановы уехали сразу – в марте. Собрались за один день и уехали. Хотели в Америку, но у них даже документы не приняли: там через сайт нужно записываться, в четыре утра начинается запись – опоздал на две минуты, и все места заполнены. Сиди жди следующей недели.

Пегановы подавали на визы куда угодно в Европу – в Германию, во Францию, даже в Голландию. Им не дали. Никуда. Как и многим другим. Люди сидят в Стамбуле месяцами, ждут, ждут, ходят в визовые центры – как мы с Костей. Тоже ждем. И Пегановы ждали, только их никуда не пустили: везде отказали. А учебный год – Феде в школу. Решили остаться в Турции и два дня назад уехали в Анталию, к морю. Там дешевле. Есть русская школа.

Катя, что ты будешь делать у синего-синего моря?

Бегать за кошкой.

Но можно и не уезжать: кошки в Стамбуле повсюду. Самые разные – пестрые, одноцветные, гладкие, пушистые. Лениво, мягко переступая лапками, ходят по улицам, лежат, развалившись живыми комками, в разбросанных по тротуарам кафе, сидят, словно стражи, перед входом в магазины. Их кормят, их поят, заботятся и не гонят прочь. Даже мэрия выделяет деньги на обустройство жилищ для кошек – кошкины дома понастроены везде. Почему так? Кошка – священное животное мусульманского мира, объяснила Катя Пеганова. Кошкам разрешено заходить в мечеть. Зачем кошкам заходить в мечеть? Не ясно. Но разрешено.

Тили-тили-тили-бом! Был у кошки новый дом. Потом загорелся, и дома нет как нет: сгорел дотла. А мы бросились не тушить, а бежать от пожара – подальше.

В Стамбуле не только кошки: здесь много бездомных собак. Но они как-то не несчастно бездомные, а уютно бездомные. Ходят себе среди толпы или лежат поперек тротуара, и все обходят. Никто их не гонит, их уважают, делят с ними пространство города. Собаки в Стамбуле сплошь одинаковые: большие, с висячими ушами, палевого окраса. Словно из одного помета — крупные палевые лохматые лабрадоры. Почему кошки в этом городе разные, а собаки одинаковые? Загадка Стамбула. Или тайна? Ищу скрытые смыслы. А их там нет.

Я обошла стамбульскую собаку, похожую на всех остальных собак в этом городе, перекрывшую вход в кафе «Мангал кейфи, переступила через длинный, похожий на кривую саблю, хвост. Собака, вытянув лапы, лежит на одном и том же боку здесь всегда — и днем, и вечером. Не двигаясь. Это ее место.

Это теперь и мое место: дешево и недалеко от дома. Всегда заказываю одно и то же — горький густой турецкий кофе в маленькой чашечке без ручки. Держать горячо, пить горячо, и я осторожно тяну черную взвесь: не хочу ждать, пока осядет. Откусываю крошечный кубик пахлавы: дают вместе с кофе.

Жду Дину.

2

После потери Лимана их батальон — что от него осталось — отступил на Соледар. Основные потери были среди мобилизованных из ЛНР, но им — регулярным войскам — тоже досталось: Боря Шулинский посчитал, что потеряли больше тридцати процентов личного состава. Комбат Петренко просил огневую поддержку, но кто ее не просит? Их отступление прикрыли с воздуха МИГи-24 ВМ, тяжелые птички, херачили ПТУРами по украинским позициям, не давая преследовать уходящую на Соледар колонну, и за то спасибо.

Война. Он не так ее представлял, когда мечтал о войне, томясь в готическом школьном замке в дождливой Шотландии. Там все казалось более организованным и разумным. Полным и смысла, и замысла. А на деле — хаос, неподготовленность. Хуйня, в общем.

Но наше дело правое, победа будет за нами. Это его Скачок научил. Что-то очень русское, словно заклинание: сказал три раза, и сбылось. Только надо подождать.

Октябрь в тех местах выдался теплый: земля еще цвела, полная трав и мелких цветов, и сады в окрестных селах по линии отхода колонны стояли неубранные: некому убирать. Деревья томились, полные груш и яблок, слива уже отошла и покрывала землю темно-лиловым бархатом, и люди ходили по сливе, втаптывая ее в черную почву. Окрестные села их не встречали, жители прятались по домам, и колонна отступала по пустой дороге на Соледар.

Соледар был в окружении, и Боря решил, что их поставят на восточном фланге – подкрепить позиции передовой группировки из вагнеро́в. Они простояли день, второй – голодные, окопавшись в прореженной украинской артиллерией лесопосадке, ожидая мобильную часть ГСМ дозаправиться, и большую часть суток рыли санитарные траншеи для сортира. Ночью их подняли по команде и двинули дальше на юг. Он пытался понять общий стратегический замысел, но то ли замысла не было, то ли он был так сложен, что понять его не было возможности. То ли и то, и другое.

Он дал Скачку денег, и тот смотался куда-то по дороге – деревни ж вокруг – и раздобыл гражданский хавчик и водки. Боря приучился пить водку в армии: сначала мутило, потом ничего: кто из русских не пьет водку? Это был еще один шаг к возвращению на свою землю, как и сама война. Воевал, матерился, пил водку, был со своими в трудную пору – значит, свой. Для того Боря Шулинский и пошел на войну – вернуться домой своим.

Он менялся, становился другим и ощущал эту перемену, как спортсмены чувствуют рост мышц, когда тело открывает для себя новые возможности, превращая тебя в другого. Боря Шулинский – толстенький книжный мальчик из московской интеллигентной семьи, мама плакала, отправляя в шотландскую школу-интернат, научился не только пить водку и ругаться, как ругались все вокруг. Он научился главному: принимать мир, как он есть, а не как должен быть. Боря вспоминал уроки Моральной Философии, которые в Инверли вел доктор Кэмпбелл, молодой школьный священник с большим бледным лиловым родимым пятном на левой щеке. Все это теперь казалось Боре ненужным, затянутым колеблющейся, дрожащей пленкой, словно пролитый бензин на поверхности лужи, словно ушедший в топкий черный провал неслучившегося дурной сон, что не имел ни смысла, ни продолжения. Мир вокруг был завален павшей на землю вишней и павшими на ту же землю и оставленными после боя трупами солдат, с которыми накануне Боря пил водку и делил тяжелую каркасную палатку ЧС-43. Теперь с каждым днем в их палатке оставалось все больше места, и в этом не было грусти и сожаления об убитых, потому что нужно думать не об убитых, оставшихся в прошлом, а о реальных, нужных вещах в настоящем: выдадут ли на коротком привале ИРП, состоящий из тушенки, рыбных консервов и сухих хлебцев, или подойдет полевая кухня КП-130 и можно будет поесть горячее; где разместят на новом месте и будет ли ночью артобстрел; раздобудет ли Скачок водки или придется засыпать на сухую. Мир обозначил себя для Бори Шулинского твердыми гранями бытия, мир не ждал от Бори морального одобрения и выполнения миссии, а стоял вокруг лесопосадками — местами укрытий, лежал под ногами разбитыми тяжелой военной техникой открытыми дорогами — трассами смерти — и висел над головой низким, пронзительно синим южным небом, с которого белыми раскаленными шарами сыпались украинские ракеты комплекса ГРОМ-2. Мир был как поле для регби, и ты — столб, передний игрок, поэтому тебе достается больше других. Мир тебя не жалел, но и ты не жалел мир, так что все было по-честному. Fair play — честная игра, принцип британского спорта, британской жизни. Мир и был такой — fair play. Просто здесь fair play была без правил.

Боря думал о войне, как о регби, и понимал, что командование действует неверно: главная тонкость искусной тактической игры — это удлинение фланга, создающее возможность растянутого маневра, как их учил лысый, рано растолстевший тренер по регби мистер Доусон. Тогда можно менять позиции игроков, отвлекая внимание соперника на ложное продвижение и подготавливая настоящую атаку в другом месте. А командование сокращало фланги, ограничивая возможность защитного маневра и быстрого контрудара. Оно стягивало силы при отходе с оставленных позиций вместо их рассредоточения, создавая удобную для врага мишень. Поэтому все усилия были направлены на охрану самих себя, а не на подготовку контрнаступления. Что было непродуктивно.

Его колонна отступала от Соледара на юг, и никто не говорил им, куда и зачем они идут.

Через день они вошли в Горловку. Тут была Россия.

Скачок понимал, что просчитался: нужно подождать было, а не толкать горючее и смазку местным лохам, когда стояли в тылу, заправляя идущие на фронт бригады. Он и не наварил ничего, так, беда, а не бабки, а капитан этот Голиков пробил по ходу, что Скачок соляру дергает на́ сторону, и отправил на передок. Он же не воевать нанимался, а пересидеть, пока менты в Тамбове о нем забудут и можно будет домой вернуться. Ему война эта на хуй не сдалась. Пускай мобики воюют или идейные, как мудак этот московский Шулинский. Им жить незачем, а Скачку есть зачем: он жизнь свою строит. Его дома пацаны ждут.

Горловка Скачку понравилась. Во-первых, не обстреливают. Во-вторых, разместили в школе, тут тебе и тепло, и сортиры настоящие, правда, быстро забились. В-третьих, хавка горячая три раза в день. Вокруг город, можно прикупить, чего нужно, или спиздить, если плохо лежит. Он подторговывал паленой водярой среди своих – кто остался в живых, но осторожно, не высовываясь, а то опять вилы выйдут – беда. Скачку беда не нужна; ему жизнь нужна.

Насчет девок в Горловке тоже было неплохо, но задаром не давали, а за бабки Скачок не хотел: жаба душила. Они ж должны понимать, что он их защищает, жизнью рискует, что им жалко, что ли. А не давали.

Одна шмара вроде пришла к зданию, как договорились, и дала даже, но не ему, а ефрейтору Егорову. Тот и не перетер с ней толком, не обещал ничего, а просто постоял рядом, покивал, пока она о своей жизни мурлыкала – с понтом в салоне красоты косметичкой работает, а потом повел ее в пустой класс, где жило гулкое от сдвигаемых к стене старых парт эхо и лежал принесенный из спортзала старый порванный мат. Скачок так и не понял: она ж к нему пришла? Впрочем, он и не старался понять: шмара и есть шмара. Денег нужно было дать. Но жалко.

В актовом зале, где они теперь спали, на стене висел большой герб Горловки: слева какой-то хер с крыльями и копьем, справа шахтер в каске с отбойным молотком. По утрам, проснувшись при подъеме, Скачок смотрел на герб, пытаясь сообразить, кто этот с копьем: святой охранник? Ангел-хранитель? Крышует он, что ли, шахтера? И от кого шахтеру нужна защита? Но понять это он скоро отчаялся, да и не пытался особо: своих забот хватало. Он думал, куда их дальше, и надеялся, что обратно – в тыл. Пока однажды утром не пришел приказ на марш, и они, минуя Донецк, двинулись на юго-восток.

А там понятно что: Угледар.

3

Стамбул – Вавилон. Везде слышна нетюркская речь – русская, английская, немецкая. Отчего-то много итальянцев. Или их много в нашем районе Бешикташ? Здесь традиционно живут иностранцы, вот и мы поселились.

Бешикташ – как плов: набросали всего и перемешали большой деревянной лопаткой времени. Смесь европейской архитектуры и азиатской медлительности: парижские кафе, где часами сидят над маленькой чашкой густого горького турецкого кофе; небольшие магазины, куда приходят не купить, а пообщаться; крутые улицы, бегущие верх-вниз со стоящими вперемешку вдоль разбитого асфальта дорог красивыми свежеокрашенными и совсем негодными зданиями. Тротуары узкие, вдвоем не пройти. Ну только если ты кошка.

Хочу быть кошкой в Стамбуле: меня будут чтить и любить. Кормить и лечить. Пускать в мечеть. Чем не жизнь?

– Украинцев в Турции меньше, чем россиян, – Дина убрала волосы с левой стороны за ухо с маленькой янтарной серьгой из серебра. – Потому что Турция не оказывает никакой помощи украинцам. Только частные инициативы – как мы: приняли украинских беженцев в начале войны, поселили в наш шелтер на юге. Но украинцы здесь мало остаются, только у кого уже были в Турции семьи. Их же везде в Европе принимают, и они едут дальше.

Дина прижигает тонкую короткую коричневую сигарету, затягивается, долго держа в себе дым. Выпускает через нос – неженственно. Ей не для кого стараться, а для меня не стоит. Интересно, она всегда такая, как есть или притворяется для других, как все мы? У меня ощущение, что Дина живет для себя, потому и не притворяется: не красится, одевается в удобное и просторное, не старается казаться кем-то, кого ожидают. Кого одобряют. Это главное: я всегда стараюсь делать, что от меня ожидают – ищу одобрения, а Дина делает, что хочет – ей не нужно чужое одобрение.

Что Дина хочет? Помочь другим.

Я слушаю Дину, смотрю на стамбульские лица. Стамбул – Вавилон, и не только, потому что здесь говорят на всех языках: я нигде не видела такой разнообразной толпы. Я представляла турок по-другому – темные, смуглые, горбоносые. А они – какие угодно: арийские блондины и блондинки из геббельсовской мечты о расе господ, экзотические пепельнокожие черноволосые азиаты, и другие, иные, самые разные – монголы, гунны, скифы. Да, скифы мы. То есть не мы, а турки.

Стамбул – смешение народов. Веками сюда приезжали люди с трех континентов – Европа, Азия, Африка – и сходились друг с другом. Одни смешивались, другие сохраняли свой тип. Интересно, кто смешивался, а кто нет? Чем это определялось: классом, статусом, религией? Загадка Вавилона. Стамбульские тайны. Под покровом бархатной турецкой ночи с висящим в низком лилово-темном небе ятаганом месяца – что-нибудь такое, литературно-географическая пошлость, клише, штамп. О, девы гаремов – в шароварах и лифчиках. Под шароварами ничего – для удобства мужчин. Ужас какой-то лезет в голову. Это у нас с Костей уже две недели не было секса. Или больше. Как-то не ладится, когда у тебя за тонкой стенкой живет семья с маленькими детьми. А у них ладится – я уже три раза слышала.

Хотя, возможно, они это от отчаяния: им везде отказали в визах. Вот и утешают себя по ночам. А нам пока отказали только в Португалию и во Францию. Ждем ответа из германского консульства. Откажут, конечно. Вот откажут, тогда и наладим интимную семейную жизнь.

– Вы тоже из Москвы, Дина?

– Нет, из Петербурга. Но уже давно: сначала жила в Таиланде, немного в Лаосе. Путешествовала – два месяца в Непале. Я квартиру в Питере сдаю, этих денег хватает.

Курит, желтоватый дым растворяется в густом стамбульском воздухе, перемешиваясь с запахом жареного мяса и крепко сваренного кофе. «Мангал кейфи. Что-то очень азиатское. Что-то экзотическое. Словно из Гумилева: старый бродяга в Мангале Кейфи...

— Я в Стамбул приехала в марте, когда война началась. Узнала, что здесь наплыв россиян, нужна помощь: расселять, устраивать, помогать с документами. У меня юридическое образование. Шесть лет практики.

Дина юрист? Смотрю на загогулины тайского алфавита, бегущие разноцветной татуировкой вниз от шеи к плечам — свитер с широким горлом спустился, открыв ключицы: вышло солнце и пригревает. Татуировки ящерицей выглядывают из-под манжет, сворачиваясь на ее маленьких ладонях. Может быть, Дина вся покрыта загадочными восточными символами, складывающимися в таинственные слова — заклинания, клятвы, пророчества, проклятия? Подождем до теплой погоды, тогда и увидим. Почитаем, что на ней написано. Узнаем, что нас ждет.

Дина — наш Нострадамус. Или на ней написано что-то женское — о любви? Нужно было учить тайский, тогда бы знала. Но спрашивать неудобно.

— Мы, собственно, организуем российскую релокацию: встречаем, селим в коливинги, помогаем решать юридические и бытовые проблемы, организуем встречи, лекции — чередуем политпросвещение и социальную активность. Чтобы не перегружать людей политикой: их это отталкивает. Многие сентябристы аполитичны, понимаете?

Понимаю. Только не понимаю, кто такие сентябристы.

— Это вы, Ася, — смеется Дина. — Те, кто уехали, когда в сентябре объявили мобилизацию. Не политактивисты — эти начали уезжать еще до войны, после посадки Навального, и массово поехали в марте. Нет, сентябристы ждали — вдруг это не про них? А в сентябре поняли, что про них. Что про всех.

Молчу, киваю: так и было. Думали, живем отдельно от страны, но она до нас добралась. И мы выбрали бежать.

Тяну горькую жижу со дна кофейной чашки с голубым ободком. Прилипает к языку.

— И правильно сделали, что уехали, — Дина вытягивает толстые ноги в черных солдатских ботинках, чуть подбирает кверху вышитый желтым с красным узором подол платья, подставляя открывшуюся кожу нависшему над городом красноватому солнцу. Она одевается, как подросток-хиппи: не могу представить ее юристом. И завидую ее безразличию к ожиданиям других о том, как она должна выглядеть и себя вести.

Плевала она на мужчин и их одобрение. Может, Дина – лесбиянка и отсюда ее свобода? Нет, я бы почувствовала: у меня были женщины, хотя всегда вместе с мужчинами, как приложение к мужчинам. Как гарнир. Может, переспать с Диной? Не чувствую к себе интереса: она не кокетничает со мной. Но ей что-то от меня нужно.

Спрашиваю.

– Вы же киновед, Ася. Специалист. Мы хотим, чтобы вы прочитали курс лекций про кино. Каждые две недели мы организуем что-нибудь – снимаем помещение или договариваемся бесплатно – и проводим мероприятие. Людям интересно про кино. Все любят кино.

Людям интересно про немое кино? Моим студентам и то было не очень интересно.

– Почему только про немое? – не понимает Дина. – Вообще про кино – про зарубежное и российское. Про советское. Сами выберете тему. Вы же лучше знаете.

Палевая большая собака, лежащая на тротуаре, вытянув перед собою лапы, вдруг взвизгивает и вскакивает, начинает отряхиваться, словно хочет избавиться от своей шкуры. Скребет себя лапой по боку, вертится и скулит. Все сидящие в кафе на нее смотрят, только прохожие спешат вниз – к станции кораблей, идущих от пристани Бешикташ через Босфор в Азию – в район Ушкудар.

– Укусил кто-то, – говорит Дина. – Здесь много всяких кусачих. Поскулит, пожалеет себя и успокоится.

4

Нина Малахова называла этот отрезок пути «два километра гравия до свободы». По обеим сторонам в кустах черными холмиками валялись чемоданы и тележки со сломанными колесами, словно маленькие мертвые животные в придорожной траве пряталась брошенная обувь. Чтобы пересечь границу, нужно было пройти пешком два километра по дороге, усыпанной крупным гравием, а затем через линии колючей проволоки и российские противотанковые заграждения.

С чемоданами на колесах не пройдешь: нужно нести багаж на себе. Но еще тяжелее маломобильным в инвалидных креслах: добровольцы часто несли их на руках – как чемоданы. Отдельно инвалидов, отдельно коляски и багаж. Не бросать же.

Погранпункт Колотиловка в Белгородской области оставался единственным пропускным местом перехода из России в Украину. Через него жители оккупированных украинских территорий возвращались – нет, не домой, потому что дом перестал быть домом или – чаще всего – вообще перестал быть, а дальше – на северо-запад Украины. Дорога долгая и затратная: чтобы добраться до Колотиловки, скажем, из Мелитополя, нужно проехать 1 200 километров по территории России. А потом пройти два километра по гравию до российских пограничников, где их ждали офицеры ФСБ и фильтрация. Но для Нины Малаховой работа продолжалась: собрать деньги на перевозку маломобильных и малоимущих украинцев из оккупированных территорий, организовать транспорт, встретить прибывших и сопроводить их до КПП Колотиловка. Переправить.

Движение так и называлось – «Переправа». По Твардовскому: «Переправа, переправа! Берег левый, берег правый». С Левого берега все и началось.

На Левом берегу – после оккупации – люди, даже те, кто вначале думал прижиться при России, стали со временем уезжать: кто в Украину, кто в Европу. Оставались или считавшие, что будет не хуже, чем раньше, или больные, старые и совсем бедные. Таких было много. Их-то «Переправа» и переправляла.

Все организовалось само собой – без чьей-то команды: сначала пришла информация об инвалидах с Левого берега, желавших выехать в Украину к родным, но не имевшим возможности. Катя организовала сбор денег: она была младше Нины, но считалась у отца Симеона старшей прихожанкой. Нине она тоже казалась старшей, и Нина всегда говорила ей «вы». Катя была малословна, малоразговорчива, малоулыбчива, словно знала что-то, что не разрешало ей болтать и радоваться. Может, и знала. Нина ей верила. Другие тоже верили. И присылали деньги в организованный Катей чат. Чат назывался – «Переправа».

Кто-то из чата – тоже сам – связался с местными волонтерками, живущими вблизи границы и уже помогающими беженцам, кто-то нашел перевозчиков и окоротил их аппетиты, кто-то искал квартиры и дешевые гостиницы по пути беженцев к границе, а кто-то просто присылал деньги по мере возникновения информации обо все новых и новых инвалидах, оставшихся без помощи стариках и семьях, не могущих оплатить переезд. Присылали, когда как. Когда сколько. Кто что мог. Но присылали регулярно. Чат поначалу состоял из прихожанок отца Симеона и постепенно расширялся – знакомые, малознакомые, знакомые знакомых, и Катя не уставала повторять, что нужно найти внешнее финансирование. Нина не знала, что такое внешнее финансирование, и каждую среду отправляла со своего счета в ВТБ на специально открытый счет в Сбербанке три тысячи рублей: больше не могла. Ей платили пятьдесят пять тысяч, и она жила скудно, продолжая отчислять деньги на перевозку беженцев с Левого берега Днепра, а потом и с других оккупированных территорий. Кто мог, присылал больше, а она не могла: больше не было.

Нина работала архивариусом рукописного фонда Пушкинского музея, где платили мало, но было интересно: она описывала и каталогизировала переписку, касающуюся экспонатов. Ей нравилось, что Пушкинский был основан Иваном Цветаевым, отцом Марины. Нине казалось, что доказательство ее близости с Цветаевой – метание, беспрестанное метание, неспокойство души и беспокойство плоти. Ей виделось, что так металась и Марина, хотя она знала, что в жизни Цветаевой мужчины занимали намного меньше места, чем в ее, Нининой, жизни: у Цветаевой были стихи – музыка слов на белом листе, у Нины же были только мужчины и тихий архив с полками хранимых там чужих текстов. Так она и жила, пока не пришла в приход отца Симеона.

Впрочем, мужчин в ее жизни не осталось. Раньше был Кирилл – годы ожидания будущего с ним, но их будущее случилось порознь. Она начала его постепенно забывать и думала о нем все реже, пока в один день поняла, что уже давно просыпается без тоски по нему и без этой тоски засыпает. Кирилл перестал быть болью, а где нет боли, нет и памяти.

Ей теперь из мужчин нравился только Христос. Хотя, спохватывалась Нина, он не мужчина, он бог. Грешно так думать. У нее оставалось много грешных мыслей, но она с была с ними в состоянии совладать и не дать им перерасти в грешные дела, а ее подруга Ася была не в состоянии. Хотя Ася ни мысли свои, ни дела не считала грехом. Возможно, думала Нина, Ася безгрешна, раз не ведает, что творит. Она пугалась этих размышлений и начинала молиться.

Она, впрочем, молилась все реже и реже, забывая за делами. Дел было много, и раз в три месяца Нина брала пять рабочих дней отпуска и в пятницу днем, уйдя с работы пораньше, ехала на поезде «Ласточка» в Белгород, приезжая затемно. Она ночевала у волонтерки Оксаны, и утром они с еще двумя волонтерками первым рейсовым автобусом добирались до Колотиловки. Нина не могла помочь деньгами, но могла помочь делами, оттого и ездила. Ей Христос не давал покоя.

Они нанимали перевозчиков, поначалу заламывавших космические цены – по 25 тысяч рублей из Белгорода до КПП, но волонтерки объяснили прибывшим украинцам, что в Колотиловку ходит рейсовый автобус за 333 рубля. Или обычное такси до самой границы за 3 тысячи. Цены быстро приупали, и собранные ПЕРЕПРАВОЙ деньги заработали эффективнее – теперь можно было переправить в Украину больше беженцев. Катя вела учет и получалось, что за год они помогли перебраться в Украину почти 8 тысячам.

Переправили бы и больше, но КПП пропускал на фильтрацию по 50–70 человек в день. И люди, приехавшие из Мелитополя, Бердянска, Мариуполя и других мест, в которых для них больше не осталось жизни, сидели на чемоданах у дороги, посыпанной гравием, оттого что ехать в Колотиловку было не на чем и незачем. Да и кто повезет? Перевозчики давно уехали, такси не вызвонишь. И где там ночевать? Все эти вопросы Нина, Оксана и другие волонтерки пытались решать, потому что оставлять людей в приграничной зоне, где действуют строгие ограничения, было нельзя, да и холодно сидеть на чемоданах всю ночь. А с маленькими детьми или инвалидами и подавно. Но деться было некуда, и люди сидели на стоянке этно-музея «Слобожанщина» в 900 метрах от погранперехода по ночам и ждали утра. С ними вместе сидела и ждала утра приехавшая из Москвы Нина Малахова: ей казалось, что от нее этого ждут. Что ночное сидение в холодной ночной степи – ее долг перед теми, кого ее страна лишила дома.

Наступало утро, и люди двигались к погранпереходу, где их ждали вопросы, допросы, фильтрация и переход в Сумскую область – в Украину. У перехода стояла большая коробка, куда ушедшие через границу скидывали оставшиеся рубли, чтобы на эти деньги облегчить ожидание в очереди другим украинцам. Им, ушедшим, рубли больше не были нужны.

Переправа, переправа. И на этой переправе Нина Малахова шептала себе любимые слова:

Героини испанских преданий
Умирали, любя,
Без укоров, без слёз, без рыданий.
Мы же детски боимся страданий
И умеем лишь плакать, любя.
Пышность замков, разгульность охоты,
Испытанья тюрьмы, –
Всё нас манит, но спросят нас: «Кто ты?»
Мы согнать не сумеем дремоты
И сказать не сумеем, кто мы.

Нина Малахова помогала тем, кому была нужна ее помощь, чтобы ответить себе на этот цветаевский вопрос.

5

Мы не эмигранты: мы – релоканты. Это новое слово. Слова отражают мир: наш мир изменился и потребовались новые слова. Мы не уехали, мы переехали – релоцировались. На время. Наша жизнь теперь временная. Сколько это время будет длиться, никто не знает.

Тут шумят чужие города,
И чужая плещется вода,
И чужая светится звезда.

Вчера высокий долголицый мужчина – координатор «Прибежища» Сергей – показал мне зал для лекций о кино, которые я начну читать на следующей неделе. Бесплатно. Мы теперь все делаем друг для друга бесплатно. Потому что денег ни у кого нет.

Прав был Медведев: «Просто денег нет».

Дина тоже работает для «Прибежища» бесплатно: они помогают вновь прибывшим – нам. У них коливинги: снимают дома для только что приехавших, можно жить две недели, ничего не платя, но, если не нашел жилье или совсем нет денег, не выгоняют: живи еще две. Кажется,

Ходорковский финансирует. Мы об этом не знали, сняли гостиницу, деньги тратили. Не подготовились к жизни, как обычно. А могли бы целый месяц прожить бесплатно.

Костя пошел со мной смотреть зал: ему наскучило сидеть дома и каждые пять минут проверять ответы от разных консульств: отказали нам в визе или нет. Пока отказали все, кроме Германии: те просто не ответили. Если через три недели нам не дадут визу куда-нибудь в Европу, нужно будет выезжать из Турции: закончатся три месяца. Россияне могут находиться здесь без визы девяносто дней, потом нужно выехать и въехать обратно – еще на три месяца. Так все и делают.

Самое простое – выехать в Болгарию. На автобусе. И самое дешевое. Но в Болгарию выехать нельзя – Евросоюз. Поэтому все летят в Сербию или в Грузию. Потом возвращаются. Или нет.

Зал оказался небольшой, но много на мою лекцию и не придут: я же не знаменитость. В Стамбул теперь все время приезжают российские релокантские знаменитости – актеры, писатели, медиаперсоны. Все, кто уехал: у них словно беспрестанный тур по миру, по местам релокации – Берлин, Белград, Тбилиси, Ереван, Стамбул. Мы тоже ходили пару раз – думали встретить знакомых. Но наши друзья не здесь: у кого были европейские визы и деньги – в Берлине, у кого не было ни того, ни другого – в Тбилиси. Если нам не дадут визу, тоже поедем в Тбилиси. Никогда там не были – ни Костя, ни я. Хачапури, хинкали, вино. Райская жизнь.

От Бешикташ до Кабаташ – центрального района Стамбула – около часа пешком, если не торопиться. Мы не торопились. Собственно, мы собирались не в Кабаташ, а на площадь Таксим и оттуда к Галатской башне, и тут нам пришло напоминание в чате «Прибежища»: сегодня украинский антивоенный митинг протеста у российского консульства, желающие могут присоединиться. Мы с Костей решили, что мы – желающие: ни он, ни я никогда не ходили на митинги протеста. Или на митинги согласия. Вообще никогда никуда не ходили, то ли от того, что убедили себя в тщетности каких-либо действий, то ли от лени и равнодушия. Шулинские каждый год ходили к Соловецкому камню читать списки погибших репрессированных, Нефедовы, Старцевы – многие наши друзья все время в чем-то участвовали, что-то подписывали, деньги отправляли, а мы с Костей, погруженные друг в друга и в самих себя, жили наши жизни параллельно с жизнью за окном. Жили и тужили, но ничего не делали. Да и тужили не очень.

Теперь у нас новая жизнь, и мы решили, что будем участвовать в чем можем. Чем сможем. Не то чтобы интерес появился, а, скорее, попытка пожить по-другому, раз по-старому не вышло. Может, и по-новому не выйдет, но пока не попробуешь, знать не будешь. У меня так было с мужчинами: вроде и не нравится, а вдруг? Единственный способ знать наверняка – попробовать. Ну я и пробовала.

Время было, и мы пошли сначала к Галатской башне, но не стали стоять в длинной очереди, чтобы войти внутрь, и направились к российскому консульству по Галипдеде – что-то вроде гибрида Тверской и Арбата, загроможденного магазинами и кафе, заполненного людьми, спешащими, кричащими, окликающими. Люди, люди, люди, словно весь мир решил куда-то переселиться, словно мир решил релоцироваться – уехать со своих мест, из своих городов и переехать в Стамбул. Будто плывешь в плотной воде, и она тебя держит – не потонешь.

В чужой толпе легче, чем в своей: не знаешь, что вокруг говорят, и думаешь о людях лучше, чем они есть. Незнание – сила.

Прямо перед российским консульством большое здание с нарисованными на нем огромными желтыми очками – Музей Иллюзий. Мы хотели зайти, но времени не было. У касс – листочки с описанием Музея, Костя взял один – на русском. Потом узнаем, что у них считается иллюзией, достойной музея. Возможно, что турку иллюзия, русскому – реальность.

Улица перед консульством была полна людей: стояли с плакатами, словно Первомай из советских фильмов, и сразу – будто дома. Вернулась.

Оказалось, не дома. Нас ждал шок. И не один.

Шок первый: украинцы говорили по-украински. Логично, вроде бы: украинцы же, как им еще говорить, но я не ожидала: думала, что говорят всё же по-русски. Что это – мой скрытый великодержавный шовинизм, о котором теперь столько пишут в соцсетях? Невежество? Или просто равнодушие к другой культуре, потому что никогда не считала ее отдельной культурой? Что я знаю об Украине?

Хмельницкий, Мазепа, Петлюра. Галушки, вечера на хуторе близ Диканьки. Какой Гоголь украинец? Он же писал по-русски. Великий русский Гоголь. Как же я Гоголя отдам?

Тарас Шевченко, Леся Украинка. Шевченко читала в школе, но он, кажется, писал по-русски. Или он прозу и пьесы писал на русском, а стихи на украинском? Не помню. Вернее, не знаю – было неинтересно. Лесю Украинку я никогда и не читала. Помню, что она поэт-романтик – украинский Шелли, украинский Блейк, но не читала. Вот их – англичан – читала, а ее нет. Почему? Не считала серьезной литературой, потому что на украинском? Словно литература не на главном языке не может быть настоящей литературой. Значит все-таки великодержавный шовинизм. Теперь об этом все пишут. Никогда о себе так не думала, а, оказалось, так и есть.

Костя тоже не ожидал, что будут говорить по-украински. Сразу замолчали и стали искать своих – русскоговорящих. Разделились по языковому признаку.

Шок второй: украинцы стояли со своими плакатами отдельно, а россияне отдельно. Пришли протестовать против одного и того же, но по отдельности. Одни говорили на украинском, другие на русском, а плакаты и у тех, и у других на английском. Наверное, чтобы сотрудники российского консульства лучше поняли, против чего мы пришли протестовать.

Сергей – активист «Прибежища» – был единственный, кто общался с украинцами: он переходил от нашей группы к их группе, что-то обсуждал, кивал, соглашался. Мы пробрались сквозь толпу, поздоровались. Обозначились: политически активны, вместе в строю.

– Давно пришли? – спросил Сергей. – Нет? Жаль, а то сейчас нужно уходить.

Почему уходить?

– Украинцы попросили россиян уйти: это их митинг, и они не хотят быть с нами. Сказали, что мы можем устроить свой митинг, когда захотим, а это их.

Это был шок третий.

Россияне постепенно рассыпались, разошлись по окрестным улицам, несколько человек пошли с Сергеем в кафе МАДО – через дорогу от консульства. Всем места не хватило, кто-то ушел, но мы остались. Сели на улице.

Мимо тек Стамбул – торопливая, спешащая куда-то река. Улицы-реки Стамбула. Впадают в Мраморное море.

– Почему они захотели, чтобы мы ушли? – спросил Костя. – Мы же за них. Мы пришли, потому что мы за них. Против войны.

Будто ребенок: ничего не делал, чашку не разбивал, машинку не ломал. Это другие.

– Их города бомбят русские, убивают. Война же, – Сергей подержал маленький стеклянный стаканчик с чаем, словно грел ладони, поставил на место. У него глаза будто мелкие осколки зеленой бутылки, отполированной водой, я такие находила на пляже: гладкие, не уколешься. Говорит и смотрит на тебя. Не отвернешься. – Им сейчас все равно, за кого мы. Главное, что мы из России. Путину все-таки удалось нас разделить. Тут его победа.

– Но мы-то против войны, – повторил Костя. – Мы потому и пришли, что против. Мы же уехали, чтобы в этом всем не участвовать. Так почему они нас не любят?

– Они не нас не любят: они войну не любят. А войну начала Россия. Когда немцы напали в сорок первом, никто в СССР не разбирался, кто из немцев за Гитлера, а кто против. Немец – значит, враг. Вы бы во время войны пошли с немцами вместе на демонстрацию, когда они убили ваших детей, ваших родителей? Асю убили бы?

– Так не они же убили, – сказала я. – Не мы. Российская армия. Мы же не они.

– Для украинцев сейчас мы и есть они, – Сергей посмотрел на часы. – Это пройдет. Война закончится, время залечит. Мы же теперь общаемся с немцами. Торгуем, в футбол играем. Кредиты берем. Или вьетнамцы с американцами. Японцы с корейцами. Время должно пройти. Сейчас пока не время.

– Мы здесь ни при чем, – повторил Костя. – Мы с Асей никогда ни в чем не участвовали. Мы даже голосовать не ходили.

– Не ходили – значит, участвовали, – сказал Сергей. – Значит, участвовали.

Он скоро ушел, настояв, что заплатит по счету. Мы остались, сидели, молчали, смотрели на идущих мимо людей. Куда они шли?

– Аськин, я все-таки не понимаю, – не мог остановиться Костя. – Ну, Путин ведет преступную войну. Согласен. Но мы-то уехали. Мы-то специально уехали, чтобы там не быть. Мы же не поддерживаем. Мы ни при чем. Почему они нас так?

Почему?

Когда вернулись домой, я нашла у себя в сумке листочек, взятый Костей у касс стамбульского «Музея иллюзий». Там, черным по желтому, было написано: «Стамбульский музей иллюзий предлагает вам интерактивное, захватывающее и увлекательное путешествие с более чем 60 иллюзиями, которые можно увидеть и испытать. Будет интересно, местами запутанно, и вообще очень весело. Ничто не является тем, чем кажется!»

Ничто.

6

Холода здесь были другие – не как в Шотландии. Там холодно от сырости, от ветра, а здесь от воздуха: словно по всей степи работает кондиционер. Вроде и не должно быть особо холодно – минус семь, а земля, как лед. Лежать на ней – словно на льду лежать. Но все же лучше, чем в ней.

Украинский январь. Совсем как русский – на даче в Малаховке.

Укрепились за Павловкой – на левом фланге. Их батальон должен был поддержать наступление 155-й бригады морпехов, отвлекая на себя батарейный огонь украинской 72-й мехбригады, защищающей подходы к Угледару. Только не вышло: бойцов положили, технику потеряли и сами попали в окружение.

Боря Шулинский не мог понять, отчего они работают по Павловке без контрбатарейного огня – живым штурмом. Даже если их не жалели, а пустили «под мясо» для прикрытия атаки морпехов, то все равно получалось неэффективно: украинские противотанковые расчеты херачили по ним, идущим вперед без артподдержки, из ПТРК «Джавелин» и «Стугна-П», работали из засад в лесных массивах. Их танки – застрявшие, не могущие ни двинуться вперед, ни отойти назад российские БМП и Т-64 – отработала украинская артиллерия из прицепных гаубиц. Гиблое дело.

Три танка из двенадцати батальонных выехали на поле и подорвались на минах, в минуту став из боевых машин грудой бездвижного метала. Танки застряли на пути следования колонны и окончательно захлопнули ловушку: sitting ducks, подумал Боря Шулинский по-английски. Он уже давно не думал по-английски и удивился: отчего вдруг сейчас? Fucking sitting ducks.

Ему стало весело от мыслей по-английски. Он и сам не знал, почему, а вот весело и все. Лежит здесь на мерзлой земле – в Украине – под батарейным огнем, а где-то играют в регби и тревожатся про оценки и экзамены. Где-то пацаны – он так теперь думал обо всех мужчинах, потому что так называли себя настоящие пацаны, – где-то пацаны ходят в фирменных свитерах и боятся плохих характеристик. И он раньше жил, как эти полудети, недопацаны, странно, немыслимо, но жил. Когда самым страшным в жизни казалось, что не поступишь в Оксфорд или Кембридж, когда сидишь часами, готовясь к ебаным экзаменам по Моральной Философии. Какая, блядь, моральная философия? Кому она моральная? Сюда бы их – под пули, он бы посмотрел, какая у них такая мораль.

Боре хотелось рассмеяться, но губы потрескались от мороза и холода. Скачок, присев на корточках за подорванным, лежащим на боку и горящим странным неровным фиолетовым огнем БМП, перезаряжался, оттянув затворную раму и вставляя новый магазин. Из БМП кричали, просили, рвали заклинившие двери, но не могли выбраться, догорая вместе с машиной. Доползти до них было рискованно – мины. Скачок щелкнул затвором и дал очередь в никуда. Так, конечно, быстро расстреляешь диск, подумал Боря: сам он был еще «полный», зазря не палил, да и не по кому было стрелять: далеко же. Если Скачок уже расстрелял целый диск, значит, от страха. Нервы сдали. Сам Боря не боялся: не успел испугаться, когда их накрыло украинским огнем из «эмки» – гаубицы М777. Не шутка, конечно, заряды 155 мм, но стреляли вразнобой, не кучно, и Боря понимал, что украинцы пытаются покрыть весь сектор обстрела, ударяя по технике. Они же были пехота, шли за машинами, потому и лежали сейчас за разбитыми БМП и подорванными танками. Могли и выжить.

Рядом – в неглубоком снегу – шевелилась пожухлая мертвая трава, не до конца укрытая белым колючим покровом. Ветер, поземка? Или кто-то шевелился в траве под снегом? Боря Шулинский не стал смотреть: нужно беречься. Он следил за работой украинской батареи и ждал момента, когда можно будет отступить на укрепленные позиции к юго-востоку от Павловки. Понятно же, что не взять поселок без техники.

Павловка – дорога на Угледар. Только не получилось, не вышло. Нужно перегруппироваться, укрепиться, подождать подкрепления бронетехникой и артбатареями. А там можно еще раз попробовать.

Тут и пришел приказ продолжать наступление. Приказано было взять Павловку.

Значит, в атаку – на укрепленные батареи противника – через минное поле. Рассмеяться бы. Только он не мог: губы потрескались. А так – смешно.

Скачок не понял приказа: как в атаку? У них же четыре Т-шки живых осталось и три БМП. Разминировать надо сначала, какая, блядь, атака?! Им комбат Семененко, объясняя план боя, обещал, что сначала дальняя авиация отработает по укропным батареям, подавит огонь, пока саперный взвод подходы к Павловке разминирует, и они к Угледару как по шоссе – марш-бросок и в городе. Где авиация эта? Где саперный взвод? А теперь в атаку – на гаубицы по минам? Охуели совсем.

Они тут для отвода внимания только, а Павловку должны морпехи брать. «Мы ж добровольцы, – думал Скачок. – Мы ж не солдаты настоящие, это армии дело – на штурм ходить. Мне вообще война ихняя на хуй не упала. Лучше б на кичу закрылся в Тамбове – был бы жив». Он от расстройства дал еще одну короткую очередь через пустое поле, где таилась его смерть.

Их комвзвода лейтенант Нестеров лежал справа от горящего БМП. Скачок понимал по тяжелой неподвижности его тела, что Нестеров убит. «Нужно к нему доползти и запасные магазины для автомата дернуть, – решил Скачок. – Свои-то почти расстрелял». Ползти не хотелось, а нужно: без БК не повоюешь.

Он пополз к черному телу лейтенанта Нестерова, похожему на черный брошенный мешок, оставляя за собой черную полосу в белом снегу. Сверху бахнуло, и Скачок вжался в землю. Полежал с закрытыми глазами. Пронесло.

Скачок быстро обыскал Нестерова, развернув того лицом к зимнему светлому небу. Забрал пристегнутую к ремню на груди китайскую рацию Baofeng UV-5R, хотя лучше бы наш «Азарт» – дальше берет, подумал Скачок. Но чо есть, то и спиздим. Нам чужого не надо, мы и на ворованном проживем. Снял два запасных магазина, смотанных друг с другом изолентой, – пригодятся. Он уже собирался отползти обратно – за догорающий БМП, откуда перестали кричать, когда Нестеров вдруг застонал. «Живой, – удивился Скачок. – Его ж шрапнелью». Он толкнул лейтенанта в бок – живой или кажется.

Нестеров открыл левый глаз: правого у него больше не было. Он смотрел не на Скачка, а куда-то справа от него. Скачок оглянулся, но ничего там не нашел – только чахлая рябая зимняя лесопосадка, откуда по ним работала батарея противника.

– Скачков, – сказал Нестеров ясным сильным голосом. – Задело меня. В живот.

«Тебя везде задело, – подумал Скачок. – И ноги у тебя разворочены. Шрапнель. Значит, в лесопосадке у укропов не эмки, а СЕЗАРЫ французские, самоходки, они шрапнелью стреляют. А гаубицы дальше к Павловке – по центру». Само это знание ничего ему не давало – один хер, чем тебя замочат. Но шрапнелью все же хуже: подыхать дольше.

Он пытался стянуть с Нестерова часы, но браслет заклинило, и никак не получалось его расстегнуть. В это время их снова накрыло белым огнем, словно с неба просыпался горячий жалящий снег. Только снег тот не таял.

Скачок рванул затвор браслета – пора отползать, и тот наконец раскрылся. Нестеров молча смотрел на него, пока он стягивал с широкого запястья лейтенанта часы, словно хотел, но не мог помочь.

– Скачков, – голос у Нестерова был сильный, звонкий, будто и не ранен. – Зачем часы? Ты зачем? Меня перевязать нужно. Там аптечка... жгут кровоостанавливающий. Промедол вколоть... доксициклин...

«Точно, аптечка. Молодец лейтенант, вспомнил, а я блядь забыл. Пригодится». Скачок наощупь нашел маленькую камуфляжную сумку АИ-3-1ВС и закрепил нестеровскую индивидуальную аптечку рядом со своей. «Потом толкну кому-нибудь или себе оставлю», – решил Скачок.

Нестеров молча смотрел единственным оставшимся у него глазом, пока Скачок обшаривал его карманы – вдруг что интересное. Насчет бабла Скачок не надеялся, но, может, комвзвода чего ценного заныкал? Ему больше не нужно, а Скачку сгодится.

– В живот меня, – вдруг сказал Нестеров. – Внутри горячо.

Скачок кивнул и, развернувшись, пополз по проложенной им в снегу черной полосе обратно. А кто остался от их батальона в живых уже поднимался в атаку на Павловку – приказ.

7

По дороге в почтовый офис на улице Синан Паша мы с Костей проходим кафе Boston Donuts – Бостонские Пончики. Почему бостонские? Никто не знает. Одна из загадок Стамбула, таинственный Восток.

Пончики совсем не такие, как дома: во-первых, не горячие – только вынутые из кипящего масла, а холодные; во-вторых, не с хрустящей корочкой, а облитые шоколадом или глазурью с какой-то разноцветной крошкой. Тут шумят чужие города, и чужая плещется вода… и пончики тоже чужие.

Я пробовала: вкусно.

Мы знаем всех на этой почте. Одна девушка – яркая, черноглазая, некрасивая – попадается чаще других. На ней темно-синяя форменная рубашка с эмблемой – что-то почтовое. Ей не идет. Ей для контраста со смуглым лицом и темными глазами нужно что-то светлое, но нельзя: носит, что положено. Униформа.

Я показываю загранпаспорт, она смотрит на мое неудачное фото, затем на меня. Каждый раз. Словно за месяц я изменилась, стала не я. А, может, и стала. Кто знает – я это теперь или не я? Сама не знаю.

Главное, чтобы имя и фамилия совпадали с именем и фамилией, указанными отправителем в переводе. Совпадают. Затем спрашивает мой номер телефона и адрес. Я уже поняла, что могу назвать любой адрес, его не проверяют. Называю свой.

Наши карты «МИР» не работают в Стамбуле. И карты Сбербанка не работают. Это единственное, что мы успели выяснить перед отъездом. Поэтому сняли все наличные, обменяли на доллары – курс тогда был хороший – и привезли с собой. Много не получилось.

Здесь, в Стамбуле, моя бывшая соседка по квартире Катя Пеганова, живущая теперь у синего моря, рассказала мне про приложение «Золотая корона» – последний способ получения денег из России. Получить перевод можно в почтовом отделении или пункте обмена, если они прикреплены к этой системе. Можно в валюте либо в лирах.

Я получаю в лирах. Берут комиссию – один процент. Я позвонила Далецкой: она выслушала и пообещала загрузить приложение. Сделала. Теперь отсылает нам деньги каждый месяц. Немного – по сорок тысяч рублей. Получается где-то одиннадцать тысяч лир, а мы за комнату платим девять тысяч. Живем из привезенных, но скоро они закончатся.

Что делать тогда? Тогда и подумаем. Как Скарлетт О'Хара: «Я не буду думать об этом сегодня, я подумаю об этом завтра». Лозунг моей жизни. Мой модус операнди. Хотя нет, мой лозунг другой: я не буду думать об этом сегодня. И завтра не буду.

По утрам Далецкая пила травяной чай «Алтайский сбор» – пустырник с узколистным кипреем. Она вычитала, что пустырник лучше пить на ночь – снимает стресс, успокаивает нервную систему, но решила, что и утром сойдет: у нее не было стресса, значит, и снимать нечего. Да и с чего стрессу быть? Жизнь-то хорошая.

Узколистный кипрей, как она узнала на сайте «Советы домашнего доктора», помогал при желудочных болях. Болей у нее не случалось – ни в желудке, ни в других местах, но она пила – превентивно: тогда и не будет. Главное же, ей нравилось название: узколистный кипрей – она никогда его раньше не слышала. В нем было что-то магическое, колдовское, словно старый ведун-отшельник, повстречав ее на опушке леса, протянул пучок высушенных трав и наказал: «Пей, дочка, по утрам, будешь здоровенькой». Словно сказка пришла в жизнь и вливалась в Далецкую каждое утро с чашкой терпкого, пряного чая, и вместе с чаем в жизнь Далецкой вплывали Царевна-лягушка, Василиса Прекрасная, Крошечка-Хаврошечка и все остальные обиженные в детстве девочки, жизни которых позже удались. Чай из узколистного кипрея – Иван-чай – волшебное зелье, каждое утро преображающее жизнь Далецкой, залог ее дальнейшего счастья. А пустырник так – добавка от стресса, которого у нее не было. Но можно и попить.

Она ничего не ела с чаем: только чай. Ела позже, когда вставал, выходя из кабинета, куда он теперь переселился, Роман Кириллович – Папа. Он просыпался рано, но долго лежал, глядя в одну точку на потолке, где проступило причудливое серое пятно – соседи сверху залили давно-давно, еще до прихода в дом Далецкой, так и осталось: Найденовы безалаберно относились к своей жизни и своему дому. Роман Кириллович затем долго оглядывал свой кабинет – полки с книгами, стол с бумагами и подаренным (кем? не мог вспомнить) большим письменным прибором в виде кинокамеры из малахита в бронзе, старый торшер в стиле ампир с зеленым шелковым абажуром со свисающей, сильно поредевшей за годы длинной крученой бахромой, узнавая мир заново и привыкая к нему. Знакомые вещи примиряли его с утренним миром, и можно было начинать его обживать. Зеленый диван, на котором он теперь спал, был узкий, кожаный, и скрипел, если поворачиваться. Осмотрев мир и убедившись в его устойчивости и неизменности, в его знакомости, Роман Кириллович вертелся на диване, слушая кожаные скрипы и стоны, наполняя кабинет звуками, насыщая ими зрительный ряд, словно снимал короткий фильм о проснувшемся в своем кабинете старом режиссере; кино – аудиовизуальное искусство, потому ему и нужны были звуки в дополнение к образам. Затем вставал и, придерживая слишком широкие от внезапно напавшей на него худобы пижамные штаны в синюю полоску, шел в туалет мочиться.

Завтрак ели молча – о чем говорить? Разве что про погоду.

Файзуллин никогда с ними не завтракал, да и вообще редко завтракал дома. Файзуллин редко бывал в Москве – наездами. Иногда по три дня, иногда на неделю. Он не мешал, Роман Кириллович его почти не видел, а когда видел, делал вид, что не видит. Всех троих это устраивало.

После завтрака Далецкая сразу мыла посуду: она не одобряла Асиной привычки составлять посуду в раковину и копить там, пока в доме не оставалось чистых тарелок и чашек. Далецкая делала все сразу, потому что только так в мире устанавливался порядок, только так можно было преобразить наступающий на тебя отовсюду опасный враждебный мир, подчинить его своей воле. И только так получалось, что ты ведешь себя хорошо и тебя не будут наказывать воспитательницы. Что не вызовут к директрисе Никаноре. Далецкая вела себя хорошо и мыла посуду сразу.

Они садились в кабинете – Далецкая за большим столом, забравшись на Папино кресло, он – на застеленном шоколадного цвета верблюжьей шерсти пледом диване, – и начинали работать. Роман Кириллович диктовал, вернее, рассказывал о съемках своих фильмов, а Далецкая печатала на лэптопе, иногда переспрашивая, уточняя, дополняя. Книга должна была называться «Роман Найденов: жизнь как кино, кино как жизнь», и им – стараниями Далецкой – уже заплатили аванс. Потом они отбирали фотографии, кадры из фильмов, и, устав к часу дня, Папа ложился отдыхать. Далецкая уходила разогревать обед, потому что сон его был недолгий, стариковский, с мельканием картинок из прошлого и страхов из настоящего, и, проснувшись, он всегда хотел есть. Будущее Роману Кирилловичу больше не снилось.

После обеда Далецкая шла гулять. Она гуляла по Москве каждый день – в любую погоду: у нее теперь была хорошая обувь – не промокала, и она шла по зимней московской слякоти, не уставая радоваться, как удачно повернулась ее жизнь. Далецкая была счастлива, и счастье ее устроила не добрая тетя-фея, взмахнув волшебной палочкой и превратив тыкву в карету, а она сама. И только она.

Война по-прежнему шла в телевизоре, но Далецкая не любила про войну: неинтересно. Она не смотрела новости, не смотрела ток-шоу, где говорили о войне, оттого что неинтересно. Если начинали про войну, Далецкая переключала на другой канал. Ее война управлялась пультом: переключил – и нет войны.

Раз в месяц Далецкая отсылала Асе деньги. Ей это не нравилось, но она понимала, что, если не отсылать, Ася и Костя вернутся домой – жить-то не на что. А этого Далецкая не хотела. Да и деньги теперь она отсылала не свои – от аренды брянской квартиры как в начале, а ее – Асины, так что не так жалко. Ася этого не знала – Далецкая ничего не сказала ей о Файзуллине – и благодарила каждый раз Далецкую за перевод, будто та посылает свои. Далецкая принимала благодарность, но скромно: что вы, Ася, мы же семья. Но лучше бы и вовсе не отсылать.

В интернат в Низово, где содержалась – обеспечивалась – мама Лика, Далецкая не звонила. И не писала. Никогда.

8

Зал находился на кампусе Стамбульского Технического Университета – рядом с парком Мачка Демократия. Мне так никто и не смог объяснить, что означает Мачка Демократия: особый вид демократии? Демократия по-стамбульски, как кофе по-турецки? Или это фамилия человека, ратовавшего за демократию в этом парке? В память о таком-то. Как и Бостонские Пончики, это название осталось неизвестным и неразгаданным.

Мы с Костей уже там бывали – место для городских прогулок, стамбульский Парк Горького: длинные аллеи, концерты под открытым небом, трейлеры и киоски с едой. Рядом стамбульский шик – район Шишли с дорогими магазинами и офисными небоскребами. А за парком Мачка Демократия – кампус университета, где я должна была выступать с лекцией о немом кино. Сергей из «Прибежища» договорился: он всех знает. Как они с Диной всюду успевают – встретить и расселить вновь прибывших, снять жилье, организовать их досуг и политпросвещение, дать юридические консультации о получении статуса в Турции, оказать помощь с заполнением анкет на визы в другие страны, вести чаты релокантов и еще много всего? Причем бесплатно.

Поразительно, сколько людей помогают другим людям. Я раньше не знала, что в России живет столько волонтеров. Столько людей, готовых помогать. Где они от меня прятались? Или я пряталась от них? Вот и присоединилась – с лекцией о немом кино.

Народу пришло много – человек шестьдесят. Что лекция о немом кино – особо не афишировалось: просто о кино. Анастасия Найденова, киновед, дочь легендарного режиссера Романа Найденова. Дальше на всякий случай перечислялись папины фильмы, а то вдруг кто-то не знает, насколько он легендарен. Мне не сказали, что напишут про отца, но я решила не возмущаться: я привыкла, что меня определяют моей дочернестью – дочь такого-то. Тут или менять фамилию, или смириться. Я смирилась.

Марк объяснял мне, что выйти из тени своего имени можно, лишь сделав имя себе. Сделать что-то значительное, чтобы при произнесении твоей фамилии люди вспоминали сперва тебя, а не твоих отца, мать, брата, сестру. Видно, я ничего такого не сделала, потому про меня и пишут: дочь легендарного режиссера. Маска, кто ты? Я дочь.

Марк. Марк. Я ему звоню – через «Телеграм». Он мало рассказывает о себе и мало спрашивает обо мне. Но я продолжаю звонить: мне нужен его голос – хрипловатый, с трещинкой, словно простудный, с любимым мною тембром, который я узнаю среди тысячи других голосов, как узнала бы его ласкающие меня терпеливые руки и губы, как никогда не спутала бы его в себе с другим мужчиной. И не путала – в темноте, в неразберихе тел, в череде сплетений и соитий с ним и другими, бывшими аранжировкой нашей любви, ее дополнением, я всегда знала, когда в меня входил он, наполняя чувством дома, чувством принадлежности, неотделимости. Марк всегда был чувством, а не ощущением, как другие мужчины. Потому я продолжаю ему звонить. Звоню открыто, не прячусь от Кости, да и раньше не пряталась: просто раньше я могла звонить Марку, когда была одна, а здесь – в Стамбуле – мы все время вместе. Мы с Костей никогда не проводили столько времени вместе, потому что ни он, ни я не ходим на работу, как в Москве. И вечерами вместе: у меня больше нет любовников, и вечера я провожу с мужем. А также дни и ночи.

Настоящая семья: спим друг с другом, друг с другом просыпаемся, вместе едим, ходим за продуктами, вместе гуляем в парке, названном в честь демократии.

Может, Парк Мачка Демократия – это Парк Маска Демократии? Маска, кто ты? Я – демократия. Глупые хаотичные мысли. Это от страха перед выступлением, от ожидания провала. Пытаюсь убедить себя, что читаю лекцию во ВГИКе – ничего страшного. Убеждаю. Выхожу перед сидящими в зале соотечественниками и рассказываю им о пятом и главном секрете немого кино: его универсальности.

Немое кино было единым, одинаково понятным для всей планеты, для зрителей всех стран и всех континентов. Немое кино как бы отменяло строительство Вавилонской башни: жест, гримаса, выражение лица понятны всем и не нуждаются в пояснении речью. Ситуации в примитивности их выражения, их обозначения пунктиром узнаваемых маркеров тоже ясны: неверная жена, любовник в шкафу, мелкий воришка, убегающий от тупого полицейского – все понятно. Всем понятно, просто и ясно – как пощечина. Как смех. Как поцелуй.

С приходом звука эта золотая эра всеобщности, эра единства закончилась: зрители были изгнаны из рая за первородный грех познания речи. Вавилонская башня воздвиглась словом – разделяющим народы, проложившим границы, обособившим культуры. Голливуд придумал, как преодолеть разделение языков, создав единый язык понятных сюжетов, язык универсальных историй: парень встречает девушку, парень теряет девушку, парень снова находит девушку. Хорошие ковбои в белых шляпах стреляют в плохих ковбоев в черных шляпах. Голливуд победил мир универсальностью, заменив сложность речевого сообщения простотой действия и понятностью мотиваций.

Немое кино не пережило сложности, потому что универсальность может быть только простой, любая сложность вносит разделение, расслоение, раскол. Немое кино упустило свой шанс соперничать с мировыми религиями, использующими детский язык, говорящими с людьми как с детьми: вы – божьи дети. Хорошее – хорошо, плохое – плохо. Взрослые же говорят каждый на своем языке и не воспринимают универсальность как благо. Взрослые хотят, чтобы с ними говорили по-взрослому.

Это была моя стандартная лекция о пятом секрете немого кино: я читала ее своим студентам последние семь лет – после выхода книги. Сегодня я хотела связать ее с положением сидящих в зале людей – придать актуальность. Потому я перестала говорить, сопровождая слайды на экране – даты, названия фильмов, кадры из этих фильмов, и обратилась к залу:

– У многих из нас не было голоса в той стране, где мы жили. Многие из нас жили беззвучно, как в немом кино. Только музыка сопровождения, которую и не мы играли, и не мы заказывали. Мы были объектом созерцания. В основном, своего собственного. Теперь пришло время обрести субъектность. Обрести голос. Свой голос.

Костя потом мне сказал, что это прозвучало слишком патетично – совсем не я. Словно на политическом митинге – демшиза. Почему я это сказала? Хотела придать своему выступлению значимость, поднять планку, задеть слушающих меня людей. Затронуть струнки. Но на самом деле хотела придать значимость себе.

Вопросы задавали в основном про отца и про знакомых мне знаменитостей: из разряда «а правда ли, что». Про обретение своего голоса не спросил никто. Моя патетичность пронеслась над головами слушавших и унеслась в открытое окно – в вечерний воздух парка Мачка Демократия. Моя сложность сообщения не была услышана: люди хотели простоты и универсальности. Люди хотели вернуться в эпоху немого кино.

Я ошиблась: один человек меня услышал. Я не заметила его на лекции, и он не задавал мне вопросов из зала. Он нашел меня потом – в другом месте и в другое время. И когда нашел, то не задал вопросы, а дал ответы.

9

Приказ по роте – обеспечить контроль над трассой Т059, пересекающей Павловку с востока на запад, дальше не продвигаться.

Атаковали отрядами, разбив село на сектора: их взводу полагалось захватить отделение почтамта 85672 на улице Шевченко и установить пост огневой обороны, прикрыв продвижение штурмового подразделения под командованием лейтенанта Михайленко к самой трассе, чтобы занять здание минимаркета у соединения с 532-й дорогой. Следующий рубеж – ремонтный пункт Агро-Дизель на Заречной – должны были отработать бойцы 155-й бригады морпехов, выбив оттуда украинскую батарею. За 155-й оставался и выход к реке Кашлагач, чтобы закрепиться на берегу, обеспечив контроль для продвижения основной колонны на Угледар.

Легко отдавать приказы. Ой, легко.

Взвод Бори Шулинского не дошел до почты. Хотя, может, кто и дошел: Боря не знал. Их на входе в Павловку накрыла ствольная арта, а затем откуда-то издалека – из-за зимнего белесого леска, из-за занесенных жестким снегом полей – ударила реактивка: то ли «Грады», то ли «Бастионы». Один хер, в общем: накроет, и конец.

Скачок затащил его в подъезд трехэтажного дома на улице Заречной Перемоги. По-украински – Заречной Победы. Хотя реки там никакой не было. Получалось, реки нет, а победа есть. На войне так бывает.

Дом был заброшенный, нежилой, но в подъезде все еще пахло невойной. Боря не мог объяснить это, но пахло невоенной жизнью, устоявшимся укладом и всеми квартирами сразу. Пахло кошками, когда-то жившими в этом доме и оставившими после себя особый запах пушистого уюта. Под лестницей стояли зеленая детская коляска и маленький трехколесный велосипедик, покрытые осыпавшейся цементной крошкой. То ли дети выросли, то ли уже не вырастут. Неясно.

Они бросились вверх по лестнице: нужно было занять позицию на последнем этаже, обеспечив сектор обстрела. Их осталось трое: сам Боря, Скачок и Касатонов. Касатонов был мобик, не доброволец: за тридцать и семейный. Он выделялся среди других ростом – под два метра, выше Бори на полголовы. Касатонов мало рассказывал о себе, откуда-то из провинции, но откуда точно, Боря не помнил. Он на него внимания не обращал: думал, тот долго не проживет – и гражданский, и длинный слишком. А Касатонов за эти полгода пережил многих и сейчас неторопливо шел по лестнице наверх за бегущими впереди Борей и Скачком.

Он не любил спешить.

Окна на третьем этаже были побиты наполовину: сверху – острыми клыками – уцелели обломки грязного стекла. Скачок выбил их до конца прикладом, зачистив по грязной раме, и они получили огневую точку: отсюда просматривалась дорога к 59-й трассе. Это было хорошо. Плохо было то, что если ВСУ отбросят их атаку за Павловку, они в ловушке: уйти не успеют и попадут под зачистку, когда укропы начнут ходить от здания к зданию. Из подъезда не уйдешь: разве что научишься летать и взмоешь в небо. Но это солдат всегда успеет.

Первой шум на лестничной клетке услышала младшая – Люда. Она лежала под кроватью, накрывшись одеялом, как всегда при обстреле, потому что одеяло должно ее защитить. Под одеялом было темно, но не страшно темно, а уютно темно: если немного приподнять краешек, свет доходил мягкой серостью и освещал бусинки, которые Люда нанизывала на желтую ниточку. Нужно было слюнявить конец, тогда ниточка входила в невидимую под одеялом дырочку в середине бусинки, но Люда приучилась делать это наощупь: ей приходилось часто лежать под кроватью в последние дни. Раньше Прокопьевы бегали в подвал, но больше туда не ходили: там теперь лежали соседи – Нечипенки с их этажа и Буслаевы с первого. Остальные соседи из их подъезда уехали – кто куда, а эти остались и лежали теперь в подвале. Пока холодно, хоронить можно и обождать. Да и не осталось кому хоронить. Так мама сказала.

Старшая, Люба, пряталась от войны в облупленной ванне, тоже под одеялом: читала с фонариком. Ванной они не пользовались: воды в трубах давно не было, носили ведрами из колонки. А мама в зале под столом: там окна еще с апреля занавесили, так и оставили. В зале днем стоял приятный палевый полумрак, растворявший домашние звуки и приглушавший артиллерийскую канонаду из-за лесопосадки. В самом селе шел бой, но Прокопьевых он не касался: бой шел за трассу, а дом их – на Заречной Перемоге – находился от трассы в стороне.

Война войной, а бусинки бусинками. Только под одеялом плохо видно – приходилось наощупь.

Боря Шулинский не решался отойти в угол на том же этаже и сошел этажом ниже. А Скачок отлил прямо у окна, не отрывая взгляда от припорошенной грязным снегом улицы. Касатонова отправили охранять вход в подъезд, хотя как его защитишь, если придут украинцы? Никак. Но Боря помнил про множественные рубежи обороны – объясняли в учебке. Он действовал по плану, как учили. Боря Шулинский всегда был хорошим учеником. Спросите хоть кого в Инверли Колледж. Только не спросишь: Эдинбург от Павловки далеко.

На каждом этаже было по две квартиры. Боря толкнул обитую коричневым дерматином дверь: заперта. Из дырок в дерматиновой обивке торчала грязная серая вата. Боря зачем-то ударил в дверь ногой и пошел наверх. Когда он поднялся на третий этаж, дверь слева приоткрылась, и оттуда выглянула маленькое личико. Вернее, полличика. Скачок обернулся на звук и наставил на дверь дуло своего АК-74. Девочка не испугалась и дверь не закрыла, а, наоборот, приоткрыла еще больше. У нее на голове была вязаная шапка с узором снежинками. В руке она держала желтую ниточку с разноцветными бусинками.

– Отставить, – приказал Боря. – Наблюдение за подходом к зданию и продвижением к трассе.

Скачок мотнул головой – нет.

– Папку позови, – попросил он девочку. – Папку своего.

Девочка закрыла дверь.

– Ты чего, Шулик, не понимаешь? А если у нее там отец вооруженный, у нас за спиной? Поздняк метаться будет, когда он тебя из ствола завалит. Нам квартиру нужно зачистить.

Боря толкнул неплотно притворенную дверь: она легко открылась. В тесной прихожей стояла тьма, но узкий коридор был освещен доходившим туда зимним светом из дальней комнаты, которой он заканчивался. В квартире стояла особая тишина: не пустая безлюдная тишина, а тишина, когда кто-то таится и не хочет, чтобы нашли. Эта тишина была сродни задержанному, сдавленному дыханию, и Боря Шулинский ее чувствовал, как чувствуют запах. Он прижал приклад автомата к плечу и обвел дуло полукругом, создавая огневой периметр.

– Эй, – Боря не знал, что сказать. – Выйти по одному, руки над головой. Оружие на пол.

Все три двери в коридоре были закрыты. Боря подумал позвать Касатонова – все равно от него нет толка внизу – и приказать ему проверить помещение на засаду, а он бы его прикрыл. Но для этого нужно было вернуться на лестничную клетку: из квартиры Касатонов его не услышит. Он уже хотел двинуться обратно – спиной, оставаясь лицом к пустому коридору, сохраняя контроль над пространством, но в это время дверь слева от него широко открылась. Боря повернулся и выстрелил – дважды: у него на АК переводчик огня стоял на одиночной стрельбе. Он от неожиданности выстрелил: Боря не испугался, не успел испугаться, а просто не ожидал, что дверь откроется без предупреждения. Он и не видел, в кого стрелял: палец сам нажал спусковой крючок.

Дверь не закрылась, осталась полуотворенной, и было слышно, как глухо – словно на пол поставили тяжелую сумку – что-то упало на пол за дверью. Боря прижался спиной к стене, глядя сквозь прицел на щель между дверью и притолокой. Но никто не вышел из-за двери, не закричал, и только разноцветные бусинки рассыпались по коридору, раскатившись по полу. Одна – лиловая – докатилась до Бори и ударилась о носок его берца. Остановилась и осталась лежать у носка – маленькая круглая лиловая бусинка.

В квартире стояла плотная тишина, теперь пропитанная пороховым газом. Затем из полутьмы дальней комнаты закричала женщина. Словно попали в нее.

10

Далецкая любила мороженое, но не всякое. Ей нравилось сливочное в вафельном стаканчике. Только без розочки, а то вкус смешивался.

Она мороженое первый раз попробовала в Брянске, ей уже восемнадцать было. Там – с торца драмтеатра на Фокина, где играла мама Лика, – стояло здание ЦУМа с бордовым нижним этажом, высокими окнами, праздничное. Туда хотелось пойти. И особенно туда хотелось пойти Далецкой, когда она попробовала первым летом своей свободы сливочное мороженное в вафельном стакане: его продавали с лотка на тротуаре, и можно было, купив, сидеть у фонтана перед театром, построенным в римском стиле с колоннами, и слизывать сладкую молочную вкусность, наполняя ею рот и сердце.

В интернате мороженое не давали. Другие дети про мороженое рассказывали, врали, что пробовали, но понятно, что врали: кто им купит? А она теперь ела его по-настоящему. У фонтана.

В Москве Далецкая тоже иногда покупала мороженое на улице, но оно было не такое вкусное, как в Брянске. И счастье от него было не такое. Вторичное какое-то было счастье. Потому в Москве Далецкая ела мороженое редко, хотя денег ей хватало: ешь хоть каждый день.

С деньгами вообще хорошо вышло, особенно после появления в квартире Файзуллина: с ним повезло. Он был тихий, платил вперед за три месяца и приезжал редко. За место Найденовых в гараже – они им все равно не пользовались – платил отдельно и согласился, не торгуясь. Женщин не водил, да она бы и не разрешила. Хотя иногда сама думала про Файзуллина, когда ласкала себя короткими умелыми точными пальчиками в ночной тьме. Он ей совсем не нравился – лицо углами, сероглазый какой-то, невыразительный, с животом, съехавшим набок – грыжа у него, что ли? Но думать Далецкой было особенно не о ком, вот и думала по ночам о Файзуллине: а что, если он попробует? Придет к ней в спальню по коридору и ляжет рядом? Она вспоминала мальчика Колю из интерната, его огрызки рук, но не могла себя возбудить этими мыслями, и ее пальцы становились медленнее, безучастнее, равнодушнее, и начинали не ласкать, а просто теребить комочек плоти, доставлявший ей столько удовольствия. А если думать о Файзуллине, возбуждение начинало нарастать, и тяжесть спускалась ниже, ниже, пока не наступало влажное теплое облегчение. Далецкая сворачивалась клубком и скоро засыпала. Иногда ей снилось мороженое. Без розочки.

Файзуллин карлицу не любил – за жадность. Она денег много хотела, но деться куда: ему в Москву нужно возить товар, а что он возил, о том и думать боялся. Лучше не знать. Ему и платили, чтобы не знал. Он и не знал.

Они с Галипом начали бизнес на кенжеханской барахолке в августе – почти через полгода после войны: другие с апреля пристроились отправлять товар в Россию в обход санкций, а они запоздали. Галип его еще тогда уговаривал все бросить и пойти в долю, но Файзуллин не верил: думал, весь их серый импорт скоро прикроют, американцы надавят, и Токаев сольется. Американцы надавили, Евросоюз надавил, но барахолка в Кенжехане на окраине Алматы только разрасталась, пополняясь рядами бытовой техники, одежды, детских товаров. Полиция их не трогала – если, конечно, регулярно отстегивать, но это и до санкций так было: отстегивали. Как без того.

Файзуллин казахов не любил: жадный народ. Он держался своих – татар. Тоже не радость, но свои, все-таки. Хотя могут и кинуть, если дело идет о больших деньгах. А дело шло о больших.

Они с Галипом начали с бытовки – как все: телевизоры, холодильники, микроволновки. Все китайское, а наклейки Samsung, Bosch, Sony они на товар сами клеили. Наклейки тоже привозили из Китая – вместе с товаром. В последнее время – пока они с Галипом не нашли нынешнего поставщика – хорошо шли варочные панели для кухни. Могли бы и продолжать: получил бытовку из Китая, жена Галипа Мадина наклейки иностранные на них наклеит – руки у нее ловкие, и можно вести в Москву на Белую Дачу, где кладовщик-приемщик Валера-Жир принимал товар и расплачивался за баланс: депозит они раньше получали.

Тогда сами еще не возили: брали перевозчиков по 40 тысяч тенге за кубометр. Нормально выходило, всем хватало. Теперь Файзуллин возил товар сам: такое было условие. Новый товар чужим нельзя доверять, они с Галипом головой за него отвечали. И не только своей головой: им это сразу объяснили. Если что с товаром случится, в живых никого не оставят – ни жен ихних, ни детей.

Файзуллин раньше пытался разгадать, что он возит на склад в Северном Бутове, но потом перестал об этом думать: боялся. Лучше не думать. Одно хорошо: теперь с бумагами на новый товар он на грузопассажирском пропускном пункте в Озинках проезжал вне очереди. Досматривали для видимости: открыл кузов, закрыл кузов. Прапорщики проглядывали упаковочный лист и сертификат товара, ставили печать и впускали груз в Россию. Файзуллин быстро проезжал рабочий поселок Озинки и становился на трассу – до Москвы. Здесь главное было не застрять при объезде Саратова, а когда объедешь – по прямой шестнадцать часов – и в Бутово. Только заправки замедляли.

В России Файзуллин никогда не останавливался в гостиницах: спал в машине, если спал. Товар нельзя было оставлять без присмотра. Он последний раз перед границей останавливался в Семиглавом Маре: там гостиница дешевая прямо у трассы. Туда к нему Касымчик и приезжал.

Файзуллин был женат, но жену не любил. Давно уже. Он Касымчика любил.

Тот был наполовину русский – по матери. По отцу казах: узколицый, маленький, тонкий-тонкий, словно палочка с черной нашлепкой – волосы густые, антрацит. Файзуллин любил его волосы ерошить, пока Касымчик сосал. Его жена Фарида так не могла, как Касымчик, да и не хотела. Файзуллин от нее и не требовал: жена все-таки. Он ее за это уважал. Но не любил.

Касымчик брал десять тысяч тенге. Файзуллин платил бы и больше, но больше Касымчик не просил. Был не жадный. Файзуллин надеялся, что Касымчик больше не просит, потому что ему самому нравится у Файзуллина сосать. И только у него, а у других просто за деньги. Работа такая.

Он думал иногда найти кого-то, как Касымчик, в Москве, но посмотрел в интернете на цены и передумал: оно того не стоило. Потому он в Москве сидел сухой, ожидая, пока ему на телефон не пришлют сообщение из Бутова, что все в порядке, и он может ехать домой. Такая была договоренность: привез товар, сдал закрытым, его потом проверяют, а он сидит и ожидает разрешения уехать. Тогда деньги переводят, и Галип ему подтверждает: добро. А до этого сиди у карлицы на квартире и смотри в телефон. Зато обратно едешь пустой и ничего не боишься: живой. В этот раз. А там переехал границу, и в Семиглавом Маре тебя ждет Касымчик.

11

В полутьме хуже видно, зато реакции быстрее. Восприятие обостряется, тело ждет опасности и реагирует быстрее, чем успеваешь подумать. «Это тело сделало, не я», – думал Боря. Доктор Кэмпбелл на уроках по Моральной Философии говорил о сознательном выборе как результате свободной воли, а если тело делает само до моего сознательного выбора, разве я несу за это ответственность? В голове у Бори крутились обрывки доводов метафизических либертарианцев вроде шотландского философа Томаса Рида, утверждавшего свободу воли и сознательности выбора в ответ на рассуждения Мартина Лютера о детерминизме и механистической природе человека. Он вспомнил свое эссе об этих разногласиях в раннем протестантизме, за которое получил высший балл; доктор Кэмпбелл возлагал на него большие надежды. Давно это было – почти год назад.

Он убил выскочившую в коридор хрипло визжащую женщину, не успев подумать, что делает: палец три раза нажал спусковой крючок – одиночными. Она ворвалась в полусветлый проем – прямоугольник в конце узкого туннеля, которым стал его взгляд сквозь прицел автомата. Прицел был хороший, не уставной – стандартная мутная оптика, а коллиматор: Скачок достал за пятьдесят тысяч. С коллиматором глаз не уставал, и свет проецировал прицельную марку. С коллиматором с близкого расстояния промахнуться нельзя. Он и не промахнулся.

Боря смотрел на осевшее на пол тело – неровно толстое от закутанности в платок поверх светлой дутой куртки – и ждал, что тело встанет и снова станет женщиной, выбежавшей на его стрельбу в коридор. Но тело не вставало и оставалось телом.

«Убил», – думал Боря Шулинский. Он не мог до конца поверить в это и решил больше туда не смотреть. Боря шагнул к ближней двери и толкнул ее дулом автомата. Дверь не открылась, уткнувшись во что-то с другой стороны. Это что-то было одето в вязанную шапочку с узором снежинками.

– Шулик, – позвал сзади Скачок. – Самого не задело?

Боря оглянулся: Скачок стоял в проеме входной двери, АК на взводе. Пришел помогать. Боря мотнул головой – нет. Он хотел загородить собой маленькую мертвую девочку на полу, чтобы Скачок ее не увидел. Но тот уже увидел.

– Ты их на хуя? – не понял Скачок. – Они чего – с оружием что ли?

Боря мотнул головой – нет. Он не знал, что сказать.

Скачок огляделся. Потянул носом, будто принюхивался к чему-то в тихой квартире. Будто по запаху мог узнать, что произошло. И что теперь нужно делать.

— На хуя ты их, — сказал Скачок. — Они ж гражданские.

— Девочка… ребенок этот… дверь резко открыла…

Он не знал, как еще объяснить.

«Он мой теперь, — решил Скачок. — Приплыл фраерок. Я теперь от него чо хочешь получу — и бабло, и чо хошь».

— Ладно страдать, — сказал Скачок. — Обратно не воротишь. Надо думать, что дальше.

«Дальше? — не понял Боря Шулинский. — Дальше чего?». В голове у него плыли обрывки чьих-то суждений, текстов, мнений, затем все заполнило доброе уродливое лицо доктора Кэмпбелла с родимым пятном на левой щеке, беззвучно что-то говорившего их классу в Инверли Колледж, но на самом деле ему, Боре, только ему. Боря хотел рассказать Скачку о своем школьном эссе про различия между теологическим детерминизмом, постулировавшим предопределенность как божий замысел, и социальным детерминизмом, утверждавшим, что действия индивида определяются общественным развитием, и главное, главное, что и в том, и в другом случае личной ответственности у людей нет: их действия предрешены заранее — кем-то еще. Он думал, как ошибался, когда утверждал в этом эссе свободу воли и возможность сознательного выбора, а выбора-то и нет: тело выбрало, а не он. Палец выбрал, а не он. Рефлекс выбрал. «Значит, я не виноват?» — спросил неясно у кого Боря. Он хотел рассказать обо всем этом самому близкому ему сейчас человеку — Скачку, но Скачок выглянул на лестничную клетку и громко крикнул Касатонову прийти наверх.

— Шулик, сфокусируйся: мы сейчас Касатона поставим у окна на огневой контроль за улицей, а то укропов пропустим, когда они на контратаку пойдут, сами квартиру осмотрим. Не ссы, я Касатону не скажу, мы его сюда не пустим. А на меня сам знаешь — могешь положиться. Я своих не бросаю.

Боря кивнул. Он хотел поблагодарить Скачка, но слов не было. Потом поблагодарит.

— Давай первым номером, я прикрою, — сказал Скачок.

Они подождали, пока длинный неторопливый Касатонов занял пост у окна, и двинулись по коридору. Боря хотел пойти сразу дальше, но Скачок настоял, чтобы он открыл дверь, припертую с другой стороны маленьким тельцем: вдруг кто еще прячется? Боря никак не мог распахнуть дверь: детская рука застряла и мешала, и потому он просто заглянул в комнату – убедиться, что пусто.

– Пусто, – он кивнул Скачку. – Никого.

Скачок тоже заглянул в комнату.

– Под кроватями нужно проверить. Постой на атасе, я сам.

Боря не понял, что такое «на атасе», но понял, что теперь командовал Скачок, хотя Боря был старший по званию. Только звания больше не работали.

Он смотрел вдаль коридора поверх неуклюжего тела убитой им женщины, пока Скачок быстро обыскал детскую комнату с двумя односпальными кроватками. Ничего ценного там не было, да он и не рассчитывал. Нужно было фраерка опустить, чтобы чувствовал себя виноватым, обязанным: девку пристрелил, а духа нет на нее посмотреть – отворачивается. Лох лажовый. Таких ебать и ебать.

– Давай дальше, Шулик, – приказал он Боре. – Убедиться нужно, что никого больше нет. А то они у нас за спиной останутся.

Маленькая кухня была пустая, и Скачок быстро проверил холодильник и шкафчики – на предмет жратвы. Харч имелся, но консервы, много не унесешь. А спиртного ни грамма.

Последняя по коридору комната оказалась ванная: дешевый кафель – серый однотонник, весь в трещинах. «Небогато жили, – решил Скачок. – Сантехника еще родная, не меняли никогда. Нет у них ни хуя, ловить здесь нечего – заканчивать нужно и ноги делать». Он раньше думал сломать все двери в подъезде и проверить остальные квартиры на хабар, но теперь не до того: укропы вот-вот зачистку по поселку начнут. Пора винтить.

Занавеска была с какими-то фруктами – то ли лимоны, то ли мандарины: старая, все стерлось, неясно. Боря отодвинул ее дулом автомата, но еще до этого знал, знал, что в ванне кто-то есть. Кто-то живой. Он даже глядеть не хотел, но Скачок кивнул на занавеску – закончить нужно.

В ванне – с головой под одеялом – кто-то лежал. Дышал. Живой кто-то.

– Одеяло сыми, – приказал Скачок. – Не сымешь, стреляем.

Под одеялом заскулили – словно щенок, когда на лапку наступишь. Скачок мотнул головой: Боря Шулинский нагнулся и потянул за край одеяла. Он теперь Скачка слушался: тот стал за старшего.

Люба лежала, закрыв лицо книжкой. Бумажный переплет истрепался, книга была зачитана, перечитана много раз – с загнувшимися краями обложки. «Лабиринты любви» – прочел Боря название, – розовые буквы над фигурами держащихся за руки девочки и мальчика. Поверх – чуть слева – черным имя автора: Арианна Северская.

«Псевдоним», – отчего-то подумал Боря. Хотя какая теперь разница.

– Оставлять нельзя, – Скачок убрал автомат, повесил на бок. – Сам понимаешь.

Он кивнул Боре на Любу. Боря смотрел на обложку книги о подростковой любви и ему вдруг захотелось взять эту книгу себе и прочесть. Он знал, что книга глупая, что так, как там, не бывает, но этого он и хотел: читать о том, чего не бывает, потому что то, что бывает на самом деле, он больше знать не желал. «Я никогда не читал таких книжек, – думал Боря. – Я читал только умные, полезные, важные книги. А эта книга ни о чем». Но сейчас не было ничего важнее этой книги про лабиринты первой любви, и Боре Шулинскому хотелось заблудиться в этих лабиринтах, чтобы никто его там не никогда не нашел. И чтобы он сам не знал оттуда выхода.

Он вдруг вспомнил – разрешил себе вспомнить, признался себе, что у него никогда не было девушки. По-настоящему, чтобы все – до конца. Целовался однажды на даче с Викой Моршининой, которую знал с детства, но больше ничего не было. Вика с ним целовалась, целовалась, а потом пошла в другую комнату с его другом Женей Циповичем, и они закрыли дверь. Боря тогда обиделся, но сделал вид, что ему все равно. Он смотрел на обложных влюбленных и представлял, как держит Вику за руку.

– Шулик, фокус, – Скачок несильно ударил его раскрытой ладонью по шее. – Фокус давай. Нам отсюда винтить надо. Сейчас укропы поселок начнут зачищать. В окружение попадем и пиздец.

Боря тряхнул головой: здесь.

– Дяденьки, дяденьки, – сорванным голосом из-под книжки плакала Люба. – Я за Россию, за наших. Дяденьки, я своя, за Россию.

Боря посмотрел на Скачка: что делать?

– Мудаком не будь, – Скачок двинулся в коридор. – Ну за Россию она – какая хуй разница? Я пока залу осмотрю, где ты ее мать завалил, а тут кончать надо. Нельзя оставлять.

Он про мать специально сказал, чтобы Люба слышала. Чтобы у Бори выхода не осталось.

Скачок вышел в коридор, оставив дверь открытой. Было слышно, как он, не таясь, легко ступает, напевая что-то мелодичное, веселое. У него был хороший слух. И приятный голос – звонкий, чистый.

– Я своя, – тихо-тихо из-под книжки о любви шептала девочка. – Я за Россию, правда. За вас.

«Нужно так, чтобы книжку не испортить, – подумал Боря. – Книжку себе заберу». Он боялся, что, если девочка уберет книгу, он увидит ее лицо и не сможет выстрелить. Главное, не видеть лица. Нужно закончить, пока не увидел ее лицо.

– Дяденьки, – шептала кому-то Люба срывающимся в плач голосом. – Дяденьки… я правда… за вас…

Палец – сам – нащупал курок, и Боря Шулинский прицелился чуть ниже подбородка – где белела голая шея.

12

Декабрь постепенно захватил Стамбул, потихоньку вполз в город и заполнил его зимним воздухом: стало холоднее, стало ветренее. Дожди шли теперь чаще, но солнце, солнце – оттоманский красный круг в по-зимнему выцветшем небе над Босфором – грело по утрам, как и раньше, только не разгоралось, а, посветив, обогрев, уходило куда-то дальше, оставив быстро остывающий сырой зимний воздух. Мне же хотелось, чтобы грело, как раньше.

Мы так и не свыклись с рваным, неединым ритмом стамбульской жизни, местами торопливой, со спешащими словно по зову людьми, заполняющими широкие улицы у Босфора и маленькие площади в верхнем городе; местами неспешной, с подолгу сидящими над маленькой чашкой густого кофе или стаканчиком янтарного чая в кафе вдоль мостовых созерцателями текущей мимо толпы – хранителями восточного покоя. У города не было одного центра, одной скорости проживания, одного дыхания; Стамбул был разным – одним у моря, где люди жили как волны – прилив-отлив, прилив-отлив, где остановка означала ожидание кораблика, идущего через Босфор на другой континент, и другим – с медленно текущей жизнью узких улиц и стиснутых дворов над проливом, лежащим широкой серой лентой – непрозрачной, плотной – от Черного моря к Мраморному, от галечных пляжей моего детства в Коктебеле к золотому песку Средиземноморья, от привычного и знакомого к живущему лишь в воображении, от реальности к симулякру. Или Босфор течет в другую сторону – наоборот? Что впадает во что? Не знаю. Вот с Волгой все ясно, куда она впадает: Чехов рассказал. Как и про любимую еду лошадей.

Лошади кушают овес и сено. Волга впадает в Каспийское море. Ясная, понятная, знакомая жизнь. Утекла от нас с Костей – в Каспийское море. Или куда-то еще. У нас теперь другое море, и что куда впадает, нам больше неизвестно. Хотя бы с лошадьми осталась какая-то ясность.

День был без числа. Иногда хочется повторить вслед за Гоголем – день был без числа. Хотя неправда: у наших с Костей дней были числа, и они сменяли друг друга, обозначая приближение к черте, к пределу – 6 января. В этот день у нас заканчивались девяносто дней пребывания в Турции, и мы должны были уехать, покинуть берега Босфора, хотя бы на сутки выехать из страны, а куда? Мы не знали, не думали, не хотели думать, и жили ожиданием визы к другим берегам. Пока нам все отказали – никто не хотел нас видеть на своих берегах. Мы решили поговорить с Диной: юрист все-таки. Хотя на юриста не похожа совсем.

Денег пока хватало – присылала Далецкая. Я была ей благодарна: это же ее деньги – от аренды ее брянской квартиры, а присылает нам. Не ожидала, что она будет нас поддерживать. Мы говорили с ней редко, в основном переписывались: как папа, навещала ли она маму, новости в доме, прочее бытовое. Иногда я переписывалась с Ниной, но все реже и реже, она была занята чем-то, о чем не писала, не рассказывала, я сначала думала, что у нее роман, но не похоже: она бы и написала, и рассказала бы. Нина, Нина. Как там – из блудниц в святые? Мы с ней обе были блудницами, а теперь осталась только я. Хотя и я уже не блудни́ца: живу с мужем, все три месяца – только с мужем. А у нас – тишь да гладь, Божья благодать. А у нас – светлых глаз нет приказу поднимать. Глаза у нас ныне опущены долу. Обращены вовнутрь. Хотя ничего хорошего и там не видать – одна благодать.

Благодать – какое скучное слово. Будто его вынули из складного дивана. И пахнет оно несвежим бельем.

Мы встретились с Диной в маленьком офисе над парикмахерской в районе Кадикой. Перед входом в подъезд на складном стуле сидел старый турок в новой темной кепке и курил. Он сказал что-то приветственное по-турецки. Мы ответили: «мерхаба» – соблюли приличия. Турок улыбнулся и похлопал себе по колену. Он сказал что-то еще и показал в просвет между зданиями: там ничего не было – пустой, не заполненный жизнью воздух. Или было что-то, чего не видели мы.

Дина – с собранными в высокий неаккуратный пучок густыми волосами, пытавшимися разбежаться из-под резинки по плечам – извинилась, что не может уделить нам больше получаса.

– Мы организуем встречу «Украина и Россия: братья или враги?», – рассказала Дина. – Пригласили украинцев, без них проводить встречу нельзя, а они не приняли приглашение: сказали, что им нечего с нами – русскими – обсуждать. Дилемма: отменять встречу? Или принять их отказ и провести встречу без них?

– Зачем? – спросил Костя: – Они же вам уже ответили на этот вопрос. Своим отказом.

– Это эмоции, они понятны, когда их города бомбят, их дома разрушают, но нам нужно понять, как жить дальше: мы соседи, и никуда друг от друга не денемся.

– Знаете, Израиль и Сирия тоже соседи, но от этого мир между ними не наступает, – Костя встал, осмотрелся, понял, что офис слишком маленький, чтобы расхаживать, как он любил делать во время разговора. – Скажите другое: украинцы понятно, за что нас сейчас не любят и стригут всех под одну гребенку, но европейцы? Неужели они не понимают, что такие, как мы с Асей, не отвечаем за Путина? Что мы оттого и уехали, что его не поддерживаем? Почему они к нам так относятся? Все эти санкции… Путину на них наплевать, а мы – его оппоненты – за них расплачиваемся. Это же ему только на руку. Неужели не ясно?

– Вы про визы? Про банки? – Дина достала сигареты, но не закурила. Посмотрела на меня – не против ли? Я кивнула: не против. Сама снова закурила – в релокации.

– Я про все, – Костя снова сел, потом все же вскочил и стал ходить от стула к двери – два шага, не больше: – Мне иногда кажется, Путин прав: нас не любят, потому что мы русские. Чтобы мы ни делали, как бы себя ни вели, нас пытаются изолировать, ограничить, загнать за какой-то выдуманный ими забор: вы из России – назад, в тайгу. Там и сидите, нечего вам здесь делать. Мы с Асей ни в чем не виноваты, а нас никуда не пускают, нам визы никуда не дают. Почему? Почему? Я никогда за Путина не голосовал, я вообще никогда не голосовал. В чем моя вина? Я специально, чтобы не воевать, уехал, а меня здесь все считают врагом – и украинцы ваши, и Европа. Почему?

У него сорвался голос, словно сейчас заплачет. Я не ожидала от своего мужа подобной эмоциональности. Костя был обижен: он приехал в Европу, чтобы стать европейцем и учить португальцев португальскому, а его не приняли. Не взяли. Отвергли.

– Я за Путина не голосовал никогда, – повторил Костя. – Я вообще, если по правде, никогда не голосовал.

В комнату зашло утреннее стамбульское солнце, осветив тумбочку со старым принтером, и ушло дальше – на запад, в Европу. Куда нас не пускали.

– Потому что не голосовали, потому что ничего не сделали, чтобы этой власти помешать сначала у нас отнять все права, а потом начать войну от нашего имени, убивать людей от нашего имени, мы и виноваты, – вздохнула Дина. Она, видно, много раз повторяла это другим – таким, как Костя, обиженным нелюбовью и неприятием, и было видно, что ей скучно, что она хочет и должна заняться своими делами, но это – часть ее работы: объяснять россиянам, почему их не ждут с объятьями. – Немцы тоже не все за Гитлера были, а сидели тихо по домам и пивным, не вмешивались, не оглядывались на дым из печей, где в концлагерях сжигали людей. А потом пятьдесят лет доказывали все миру, что они хорошие, не фашисты. И мы теперь так будем.

– Но я-то тут при чем? – не понял Костя. – Я же его не поддерживал: я португальский преподавал. Что мне – на площадь с плакатами было нужно идти? Ну посадили бы, и что толку? Пропал бы там. Вот Навальный – герой, по-настоящему герой, а толку? Сидит и будет сидеть, пока они его там не сгноят. Могут и вообще убить. А я здесь и могу здесь пользу принести. Да я уже принес – тем, что уехал, что не пошел на войну. Что не убил никого и не дал себя убить – от их имени. За их войну. Как же европейцы это не понимают?! Они нам должны помогать, должны нас с цветами встречать! Благодарить нас должны.

Он сел на стул, опустошенный своей обидой. Словно она затопила его и не осталось для нее места – только боль. Мне он был понятен, ясен, видим весь, будто я была им – родной мой, обиженный всеми, непонятый. Мне хотелось его успокоить, приласкать, снять его возбуждение, но единственный, многократно проверенный способ, который я знала, здесь не помог бы, а жаль.

Однажды Марк дал мне статью про обезьянок бонобо. Они отличаются от других приматов тем, что в их социальной жизни спаривание заменяет и вытесняет агрессию. Секс используется в качестве приветствия, выражения приязни и как средство разрешения конфликтов: вместо того, чтобы друг друга убивать, бонобо занимаются сексом и продолжают жить мирно. Людям бы так. А еще говорят, что мы далеко ушли от обезьян в своем развитии: по мне поведение бонобо намного более цивилизованное, чем наше. Если мы и далеко ушли от обезьян, то ушли не в ту сторону.

– Благодарить нас должны, – повторил Костя. – Помогать нам.

Дина вздохнула: разговор этот был ей неинтересен.

– Костя, они ничего нам не должны. Ничего. Мы свою страну провалили, позволили путинцам укрепить власть и начать войну против Украины, а на самом деле – против Запада. И они считают, что это вина всех россиян. Всех. Это мы позволили Путину начать войну против них. А если мы это позволили, значит, и ответственность наша. Так они здесь думают. Я понимаю, что это кажется вам несправедливым, что нельзя сравнивать, потому что у них – на Западе – имеются возможности влиять на свои правительства, менять свои правительства, а в России такой возможности больше нет, но они считают, что эта ситуация и есть наша ответственность, что мы это допустили – сами допустили, пока занимались своими делами, пока считали, что нас касаются только наши дела, что, пока они не пришли к вам домой, жить можно – и хорошо жили, комфортно. Мы обменяли будущее на комфорт в настоящем, и вот это будущее наступило. И мы за него отвечаем.

Дина замолчала, и в комнате словно стало меньше воздуха. Будто ее слова забрали, собрали, выкачали воздух из маленького тесного пространства офиса. Пауза плыла под потолком, словно пленка, накрывшая нас, и под этой пленкой было труднее дышать.

Когда мы шли домой по чужим улицам чужого несуразного города, Костя сказал, не обернувшись ко мне – себе сказал:

– Моей вины здесь нет: не все должны на площади с плакатами выбегать. Я эту власть ничем не поддерживал. А теперь сижу здесь, и меня никуда не пускают. Визы никуда не дают. Но я же ни в чем не виноват. Ни в чем. Ни в чем.

Кто виноват? Что делать? Два вечных русских вопроса. А что делать, когда никто не виноват?

13

Капитан Созанчук не любил войну: он был человек гражданский, и война нарушила его гражданскую жизнь, чего он не мог простить России. Других претензий к России у него не было: сам он изначально считал русский родным языком и на украинском почти не говорил, пока не начал учить его сперва в школе, воспринимая уроки украинского как унылую неизбежность, а затем в Харьковском университете. К суверенности Украины он относился спокойно, без надрыва и мессианства, и предпочел бы худой мир доброй ссоре, но мира – ни хорошего, ни худого – не получилось: совместная жизнь двух народов закончилась в 2014-м, потому что один народ не хотел признавать, что другой – тоже народ.

Рота 72-й мехбригады ВСУ, которой командовал Созанчук, держала оборону с восточного фланга Павловки, закрепившись на улице Шевченко. Задача командования, поставленная перед его ротой, была не дать наступающим россиянам обойти украинские позиции и установить контроль над 532-й трассой, идущей на Угледар. Они следили за продвижением россиян – хаотичным, с зависшими краями, неприкрытым ни авиацией, ни артиллерией – и быстро поняли, что имеют дело не со 155-й бригадой российских морпехов, а с первой волной штурма – мобилизованными и добровольцами. Созанчук радовался, что ему достался легкий враг, и принял решение пропустить атакующих россиян до улицы Калинина, а затем скоординировать артудар с батареей, работающей из лесопосадки за поселком, чтобы остановить продвижение противника к трассе и отрезать отход на юг, где у россиян были подготовленные позиции. Так и случилось: атака захлебнулась, и атакующие или полегли на занесенных снегом улицах, или попрятались по разбомбленным зданиям. Теперь наступило самое опасное время – зачистить Павловку от укрывшихся в домах российских солдат.

Он связался по рации с командованием на западном фланге и получил добро на продвижение к югу. Это означало, что атака 155-й российской бригады не достигла цели ни в центре, ни на западе Павловки, и можно переходить к установлению контроля над территорией поселка. Рота Созанчука рассредоточилась и, установив периметр охвата, небольшими группами двинулась к окраине Павловки – улице Заречной Перемоги, где – по донесениям скаутов – укрепились разрозненные подразделения прятавшихся от артобстрела российских солдат.

«Можете ховатися, але не можете втекти», – думал Созанчук. Ему нравилось, что он подумал по-украински – произвольно, не заставляя себя: его родным языком все-таки был русский. Виталий Созанчук по-настоящему выучил украинский, когда начал заниматься сравнительной фонетикой славянских языков и написал диплом о сходствах и различиях в русской и украинской звуковых системах. Диплом назывался: «Особенности формирования гласных звуков «ы» и «і» в украинском языке и отличия этих звуков от русских гласных». Интересная тема.

Он скомандовал роте выступить и сам двинулся короткими перебежками к ближнему зданию вместе со взводом старшего мастера-сержанта Гринько: тот был бывший «азовец», и с ним Созанчук чувствовал себя в безопасности.

Да и следить за Гринько нужно: тот пленных брать не любил.

С солнцем что-то случилось: оно перестало быть солнцем. Боря Шулинский не мог понять, почему солнце больше не солнце, но оно было не солнце. Солнце по-прежнему стояло в ясном строгом зимнем небе над горящей, дымящейся, громыхающей взрывами, разгромленной обеими армиями Павловкой и не собиралось заходить. Просто больше не было солнцем.

Он хотел спросить у Скачка, отчего все поменялось на земле и на небе, но забыл, и мысль эта ускользнула, спряталась среди шума, заполнившего голову Бори Шулинского: в голове плыла какая-то вязкость, будто гречишный мед, который он пробовал однажды у бабушки Доры – толстой, веселой, с редкими длинными полуседыми волосами, в любой сезон ходившей по своей вытянутой, узкой, как аппендикс, старой квартире в переулках за Чистыми Прудами, в летнем платье, звавшимся «домашним», всегда в тапочках на босу ногу, никогда его ничем не угощавшей, будто она вообще не готовила пищу, словно никогда не ела сама, а при этом была такой толстой? Однажды он пришел к ней поздним летом перед тем, как возвращаться в Эдинбург, и она дала ему мед — налила в маленькую коричневую, словно глиняную, баночку из-под йогурта — у нее не было настоящих розеток. Бабушка Дора не любила домашнюю жизнь, бабушка Дора не знала быта, она любила советский театр и свои о нем книги, которыми гордилась и которыми гордился ее сын — его отец. Но мед — густой, пахнущий сухими цветами — у нее нашелся в тот день, и Боря ел его чайной ложкой, запивая какао: чая у бабушки Доры не водилось, она считала чай лакейским напитком и пила какао и кофе — растворимый, две чайные ложки на чашку.

— Шулик, Шулик, еб твою, ты куда выпал? — Скачок тряхнул его за рукав бушлата. — Укропы на соседней улице, зачищают поселок — от здания к зданию, пиздец, не успели свалить. Бесполезняк прятаться. Надо в плен сдаваться, а то расшмоляют прямо здесь, замочат и дело с концом. Как хуй с пиздецом.

Боря Шулинский не понял, о чем Скачок: разве сейчас нужно об этом? Солнце поменялось и перестало быть солнцем. Вот это было важно, это было нужно немедленно объяснить. Он понял, что Скачок этого не видит, не понимает, не замечает, и показал ему в небо: там.

— Чего? — не понял Скачок. — Авиация? Не, отбомбились уже. Там наши ТУ-шки 95-е перед атакой похерачили их батареи и улетели. Только, блядь, не попали по цели — вон укропы нас как ствольной артой ебанули на входе. Не, с неба нас не прикроют, Шулик. Нам к своим не прорваться: поляжем.

Но Боря Шулинский его плохо слушал. И еще хуже слышал: слова Скачка, громыхание украинской артиллерии, работающей по отходящим из Павловки российским частям, и прорывавшийся сквозь войну визгливый лай павловских собак доносились до него как из-за плотного занавеса, словно он спал, а где-то — в другом, чужом сне — шла война. В его сне самым важным было то, что солнце перестало быть солнцем, но никто вокруг этого не видел, не мог понять. А только это и было важным.

За полгода войны Боря Шулинский не убивал тех, кого видел: он участвовал в боях и стрелял куда-то, где предполагался противник, его выстрелы летели вдаль, во врага, а в кого попадали, он не видел. Потом они докладывали ротному, сколько единиц живой силы противника каждый из них уничтожил, комроты докладывал дальше – командованию батальона, а тот наверх – в полк, и так складывалась статистика российских военных побед. Была формула – столько-то украинцев на столько-то израсходованных снарядов. Такая же формула была и у артиллерии, и у авиации. Потому никто точно не знал, сколько людей поубивало на этой, а, наверное, и на любой войне, никто, кроме тех, кто этих людей хоронил. Но теперь Боря Шулинский точно знал, что убил троих – двух девочек и их маму. Он впервые убил вот так – видя лица, убил живых, а не прячущихся в туманной статистической дали боевые единицы противника. И тогда солнце перестало быть солнцем.

Только никто, кроме него, этого не заметил. В новом мире без солнца Боря Шулинский оказался один.

Созанчук не мог простить России войны: война поломала его гражданскую жизнь, его научную карьеру, его комфорт в большой, заставленной еще дедушкиными книгами и разномастной старой мебелью квартире в просторных дворах за Клочковским спуском, разлучила с женой и маленьким сыном. Оттого он воевал – с первого ее дня – и делал это, как и все, что делал, хорошо – продуманно и тщательно. И сейчас взвод старшего мастера-сержанта Гринько методично прочесывал улицу Заречной Перемоги – ее частные дома с безучастными к войне старухами, уставшими от жизни и опоздавшими умереть вовремя – до того, как жизнь перестала быть жизнью; и новые постройки в три этажа, редко выше, по большей части «разобранные» и вражеской, и своей артиллерией, с торчащими пробоинами покореженных стен, ощетинившиеся поломанной арматурой, где в пустых, полузатопленных от прорвавшихся труб подвалах, в квартирах, брошенных убежавшими в поисках другого неба хозяевами, на тесных чердаках с обезумевшими от войны крысами могли прятаться россияне. Пока они не встретили сопротивления нигде, кроме одного маленького старого дома, почти избушки, откуда их неумело обстреляли. Созанчук велел взводу залечь и, обождав, когда «ватники» прекратят огонь, приказал артиллерийскому расчету, установившему позицию в конце улицы, сжечь дом из миномета

«Молот М120-15». Хлопцам хватило пары зарядов. Осматривать там потом было нечего.

Сейчас он стоял за углом трехэтажного здания, с последнего этажа которого свешивалась простыня; простыня была не чисто белая, а скорее бледно-голубая в белую полоску, но смысл ясен – сдавались в плен. Он кивнул Гринько на простыню: засада? Или действительно сдаются?

– Та на хуй вони нам здалися, капітане? – пожал плечами старший мастер-сержант Гринько. – Конвоювати їх згодом, передавати поліції, або нацгвардії? Одна морока з ними. Нам зачистити Павлівку треба й відновити оборону, а ці заважатимуть.

Гринько говорил правду: пленные их замедлят. Но решение было не Гринько, а его – капитана Созанчука. Он не мог позволить Гринько взять на себя командование и контроль над ситуацией, даже если тот прав по сути.

– Выйти по одному, руки над головой, оружие над головой, – крикнул Созанчук по-русски наверх, где развевалась бледно-голубая простыня. – По моему сигналу. Ясно?

– Так точно, товарищ командир, – высоким, почти фальцетом, ответили из-за простыни. – Мы сдаемся.

Созанчук отметил, что они его не видят, не могут разглядеть нашитый на правый рукав зимнего бушлата знак с воинским званием – капитан. Потому и обращаются «командир».

– Гринько, вогневий контроль за виходом з під'їзду, приціл із двох точок – вікно третього поверху, – приказал Созанчук. – И по-русски, в холодное небо: – Выходить, руки над головой.

Приказал и подумал, вспомнил, что только что почти процитировал примеры из своего диплома о различии украинских и русских гласных: украинский язык ввел [і], заменивший [о] – «кіт» вместо русского «кот» или «кінь» вместо русского «конь». Отсюда и «з під'їзду» – «из подъезда». Или вот украинский взял и поменял почти везде гласный [и] на гласный [ы]: в русском «нитка, гниль», а в украинском «н[ы]тка, гн[ы]ль». «Так, – думал лингвист и почти кандидат наук Виталий Матвеевич Созанчук, – рано или поздно территориальная разновидность языка меняется и люди с трудом могут друг друга понять. Перестают понимать друг друга. И становятся друг другу чужими. Вот тебе и фонетика».

Капитан 72-й мехбригады ВСУ Созанчук следил, как первым из подъезда вышел крупный, широкоплечий, совсем молодой парень с автоматом, свисающим с далеко отставленной левой руки. Созанчук отметил три узкие вертикальные золотые полосы на погонах – сержант. Правая рука была поднята высоко над головой. Он выглядел до странности молодо – подросток в солдатской форме. Парень сбросил автомат на землю и поднял левую руку вверх. Он смотрел вверх – на высокое небо, словно видел там нечто, видное лишь ему.

За ним – не сразу, подождав, также медленно, моргая от зимнего света после темного подъезда, – вышел маленький ефрейтор, с юрким взглядом, стреляющим по сторонам. У него уже были подняты обе руки, автомат в правой. Маленький отбросил его подальше от себя, словно автомат был не его, а чужой, случайно подобранный им где-то и больше ненужный.

– Сдаемся, пацаны, – тонким высоким голосом сказал ефрейтор. Он улыбался, словно только и ждал этого момента, словно для этого и пошел на войну – сдаться в плен украинской армии. «Это он кричал сверху, – понял Созанчук. – Он, скорее всего, здесь за главного, несмотря на звание. Да и постарше сержанта. Потому того и пустил вперед – посмотреть, что будет».

– На сніг, обличчям вниз, – скомандовал Гринько. Он с двумя рядовыми вышел из-за угла здания, держа россиян под прицелом. За ними вышел и капитан Созанчук.

Маленький ефрейтор быстро опустился на колени и лег лицом вниз, как велено. Сержант продолжал стоять, словно не слышал приказа, и – прежде, чем Гринько повторил команду, – маленький дернул рослого сержанта за штанину. Тот посмотрел на него с удивлением и, помедлив, опустился на землю. Он лег, повернув голову на бок, и закрыл глаза, будто больше не хотел видеть этот мир.

«Контуженый. Или посттравма от боя», – решил Созанчук. Ему было жаль этого молодого, случайно, видно, оказавшегося на войне парня. Он подумал, что тот мобилизованный, где-то мать ждет, и решил, что напишет в рапорте о захвате в плен, будто это была инициатива юного сержанта как старшего по званию. Может, и обменяют. А нет, посидит, пересидит, все лучше, чем воевать.

Третьим из подъезда шагнул в грязный слякотный снег высокий, несуразный, весь неловкий, ненужный здесь, на войне, мужчина за тридцать. Его погоны были сплошными – без полосок: рядовой. Он вышел без оружия, руки его висели по бокам – длинные-длинные, и сам он был длинный. Словно его вытянули на земле, а потом заставили встать.

– Руки над головой, – скомандовал Созанчук. – Где автомат?

Длинный кивнул на подъезд – там оставил. Словно автомат ему был не нужен, вот и бросил.

– Ми ж блядь сказали – зі зброєю виходити, – Гринько плюнул в снег, и желтый комок слюны быстро погас на земле. – Я чого тобі – нянька – за тобою зброю твою блядьську носити?

Он – для острастки – передернул затвор своего автомата «Вепрь», мало чем отличавшегося от брошенных на снег российских АК-74, разве что широким сквозным вырезом над цевьём и рукояткой. Но по сути – тот же 74-й. И магазин тот же – 30-патронник.

– Отставить, – приказал Созанчук. – Там еще есть кто? Или это все?

– Все, товарищ капитан, – отрапортовал с земли ефрейтор. – Других нема.

«Нема». Он хотел быть своим. Украинским. Один же народ.

«Какой я тебе товарищ», – хотел сказать Созанчук, но в это время длинный рядовой, вышедший из подъезда без оружия, вдруг побежал вдоль здания по щиколотку в мягком снегу, не быстро, вразвалку, молча. Гринько, не прицеливаясь, срезал его короткой очередью. Длинный упал в снег, завалившись набок, и замер. Затем начал извиваться, словно полз, но при этом оставался на месте. И все молча.

– Дмитро, – кивнул старший мастер-сержант Гринько стоявшему за ним солдату.

Дмитро аккуратно, держа упавшего и молча скользящего взад-вперед Касатонова на прицеле, подошел к тому со спины и добил двумя одиночными в голову. Касатонов дернулся и притих.

Из соседнего двора напротив здания выскочила маленькая лохматая собачонка без одного уха. Будто было ухо, а потом его срезали. Собачонка остановилась у дороги и зашлась в лае – хрипло, низко, не по размеру. Дмитро оглянулся и привычно, не целясь, ее пристрелил. Собачка закрутилась на месте, заскулила, подвернула под себя сразу все лапы и улеглась на снег. Под ней расползлось темное пятно.

Было тихо. Даже артиллерия замолкла. Словно война кончилась.

– Гринько, взяти двох людей та обшукати під'їзд. Там інші можуть ховатися, – приказал Созанчук.

– Слухаюсь – обшукати під'їзд, пане капітане, – отрапортовал старший мастер-сержант Гринько; он никогда так формально не отвечал, Гринько вообще клал на устав, как и все «азовцы», и Созанчук понял, что Гринько красуется перед россиянами: вот мы какие – настоящая армия.

– Товарищ... пан капитан, разрешите обратиться, – попросил с земли маленький ефрейтор. – У меня важная информация, пан капитан.

Он повернул лицо, до этого смотрел в другую сторону, где лежал Касатонов, и щека у него была грязная, как-то неровно грязная, словно узором.

– Чего тебе? Говори, – приказал Созанчук.

– Разрешите встать, с земли неудобно докладывать, – попросил ефрейтор.

Созанчук подумал и кивнул.

Ефрейтор поднялся – медленно, разведя руки в сторону, и, встав, поднял их над головой.

– Руки опусти.

– Есть опустить. – Ефрейтор одернул бушлат и встал по стойке «смирно»: – Разрешите доложить: Скачков Игорь, ефрейтор, мобилизованный – насильно забрали, не хотел идти, но пригрозили в тюрьму посадить. – Он мелко кивал головой в такт своим словам. – Служил в частях ПТО – на ППЗ, технику заправляли, технические войска, в боях не участвовал, а потом нас сюда кинули: резервов не было.

– Ти якусь інформацію важливу хотів доповісти? – не выдержал Гринько. – Давай доповідай. Нам тут похую, добровільно ти чи тебе забрали.

– Так точно, – дернулся Скачок. – Разрешите доложить: этот, – он показал на лежавшего на снегу молодого сержанта, – этот сержант Шулинский Борис является идейным добровольцем, врагом Украины и военным преступником. Вы в квартире на третьем этаже найдете убитых им гражданских – женщину и детей. – Скачок помолчал, сделав паузу для значительности и зачем-то добавил звонким высоким голосом:

– Так точно.

Грохнуло из-за лесопосадки – реактивная артиллерия. «Из «Градов», 122-ми, – подумал Созанчук. – По бронетехнике их при отступлении работают». Он посмотрел, как в небе гаснут полосы от снарядов – медленно, нехотя, тают, как самолетный след.

– Встать, – приказал он Боре Шулинскому. – Встать, руки над головой.

Боря продолжал лежать, словно не слышал. Гринько шагнул к нему и несильно ударил ногой в лицо. Боря дернулся и начал подниматься. Встал во весь рост. И посмотрел наверх: там светило зимнее несолнце.

Ему не хотелось разговаривать. Стоять было неудобно, что-то мешало под бушлатом, но он не мог вспомнить что.

– Имя, звание, – приказал Созанчук.

Боря молчал.

– Пан капитан, – встрял ефрейтор Скачков, – вы баллистическую экспертизу проведите, из его автомата, его это автомат, там все ясно будет. Он их застрелил, я остановить хотел, а он…

– Заткнись, блядь. Закрий рот. – Гринько повернулся к капитану: – Ми підемо подивимось, подивимося, чи воно правда.

Созанчук кивнул.

Скачок стоял, вытянувшись в струнку, хотя никто не давал команду «смирно»; он думал, как убедить украинского капитана, что нужно обязательно провести экспертизу. Он привык к словосочетаниям, принятым в следственных документах, в обвинительном заключении, в протоколах допросов: для установления вины следствие проводит экспертизу и вносит в материалы дела ее заключение. Это же просто, каждый знает. Кто с этим сталкивался.

Гринько быстро вернулся и доложил, что все так: в квартире номер 6 – трое убитых гражданских: две девочки и женщина, должно быть, мать. Он отдал Созанчуку найденные в квартире паспорт и два свидетельства о рождении. Фамилия семьи была Прокопьевы, мать звали Катерина, девочек Люба и Люда. Незамысловато.

– Будівля порожня, пане капітане, інші квартири позакривані, а в підвалі трупи, але старі, від чогось померли, видно, що давно. Там кульових поранень не виявлено. А мати й дівчата, так, із АК-шки застрелили, прямо зараз. Теплі ще.

«Только что убили, раз еще теплые», – думал Созанчук. Он не хотел всего этого: ему нужно было зачистить юг Павловки – до леса, а теперь выходило, что нужно отправлять бойцов конвоем – доставить россиян и сдать полиции или нацгвардии. Он решил связаться с командованием, но понял, что там не до него: бой все еще шел по окраинам поселка, спускаясь ниже и ниже, вытесняя россиян из Павловки.

– І чого – конвоювати будемо? Чи прямо тут? – тихо спросил старший мастер-сержант Гринько.

«Чи прямо тут? Что прямо здесь? – не сразу понял Созанчук. – Потом понял и помотал головой. Нужно хотя бы спросить у молодого сержанта, так ли это. Вдруг ефрейтор врет? Себя выгораживает. Ему было жалко этого большого парня.

– Сержант, – обратился капитан ВСУ Созанчук к безучастно стоящему Боре Шулинскому, – сержант, ты что скажешь? Правда это? Ты гражданских убил?

Боре что-то мешало: что-то выпирало у него под бушлатом. Он опустил и сунул туда руку, и тут же – коротко, хлестко, убойно – ударил автомат «Вепрь» старшего мастера-сержанта Гринько. Боря сложился на затоптанный подошвами солдат снег, успев вытащить из-под бушлата маленькую зачитанную книгу в мягком переплете. На обложке были изображены девочка в короткой юбке – длинноногая, каких не бывает в жизни, и высокий кудрявый красивый мальчик с нежным подростковым лицом. Они смотрели друг на друга, взявшись за руки, чтобы не заблудиться в лабиринтах любви.

– Ти навіщо? Навіщо? Я ж його допитати хотів, він же полонений, – закричал Созанчук. – Зачем? – спросил он по-русски, словно Гринько не понимал украинского.

– Та я думав, він пістолет дістає, зараз стрілятиме, – оправдывался Гринько.

«Думав» был один из примеров курсовой Созанчука на третьем курсе – о согласных: украинский звук [в] стоит на месте исконного [л]: русские «волк, толстый» и их украинские аналоги – «вовк, товстий». Потому «ходив, думав, знав» в украинском не имеют ничего общего с похожими на них русскими деепричастиями, а являются формами прошедшего времени глаголов «ходил, думал, знал», – вспоминал лингвист Созанчук свою когда-то мирную жизнь. Разошлись звуки, что гласные, что согласные. А за звуками и народы разошлись.

Капитан ВСУ Созанчук смотрел на лежащего на спине мертвого молодого сержанта российской армии Борю Шулинского, на истрепанную книжку в руке, и думал, что уже потратил здесь много времени, а перед ним стояла боевая задача и ее нужно выполнить. Созанчук был военным – стал военным, а на войне понятно как. Как на войне.

– Капітане, у нього до єбенів, – Гринько кивнул на стоящего по стойке «смирно», еще больше вытянувшегося Скачкова. – Це треба з поліцією чи нацгвардією зв'язуватись, домовлятися, поки вони ще бляді з тилу зберуться до фронту доїхати?! А ми чого – охоронятимемо його? Конвоювати його, а нахуя? Обміняю ще. Давай зараз. Просто тут.

Гринько говорил дело: конвоировать пленного ефрейтора, бойцов выделять – замедлит зачистку села. С другой стороны – закон: пленных нельзя расстреливать. Хотя с полицией и нацгвардией дело иметь – одна беда: рапорты писать, объяснительные, что с этими двумя случилось. Созанчук вздохнул. Он колебался.

И сразу – словно прочел его мысли – заголосил маленький ефрейтор:

– Вы чо, пацаны? Меня-то за что? Эти враги, а я? Нужно ж экспертизу провести! Обязаны экспертизу! Я-то их не трогал – в квартире этой, не убивал, вот автомат мой у вас, проверить можно. Я мобилизованный, меня заставили, я сразу сдаться хотел, сразу в плен хотел, к вам хотел, а он доброволец! – и Скачок, забывший, забывший, что нужно держать руки над головой, показал на лежащего на снегу Борю Шулинского. – Я ж вам сразу сказал, доложил, что случилось, экспертизу нужно провести, обязаны экспертизу!

– Да заебал ты своей экспертизой, – сказал на русском Гринько. – Заебал. Ничего мы тебе не обязаны. Мы тут одно обязаны – мочить москалей.

Он взглянул на капитана Созанчука.

Созанчук раньше его русский не слышал и удивился, как чисто тот говорит – совсем без акцента. Интересно. Он пытался вспомнить, откуда Гринько, и не мог. У Гринько даже [г] получалось почти чистым, а не фрикативное украинское [х].

Гринько был прав. Созанчук помолчал, подумал еще и кивнул. Сказал, тоже по-русски:

– Потом его у подъезда положи и автомат в руки. – Он перешел на украинский. – Як у бою загинув. Як він на нас зі автоматом вискочив. Хотів нас атакувати. А ми боронилися.

– Так точно, капітане, – отрапортовал Гринько. – Буде зроблено. То правда: ми від них і захищаємося. Вони ж на нас напали.

Он вскинул свой «Вепрь».

Созанчук нагнулся и взял из все еще сжимавшей ее руки Бори Шулинского книжку о лабиринтах любви. А Боря Шулинский смотрел мертвыми глазами в небо, где снова сияло ставшее собою солнце.

ОСТРОВ КАВКАЗ

1

Далеко внизу мутная, зеленовато-коричневая, бутылочного цвета Кура спешит в Каспийское море. Почему все реки впадают в Каспийское море – и Волга, и Кура? Что их туда зовет? Не все, конечно. Амазонка, например, или Миссисипи туда не текут. Но Кура впадает.

31-й этаж гостиницы «Билтмор». Высоко-высоко, а видно хорошо – здания на левом берегу, станция метро Марджанишвили, дальше – крыши района Чугурети, в котором мы с Костей теперь живем.

Тбилиси. Павел Горский произносит – с взрывным «т», словно человек заикается и может сказать это лишь через усилие – «Ттбилиси». Так название города звучит по-грузински. Словно два «тт», а не одно.

Павел объяснил, что казавшееся мне истинно, исконно грузинским Тифлис придумали русские в начале 19-го века, потому что не могли произносить «Ттбилиси» и облегчили себе произношение. Он же за аутентичность: будем называть места по-местному. Поэтому его Кура – это Мтквари, а Грузия – Сакартвело. Грузинское должно называться по-грузински. Павел Горский и сейчас, заметив, что я, стоя у стеклянной стены его офиса, смотрю на текущую внизу реку, говорит: Мтквари. Река Мтквари. Впадает в Каспийское море.

Мы в Тбилиси уже больше месяца. Тбилиси – город, где можно жить. А в Стамбуле можно быть только проездом – по дороге куда-то еще. Тбилиси – хаос разрушенных зданий: два квартала от ухоженного, европейского, отремонтированного проспекта Шота Руставели – и город словно после бомбежки: оползшие окна с висящими рамами, торчащие из стен, ничего не соединяющие трубы, оплетшие старые дома полуобрушенные деревянные балконы, вязь переплетенных узких улиц, клинопись острых грузинских лиц – Ттттбилиси.

Город разбомбила не война, а бедность и грузинское безразличие ко всему, требующему усилий: ведь усилия не приносят радости. Не приносят счастья. А грузины живут для счастья. Хотя, как однажды объяснил мне папин друг, старый режиссер Дато Асатиани, им уже выпало самое большое на свете счастье – родиться грузинами.

Здесь хорошо. Вроде и не дома, а дома. Хотя везде надписи на стенах – «Убей русских», «Фак Раша», «Путин – хуйло». Украинские флаги повсюду. Но и русская речь повсюду – много, много наших. Понаехавших. И никто из грузин на личном уровне – на уровне общения – не проявляет неприязни: все радушны. Благожелательны. По-грузински.

Хинкали-хачапури-пхали. Сыр-мыр, вино-мино. Мимино. Чем не жизнь?

Мы с Костей можем здесь жить целый год, если хватит денег: потом нужно выехать и снова въехать. Старожилы – приехавшие еще до войны – объясняют, что с наплывом релокантов жизнь подорожала втрое, в основном жилье. Но все равно дешевле, чем в Стамбуле. Далецкая присылает деньги, справляемся. Не ясно, что будет, если она прекратит их присылать. Но об этом я буду думать завтра. Или не буду.

Пока же мне предлагают работу. Предлагает Павел Горский. Для которого Кура – это Мтквари, а Грузия – Сакартвело. Который живет будущим. И хочет, чтобы будущим жила я.

Горский старше меня лет на двадцать. Младше Марка лет на десять. Совершенно не мой тип: я автоматически прикинула его как потенциального партнера – так и не научилась смотреть на мужчин иначе. Худой, весь какой-то вытянутый, словно его сплющили между двух досок, а затем доски убрали и осталась узкая фигура с длинным лицом. Невыразительный, взгляд не останавливает. Серо-голубые глаза, волосы табачного цвета, узкие губы. Один глаз больше другого. И странно маленький для такого длинного лица нос. Смотрит, не улыбаясь. Никакого сообщения, никакого подтекста. Смотрит, как говорит: одним планом. Одномерно смотрит.

Павел нашел меня сам – он был в Стамбуле на моей лекции о немом кино, хотя я так и не понимаю, что его заинтересовало: у нас нет (и не может быть) общих знакомых, он уехал – эмигрировал – еще в 88-м, сразу после окончания физтеха. Я только родилась через два года после его отъезда. Все это время он прожил в Америке, а я на Воротниковском переулке. И вот в Тбилиси он нашел меня и пригласил встретиться. А сейчас, стоя рядом со мной у стеклянной стены своего офиса на 31-м этаже самой роскошной гостиницы удивительно родного города над Мтквари-Курой, рассказывает о будущем.

– Анастасия (кто еще меня так называет? Никто), поймите, время традиционных государств с их привязкой к территории, с их аппаратом контроля за гражданами подходит к концу. Можно, конечно, тратить время и ресурсы на реформирование этих систем, латать дыры, но лучше – эффективнее – не пытаться исправить прошлое, причем, плохо работающее прошлое, а построить будущее, поскольку на это будущее имеются запрос и технологические возможности для его реализации. Я предлагаю виртуальное государство вместо нынешних административных систем, придуманных еще в середине 17-го века – Вестфальский Мир, весь этот миропорядок, основанный на национальных государствах, все это наследие, которое уже давно не соответствует уровню развития планеты.

Павел говорит по-русски гладко, словно пишет, и пишет так же гладко, литературно. Никаких сокращений, все полностью. Будто мыслит законченными фразами. Он прислал мне сообщение – как Павел Горский нашел мой номер? Так и не знаю, а спросить не решаюсь. Предложил встретиться: обсудить возможность сотрудничества. Какое сотрудничество может быть у меня с ним – физиком, проработавшим большую часть жизни для НАСА? Когда встретились первый раз, он кратко рассказал о себе: изобретатель, занимался разработкой водородных двигателей для самолетов и бортового питания. Так и сказал: «бортовое питание». Что такое бортовое питание? Я сперва подумала, что это еда, которую дают на борту в самолетах, но потом поняла, что нет. Горжусь своей природной смекалкой. Потому что для самолетных подносиков с едой не нужны водородные двигатели. Или нужны? Кто знает.

— Я — автор множества патентов, — сообщил мне Павел. Без хвастовства, словно отчитывался, откуда у него деньги.

Павел Горский богат. Он живет в Пало-Альто. В Силиконовой Долине. Один в большом доме, не женат (это я выяснила). Ему не до семьи: он занят будущим мира. Мира, в котором люди объединяются не на основе случайности рождения на какой-то территории, а по выбору: с теми, кто разделяет их ценности. Вот для этого я ему и нужна.

Смотрю на него, пока он не смотрит на меня — смотрит в будущее. Некрасивый. Волосы редкие, тонкие, словно серый шелк, наклеенный на длинном черепе. Такие волосы нужно стричь коротко, чтобы не было заметно, что их мало, а он не следит, и они висят с боков, спадают на лоб отдельными ниточками, а не густой прядью, потому что в них нет густоты. Павлу Горскому все равно: волосы у него в настоящем, а он живет в будущем.

Нужно что-то спросить. Спрашиваю.

— Почему люди выберут вашу существующую только онлайн страну вместо своей?

— Правильный вопрос, — одобрил меня Павел. — Выберут те, у кого своей больше нет. Потому и важна нынешняя российская диаспора. Сейчас — как результат войны и последующей релокации российской интеллигенции — создалась уникальная возможность использовать нынешнюю российскую диаспору, оказавшуюся вне родины, без привычной территориальной привязки, чтобы провести эксперимент: построить нацию без территории, нацию, основанную на разделяемых людьми принципах, ценностях, а не на случайном факте рождения в том или ином месте. Российская диаспора как пилотный проект виртуального государства. Если получится у тех, кто вынужден искать альтернативу, другие тоже захотят.

И вдруг добавил — совершенно по-человечески, нормальным языком:

— Им, Анастасия, деться некуда: свою страну потеряли, здесь их не хотят. Мало кто устроится. А мы им предложим объединиться с такими же, как они. Мы построим платформу, рыночное место, форум, где они могут предложить себя и найти спрос на свое предложение. Помните? Греческие города-государства начинались с форума – с рынка. Вот и мы начнем с построения онлайн-рынка для российской диаспоры, рынка, предлагающего работу, учебу, медицинское обслуживание. Рынка, обеспечивающего альтернативный легальный статус. То есть легальный, когда его признают таковым в будущем.

Все про будущее. Только про будущее. А я здесь – в настоящем.

Он на меня совсем не смотрит как мужчина. И первый раз мне такое не тревожно, не обидно, а приятно: Павел Горский ценит меня за меня саму, а не как возможность секса. Раньше мне хотелось привязать, а как еще привязать, кроме как переспать с мужчиной, я не знала. С Павлом не нужно – ни мне, ни ему.

Путин прав, говорит Костя: если бы не Украина, придумали бы что-то еще. Просто потому что не любят. Потому что боятся. И за все винят.

Он стал читать Z-блогеров, смотреть их телеграм-каналы. Говорит, что хочет знать все точки зрения. Я решила из-за этого не ссориться: мир в семье и в человецех благоволение. Сколько это продлится, сколько мы с ним продлимся? Не хочу об этом думать сегодня. И завтра не хочу.

Вот такое у нас с Костей настоящее. Завидую Павлу Горскому: у него нет настоящего – только будущее.

– Павел, а почему кто-то признает вашу страну? Официально признает. Евросоюз, там. Или Америка. Зачем это им?

Павел не улыбается. Он вообще не улыбается. И не шутит. Возможно, в его виртуальном государстве будущего не принято смеяться.

– Анастасия, вы правы: сначала не признают. – Он всегда начинает с согласия, а потом раскладывает по полочкам, объясняя, как я не права. Что-то очень американское, мне кажется. – Но подумайте сами: после начала войны только через Грузию проехало миллион триста тысяч россиян, из которых здесь осталось больше ста тысяч. А Армения, Казахстан, Турция, Израиль, Евросоюз? Южная Америка? Эмираты? Эти люди нуждаются в долговременном легальном статусе, они не хотят, а многие не могут вернуться в свою страну. Хотя кто-то вернулся – около половины. До следующей мобилизации. И это только нынешняя эмиграция. Всего же в мире около сорока миллионов русскоговорящих, русскокультурных, живущих вне России. Если мы сможем предложить работающую модель нового типа государства выехавшим сейчас, то, возможно, другие русскоговорящие, живущие в разных странах, захотят присоединиться. Подумайте, если членами – гражданами – такого объединения станут хотя бы десять, пусть меньше – пять миллионов человек, то это уже небольшая европейская страна – как Дания. Норвегия. Но и миллион человек вполне достаточно: сравнимо с населением Эстонии. Чуть меньше населения Латвии. Больше Черногории – вдвое больше. Причем не забывайте, Анастасия, это образованное, высококвалифицированное население с большим потенциалом. Я встречался с членами Европарламента, они, конечно, пока сомневаются, им трудно принять новую концепцию, потому что им трудно принять новую реальность, но будущее начинается сейчас: уже началось. Российская диаспора оказалась в положении – вынужденном положении – инициатора этого будущего, как часто случалось: новое приходило от россиян, когда никто от них этого не ждал. Как социализм чуть больше ста лет назад: пролетарская революция не должна была произойти в сплошь аграрной стране, а вот произошла. Потому что была горстка людей, смотревших в будущее.

– И что из этого получилось? Что хорошего эта несвоевременная революция принесла России?

Павел Горский не удивляется вопросу. Он вообще не удивляется: у него на все есть ответ.

– Многое, многое. Во-первых, невиданный социальный эксперимент построения государства в соответствии с экономической теорией, а не как там сложилось случайно-исторически. Во-вторых, модернизацию общества – всеобщее образование, равенство женщин, равенство национальностей. В-третьих, опыт идеологии как примата. Хватит, надеюсь, надолго, чтобы отвратить остальных от такой попытки. Но главное – шаг в будущее. Мир, Анастасия, развивается такими шагами, часто ошибочными, несовершенными, но если их не делать, мир увязнет в мышеловке повторяющихся ошибок, одних и тех же войн за одно и то же – с разными названиями. Сейчас система государств привязана к территориям, это определяет их суверенитет, и за это они – в большинстве своем – все время воюют: Россия с Украиной, Израиль с палестинцами, Эфиопия с Эритреей – все эти войны за землю, за ресурсы, которые, как они думают, эта земля им принесет. Нужно освободить их от привязки к земле, от зависимости от территории, нужно показать, что можно жить и без – вне – территории. Виртуальность как новая реальность. Тогда, возможно, элитам станет понятно, что не из-за чего воевать. Что настоящее богатство не в территории, а в населении. И они начнут конкурировать за население, за его ресурсы, за его потребление, а это и есть рынок. Рынок – свобода: спрос-предложение. Рынок интернационален, он не дискриминирует, это меритократия: если ты конкурентен, если лучше других, на тебя найдется спрос.

– А если не лучше? Что ждет тех, кто не лучше? Кто о них позаботится в вашем государстве, если там место только для лучших?

– Для этого и нужны налоги как система отчислений: будем использовать эти деньги на обучение, переобучение, поддержку тех, кто в этом нуждается, – уверенно пообещал Павел Горский.

Он сказал это так, что было ясно: не будет. Не станет тратить ресурсы на нелучших. Нелучшим не было места в будущем. Им и в настоящем-то было не много места.

2

Я зову его Карлуша. Почему Карлуша? Само назвалось. У меня так случалось: нельзя иначе. Так и с Карлушей – никак иначе его нельзя звать.

Знает ли он, что его теперь зовут Карлуша? Если и знает, то скрывает: не откликается.

Карлуша живет на высоком, почти голом платане с причудливо разросшимися узлами в тех местах, где зимой подрезали ветки. Хозяйка нашего дома Манана утверждала, что Карлуша прилетел из Африки, хотя, скорее всего, Карлуша упорхнул из чьей-то плохо прикрытой клетки на соседней улице и обосновался в ее саду. Он почти весь зеленый и только начиная с короткой толстой шейки меняет окраску на желтую, постепенно краснеющую, краснеющую и в конце концов заканчивающуюся толстым красным-красным клювом. Карлуша всегда сидит невысоко – в середине дерева – на одной и той же коротко подрезанной ветке и смотрит на мир миндалевидными черными блестящими глазами, обведенными белыми ободками, словно кто-то взял кисточку с белой краской и обвел его глаза. Такие обведенные белым глаза встречаются не у всех волнистых попугаев, сказала наша соседка Кира. Я так и не поняла, признак ли это исключительности или вырождения. И откуда Кира знала про волнистых попугаев. Люди вокруг меня владели тайнами мира, для меня же тайны оставались тайнами.

Манана, пожилая красивая толстая армянка, заходила в дом раз в неделю, без всяких дел, целей, нужды. Приходила посидеть под высоким, разросшимся гранатом, словно ждала, что он заплодоносит, одарит ее красными, покрытыми твердой кожурой шарами, хотя раньше сентября плодов можно было не ждать; сейчас же стоял конец апреля и было не по-московски тепло. Тротуары Тбилиси заполнили вынесенные из кафе и ресторанов столики, люди пили, ели, шумели – взрывная, неразличимая в своей непонятности грузинская речь, терпкая и вкусная, как грузинская еда, и сразу хочется подражать, говорить с грузинским акцентом словно герои фильмов Данелии, но Кира объяснила мне, что это наследие российского колониализма – экзотизация малого народа. Я не знала, что есть такое слово – экзотизация. Или такое понятие.

– Все эти этнические анекдоты, Ася, все эти передразнивания акцентов, пародирование другости, инаковости, порой совершенно беззлобное, но в то же время обидное для тех, кого пародируют, все это и есть экзотизация, базирующаяся на осознании, утверждении таким образом своего превосходства: я правильно разговариваю, потому что я титульная нация, а они – другие – говорят неправильно. Не знают, как нужно. Не умеют. Стало быть, я могу относиться к ним снисходительно. Как к братьям нашим меньшим. Но иногда можно и бить по голове – чтобы знали свое место.

Я никогда об этом не думала. Выходит, зря. Обижала людей своими мыслями. Но в Тбилиси все равно хотелось говорить с грузинским акцентом, носившимся в воздухе как пряная приправа, как обещание необычного, незнакомого, зовущего, словно горная песня, донесшаяся из-за высокой голой скалы. Неужели я этим обижала грузин? Опять неправильно думаю: грузин и грузинок. А также людей грузинской национальности небинарного гендера.

У Киры и ее жены Саши с гендером было очень даже бинарно: они женщины, любящие женщин. Поженились в Испании, но перед самой войной переехали в Грузию: дешевле. И остались. Обе утверждали, что Грузия совершенно не похожа на Испанию: в Испании – кто бы мог подумать? – царили порядок, чопорность, сдержанность, в Грузии же веселый хаос и безалаберная необязательность.

– Здесь какое-то бесконечное полунинское шоу, – качала головой Саша. – Словно все запускают в небо разрисованные воздушные шарики и следят целыми днями за их полетом.

– Нет, – спорила Кира, – здесь словно все сами запускаются в небо. И одновременно следят за своим же полетом. А на земле неразбериха и полный раздрай. Но им-то что: они по небу летят.

Обе соглашались, что Грузия похожа на Италию. Только еще итальянистее. Грузия – Италия из фильмов Феллини. Только еще феллинистее.

Мне нравится Саша. У нее некрасивое, чуть стертое лицо и большие карие влажные глаза. Потому что она некрасивая, глаза сразу забирают внимание – только их и видишь. Будто жидкая ртуть, только почему-то не серая, а каряя – не оторваться. Гипноз какой-то. Колдовство. Длинные-предлинные ресницы – свои. Высокая полная грудь. Толстые красивые ноги – она всегда носит короткие платья и юбки, плотно облегающие ее широкие округлые бедра – словно дека гитары. Или длинные свитера с лосинами. Я ей тоже нравлюсь. Но нельзя – ни ей, ни мне: у обеих семьи.

Дом наш маленький: три комнаты, и весь дом. Кухня, ванная. Обе спальни выходят на задний двор, где растут две смоковницы и грецкий орех. Никогда не жила так южно. Или это тоже экзотизация? Не обидеть бы грецкий орех.

Дом прячется в кривых узких улочках на окраине Чугурети, недалеко от кладбища Кукия. Здесь дешевле, чем у метро «Марджанишвили», где мы сначала хотели снять жилье, и как-то более по-тбилисски: меньше русской речи, а ближе к реке Куре – Мтквари? – ее все больше и больше, когда же переходишь через мост и попадаешь в центральный Тбилиси – Мтацминда или Сололаки, то словно в Москве. Словно в Москве, куда приехали грузинские туристы. Только в старой-старой Москве – с книжными развалами у станций метро, с неспешащими людьми, с лавочками в маленьких парках, в Москве старых фильмов, где весело и нестрашно. Ее больше нет, она переехала в Тбилиси. А отсюда разъехалась по другим местам – в поисках себя.

Я часто хожу на кладбище Кукия – совсем неподалеку. Там похоронены многие известные люди, и я смотрю на вязь грузинских имен на плитах, на даты оборвавшихся жизней, пытаясь угадать, как им жилось. Как умиралось. Чаще всего я прихожу к могиле Като Сванидзе, первой жены Сталина: она умерла от брюшного тифа в двадцать пять лет, через год после свадьбы, оставив восьмимесячного сына Яшу и безутешного мужа Кобу. Я читала, что Сталин убивался страшно, неподдельно, прыгнул за ней в могилу, но его вытащили. Жаль. Оставили бы там, и всем было бы лучше. Включая его самого.

Сталин кардинально изменился после смерти жены, вспоминают все, кто знал Кобу раньше: мир его предал, и он перестал любить мир. Может быть, он мстил миру и людям за свое горе? Как Иван Грозный изменился после смерти первой жены Анастасии? О нем писали, что после «умершей убо царице Анастасии нача царь яр быти». Стал яр. Грозен. Как и Сталин.

Люди, берегите царских жен. Особенно любимых. Вам же лучше.

С Кирой нас познакомил Миша Назаров: он и жена Катя еще были в Тбилиси, когда мы приехали. Я думала, что Миша захочет продолжать отношения, хотя отношений у нас давно уже не было. Но вдруг? Я их продолжать не стремилась, но и не отказалась бы. Как обычно у меня и было. Написала перед тем, как приехали из Стамбула, созвонились, договорились встретиться. Я пришла одна, а Миша с женой Катей. Это Ася Найденова, подруга Марка Гельфанда, да-да, дочка Романа Кирилловича. Мог бы добавить: и наша с Марком общая любовница. А также любовница всех наших общих друзей. Не добавил. Не хотел перегружать жену лишней информацией.

Стало ясно, что никаких отношений, никаких тайных встреч у нас с Мишей не будет. Мне не то чтобы очень хотелось, но как-то странно: он всегда на меня реагировал как на женщину. Мы уже давно не встречались регулярно, как раньше – у Марка, когда после интересных долгих разговоров про кино, про общих знакомых, про планы, после густого красного вина и множества вкусных сигарет они раздевали меня, и я, путаясь в своей не до конца снятой одежде, ласкала их по очереди и вместе, пытаясь угадать их желания, стараясь доставить им удовольствие, помня, зная, что и как они любят и чего от меня ждут. Иногда мы встречались с Мишей одни, иногда вместе с его другом Ашотом – терпеливым и внимательным любовником, похожим в этом на Марка. Потом потеряли друг друга на несколько лет – оба были заняты, и однажды – незадолго перед войной – случайно увиделись на показе чьего-то неинтересного фильма, обрадовались и долго говорили в баре, пока люди смотрели никому не нужную премьеру. Эта случайная встреча закончилась, как и все наши встречи – предсказуемо. Словно по-другому и быть не могло. Как всегда у нас с Мишей и было.

А в Тбилиси все получилось иначе: подруга Марка Гельфанда. Дочка Романа Кирилловича. Ну и пожалуйста.

Жена Катя очень милая. Красивая – красивее меня, тут не поспоришь, но не только это, а просто хорошая. Ему повезло. Мы с ней потом сходили в торговый центр «Галерея» на Руставели, она мне все показала – где что и где что дешевле. Пили кофе, болтали – с ней легко. Она мне и сказала, что они получили шенгенскую визу и уезжают в Берлин. Потом в кафе пришел Миша – озабоченный, отстраненный – и предложил нам с Костей их комнату в домике с садом, где росли смоковницы, платан, гранат и грецкий орех. Где жил попугай Карлуша.

3

Родионову не нравился этот двор – смурной какой-то. То ли день пасмурный – московский май налетел ночью на город темной грозой, холодным ветром, сырой гнилью, то ли с похмелья двор плыл, качался, курчавился по углам. Зрение у него давно портилось, и сам он барахлил, особенно по утрам, когда выпитое в прошлый день отзывалось мутью в голове и пузырями спазмов в желудке. Лежать бы и лежать дома, не вставать поутру, а согнуться б, свернуться в клубок, чтобы сгущающееся внутри медленное нарастание боли проделало свой путь быстрее и вышло из тела наружу, оставив его в покое, да нельзя: служба. В рот ее ебать.

Он подождал, пока объект наблюдения пройдет через двор, минуя пустые скрипящие качели и старую беседку с отломанными досками, озираясь, ища правильный подъезд, и отрапортовал по портативной рации Никонову – старшему оперативной группы: объект на входе, наблюдение передал. Теперь можно расслабиться, отдохнуть, время есть. Только боль не давала. Родионов выключил звук рации, нащупал в кармане куртки пачку «Упсарин-Упса» и отругал себя вслух матом, что не догадался принести какую-нибудь емкость, чтобы развести шипящие обещанием избавить от похмельной мигрени плоские белые диски таблеток. «Может, просто в рот и водой запить?», – подумал Родионов, но отверг глупую мысль: он однажды попробовал, тоже на дежурстве, и ничего кроме полного пеной рта из этого не вышло. Потом долго плевался.

Все, что Нина Малахова знала о сегодняшнем эвакуанте, складывалось в привычную унылую картину: студент, двадцать лет, Григорий Николаев, просит звать его Гоша. Обычно общение и инструктаж проходили через ТГ-канал «Переправа», который теперь помогал не только украинцам вернуться в Украину, но и россиянам, находящимся в опасности в России ее покинуть. «Переправа» из чата превратилось в движение, и многие участники (а, в основном, участницы) не знали друг друга – с добровольцами в разных городах, использующими придуманные имена, помогавшими бегущим от мобилизации и уголовных дел людям выехать из страны. Деньги после проверки пересылались на карточку, часто через третьи руки, не напрямую, но иногда получатели не могли использовать ни свои, ни чьи-то еще карточки, а вывозить их нужно. Против некоторых были возбуждены уголовные дела за уклонение от мобилизации: это пока только штраф, но кое-кто уже пошел по 207.3 – распространение заведомо ложной информации о действиях российской армии, а это реальный срок.

С Гошей было еще серьезнее: он – за посты в соцсетях – попал под 205.2: «Публичные призывы к осуществлению террористической деятельности, публичное оправдание терроризма или пропаганда терроризма», что означало от пяти до семи. Ничего особенно страшного он не писал, но кого это сейчас останавливает? Только не Центр «Э». Вывозить его нужно было срочно, девочки из движения «В-Обход» – партнеры «Переправы» – подтвердили, что примут Гошу на казахской границе и обеспечат жильем в Алма-Ате. Хотя в Казахстане в последнее время бежавшим от мобилизации и призыва россиянам становилось опасно: их начали задерживать и открывать дела о депортации за нарушение иммиграционного режима. Но там был шанс, а в России у Гоши шанса не просматривалось: только тюрьма. Так себе шанс.

Гоша выглядел старше, чем на присланной копии паспорта, но в остальном так же: худой, угловатый, с длинными жидкими волосами, расчесанными на прямой пробор, и оттого казался похожим на молодого Распутина. Только волосы не были убраны за уши, а спускались к плечам тонкими прилипшими к черепу прядями, словно их пригладили утюгом. Гоша не улыбался. Он смотрел на Нину, будто ждал, что она расскажет, как жить дальше.

Диван в маленькой квадратной гостиной был наспех застелен чем-то неподходящим, зеленым, видно, что на нем спали. Дверь во вторую комнату – спальню – открыта, и там прямо на полу лежал широкий матрас, аккуратно покрытый синим стеганым одеялом.

– Дядя мой, Степан, – пояснил Гоша, заметив Нинин взгляд. – Его квартира. Он свой, против войны. Сейчас подойдет. Да вы, садитесь, Вера... извините, отчества не знаю.

Нина проходила в чате «Переправа» под именем «Вера».

– Можно без отчества, просто Вера. Давайте я вам объясню процедуру.

Тут вернулся Гошин дядя – молодой, постарше племянника лет на десять, не больше, невысокий, широкоплечий, непохожий на Гошу. Это была его квартира, и по строгости, минимальности быта было ясно, что до появления Гоши он жил в ней один.

– Степан, – сказал дядя. – Дядя Степа. Как из детских стихов. Только не такой высокий.

Нина чувствовала, что Степан ей нравится. В ней шевельнулось что-то забытое – из прошлой, давно ушедшей, потопленной в памяти жизни, где она легко сходилась с мужчинами, и чем мимолетнее, чем случайнее это было, тем больше ее волновало. Собственно, эта случайность, необязательность, независимость от чувств ее и волновала: она давала Нине ощущение свободы от любви к Кириллу, словно она передохнула и может любить его дальше. Ждать, надеяться. Страдать.

Она отогнала от себя мысли: мысли были греховными. Но они продолжали лезть в голову, туманить воображение, звать, предлагать, соблазнять, становиться картинками. Нина решила, что не будет смотреть на Степана: она пришла передать Гоше деньги и инструкции, передаст и уйдет.

Ей предстояло объяснить Гоше, где его встретят для перехода казахской границы, кто будет ждать на той стороне и куда отвезут потом. Система за почти год деятельности «Переправы» сложилась и работала исправно: до Саратова через Тамбов и Борисоглебск, меняя электрички, только нужно садиться на местные – без указания на билете пункта следования, чтобы не использовать паспорт при покупке билета, а в Саратове встретят и отвезут на Малый Узень. Там переведут через реку с таким же названием, она же и граница. Нина дала Гоше номер телефона в Саратове, по которому нужно позвонить.

– Вам перед переходом границы дадут номер, по которому позвоните, когда окажетесь в Казахстане: за вами приедут и отвезут в Алма-Ату.

– А если не дадут? – заволновался Гоша. – Что я буду делать? Может, вы мне сейчас дадите?

– Не дам: у меня его нет. У нас все разделено, каждый отвечает за свой отрезок: я за деньги и путь до Саратова, а там девочки на связи с волонтерами в Казахстане. Чем меньше знаешь, тем лучше, – улыбнулась Нина. Она видела, что парень нервничает. – Не беспокойтесь, вы у нас не первый.

– Вера, а на что он там жить будет? Есть, пить? – спросил темноглазый Степан. Он слушал, отпивая чай из высокой кружки с надписью «ГЛАВА СЕМЬИ». По квартире было ясно, что никакой семьи у него нет.

– Он такой не один, там знаете, сколько сейчас уехавших от войны, – Нина старалась говорить уверенно, успокаивающим тоном – как с детьми или со щенками. Она позволила себе взглянуть на Степана и в ней словно что-то скользнуло вниз по животу. Что-то теплое, влажное, давно забытое и задавленное. Нина мотнула головой, отгоняя от себя ненужные, мешающие сосредоточиться ощущения. Мысли ей помешать не могли, с мыслями Нина Малахова научилась справляться, а с ощущениями было сложнее: вылезали в самый неподходящий момент и звали, манили в клубящуюся обещанием счастья темноту, суля радость и свободу. Только такая свобода ей не нужна: ей Христос нужен.

– Много уезжают? – поинтересовался Степан.

– Только мы за этот год больше двухсот человек переправили, – сказала Нина. – А мы такие не одни. Другие тоже помогают.

– Дай бог, – Степан покачал головой. – А то закончили бы на фронте. Так хоть в Казахстане ребята пересидят. Может, найдут что-то постоянное. Тут-то неясно, когда вся эта бодяга закончится.

Он отпил чаю.

– Я в Казахстане не хочу оставаться, – Гоша встал и снова сел на стул. – Я дальше хочу.

– Это зависит от наличия документов, виз. Там на месте решите. – Нина достала из сумочки деньги. – Я принесла вам на билеты, вы, пожалуйста, все билеты сохраните, и потом девочкам в Саратове передайте – для отчетности. А в Алма-Ате вам объяснят, как нужно подавать на гуманитарную визу в Европу.

– Да нет, Вера, вы не поняли: я не в Европу хочу. Я хочу в Украину и там записаться в ВСУ. Я хочу против путинской «ваты» воевать, – Гоша заглянул Нине в глаза – поняла ли. – Они от моего имени начали войну, от моего имени убивают украинцев, так чем я могу помочь? На протесты ходить – посадят, в армию отказаться идти – посадят. И что мне в Европе делать, пока Путин здесь страну разрушает, превращает нас в Северную Корею? Нет, мой долг не в Европе, мой долг – воевать против Путина.

Этого Нина не ожидала: «Переправа» занималась эвакуацией оказавшихся в опасности из России и устройством их жизни там, где позволяли документы и деньги – Казахстан, Кыргызстан, Армения. Дальше, если удавалось получить визы, отправляли в разные места – куда визы удавалось получить, но у большинства, спешно покинувших Россию, не было даже загранпаспортов, а без них далеко не уедешь. Вот и сидели эвакуанты в Казахстане, Кыргызстане, Армении. Хотя и в этих местах становилось все тревожнее и сложнее.

– Вбил себе в голову, – сказал Степан. – Хоть вы, Вера, его отговорите – убьют ведь. Или – еще хуже – сам убьет кого-нибудь. Там же не все путинские фанаты, там мобилизованных много. Их-то за что.

— За то, что пошли на войну, — почти закричал Гоша. Его трясло, словно от высокой температуры. — Могли или уехать, убежать, как я, или в тюрьму пойти за отказ служить в армии. Лучше в тюрьму, чем за эту фашистскую сволочь воевать! — Он повернулся к Нине. — Сможете вы мне помочь перейти потом в Украину? Чтобы я против них воевал? Сможете?

«Легче не из Казахстана, конечно, — подумала Нина. — Легче его через Колотиловку отправить, только нужно документы сделать. Надо у белгородских девочек спросить, Оксана подскажет что-нибудь. Не первый же он такой». Хотя она и не была уверена.

— В принципе, можно, — за окном шел мелкий, но все усиливающийся серый острый дождь. — Но это другой маршрут, нужно время — организовать. — Нина позволила себе посмотреть на Степана — мельком — и сразу отвела глаза. Она чувствовала, что хочет остаться с ним в этой квартире — хотя бы на несколько часов, как много раз оставалась в незнакомых квартирах незнакомых мужчин. Но это было в прошлом. — Если вы, Гоша, хотите ехать в Украину вместо Казахстана, можем обсудить, но подготовка потребует времени.

Гоша неожиданно засмеялся и встал. Дядя Степа тоже встал.

— Обязательно обсудите, Нина Павловна, — весело сказал Гоша. — Только не со мной, а с сотрудником Следственного комитета. И времени у вас для этого будет предостаточно.

Он повернулся к Степану, кивнул, словно отдавал приказание.

— Гражданка Малахова, вы задержаны по статье 205.1 — содействие терроризму, — Степан смотрел Нине в глаза, и она продолжала терять себя в его черных зрачках. — Мы сейчас с вами проследуем для оформления задержания.

Он взял Нину за локоть и развернул к входной двери. Последнее, что она увидела в этой квартире, был промелькнувший, как обещание, угол стоящего на полу матраса, застеленного синим стеганым одеялом.

Родионов посмотрел, как опергруппа Никонова выводит арестованную из подъезда, и доложился, что на месте. Он хотел знать, кто повезет ее в управление — они сами или он с оперативником. Родионов надеялся, что сами и повезут — их же мероприятие. А он бы ограничился рапортом по установлению и проведению наблюдения и баиньки. Мог бы и домой заскочить по дороге — принял бы «Упса», супчик бы перехватил – у него в холодильнике оставалось: мать принесла на прошлой неделе.

– Отвезешь с Панкратенко, – приказал Никонов. – Но не в управление, а по месту прописки – будем обыск проводить. После обыска – оформишь задержание, сдашь в изолятор. А мы пока продолжим оперативно-следственное мероприятие.

«В кабаке вы его продолжите», – подумал Родионов. Но спорить не стал. Он вышел из машины и открыл заднюю дверь, чтобы посадить арестованную. День намечался плохой – с мигренью и кишечными коликами. «Хуй с ним, перетерпим, – решил Родионов. – Служба она и есть служба. Чего от нее еще ждать».

4

Птицы по утрам будят Костю: поют в саду. Я тоже просыпаюсь с их пением, с началом их беседы и лежу, закрыв глаза, слушаю переливы, птичий клекот, не пытаясь угадать, что они говорят друг другу, о чем спорят, на что жалуются, в чем друг друга винят. Хорошо не понимать чужую речь: можно вообразить себе, что угодно, наделить других своими фантазиями, своими представлениями о них. Сделать их понятными, создать такими, как тебе хочется, чтобы они были. Французы, например, всегда должны говорить о любви или философии Дидро. О стилистике Сартра, о построении параграфа у Пруста. О новой французской волне в кино и Годаре. А они, должно быть, говорят о черствых круассанах и плохо работающих туалетах.

Хорошо творческим людям: создают мир, как он им представляется. Как рисует воображение, как диктует порыв. Я же лежу и слушаю птиц, не стараясь распознать смысл их разговоров, потому что смысла нет: поют и поют. Просто петь хочется.

Костя злится – ему птичьи песни не дают спать. Ворочается, ругается. В семь утра – не позже – птицы отчего-то перестают петь у нас за окном, но он уже не может заснуть. Идет на кухню и варит себе кофе в маленькой турке: когда мы спросили у Мананы, нет ли у нее машины «Неспрессо», она вытащила из синего ящика на кухне прячущуюся среди нагромождения пустых, призывно поблескивающих кастрюль старую турку и принесла молотый кофе. Кира и Саша туркой не пользуются: не пьют кофе – берегут здоровье. Костя не бережет: пьет и смотрит в свой телефон – читает новости про Россию. Ничто больше его не интересует. Словно только там и есть настоящая жизнь. Словно настоящая жизнь – только русская жизнь.

Хотя в Тбилиси русская жизнь везде. На улицах в центре развалы книг на русском, причем попадаются удивительные, совсем неожиданные, и неясно, откуда они взялись у пожилых и не очень интеллигентно выглядящих продавцов. Мы договорились не покупать книги: ставить некуда, жизнь наша пока кочевая, не знаем, где осядем – мы в пути. Только не ясно куда. На визы больше не подаем, говорят, не имеет смысла подавать раньше, чем через полгода после отказа. Ждем.

Здесь словно Москва и не Москва. Вокруг говорят по-русски, приезжают выступать российские знаменитости, русские рестораны, кафе, бары, где собираются уехавшие из России – многие знакомые, кто-то нет, но при этом понятно, что ты не в России. Но и не за границей. А где-то посредине, на каком-то странном межграничном пространстве, на какой-то полосе между Россией и нероссией, вроде дома, а все по-другому.

Я вначале думала, что Тбилиси – Остров Кавказ. Нет, Тбилиси – это Тбилиси, столица Грузии. А Остров Кавказ – это то, что мы построили внутри себя, каждый из нас. Каждый из нас как остров, и соберем ли мы эти острова в общий архипелаг, зависит от нас. Павел Горский предлагает путь – собрать. А не соберем, так и останемся маленькими островками посреди чужого моря-окияна. Пока уровень воды от глобального потепления не поднимется и нас затопит.

Костя не хочет здесь жить. Ему все не нравится: ни еда, ни люди, ни антирусскость. Убедить его, что это не против него лично, невозможно. Я перестала пытаться. Говорит про Россию, словно ничего, кроме России, на свете и нет. А Россия совсем близко: российские войска стоят в 60 км от Тбилиси – в Цхинвальском районе. Россия придвинулась войсками – сближение братских народов: танки поближе, и станем роднее.

Я об этом не знала, я совсем позабыла о быстрой, чужой, далекой войне 2008-го: где-то в Абхазии, то ли Северной, то ли Южной – всегда их путала – произошло что-то; то ли мы напали, то ли на нас, стрельба-пальба, но закончилось уже где-то через неделю. Далеко, непонятно, неинтересно, и совершенно по касательной. А когда по касательной, то нас не касается: прошло картинкой в телевизоре и ушло. Перед новостями спорта: столичный Спартак одержал решительную победу. Перед прогнозом погоды: завтра в Москве ожидается облачность, с прояснениями, местами осадки. А здесь, в Грузии, это не по касательной: настоящая война, людей убивали, отняли их землю, и, главное, для них эта война не закончилась – российские войска совсем рядом, до Тбилиси дойдут меньше, чем за пару часов. То есть столица Грузии практически в прифронтовой зоне.

– Ася, это как если бы группировка НАТО стояла в Подмосковье. Ну там на всякий случай – для защиты, скажем, жителей Пушкинского района. Их права на самоопределение.

Антон смотрит в глаза, когда говорит, словно так собеседник лучше поймет. Словно звука его глубокого, чуть вибрирующего низкого голоса недостаточно: нужен взгляд. У него зрачки – спелый крыжовник: зеленые с желтизной. Сам темный, опасный: загорелый до бронзовой золотистости, волосы темно-каштановые, вьются, собраны в пучок на макушке. Мне никогда не нравились мужчины с длинными волосами, с хвостиками, уж тем более с пучком волос – что-то немужское. А ему не мешает: посмотришь Антону в глаза и сразу ясно – мужчина. Процентов на двести. А то и больше.

Я стараюсь не отводить взгляда, хотя почему-то смущаюсь. Понятно почему: он мне нравится. Это я с теми, кто мне безразличен, безразлично свободная, а с теми, кто не безразличен, смущаюсь, тушуюсь, стараюсь их избегать. Прячусь за отстраненностью: вы мне не интересны. И быстрей в постель с кем-нибудь ненужным – лекарство от страха привязаться. Лекарство от Марка.

Антон Скобелев улыбается. У него некрасивая улыбка. Словно сейчас зарычит или укусит. Мне становится жарко: пусть укусит. Только бы насмерть.

Наши соседки Кира и Саша – СММщицы. Они сейчас нарасхват: уехало много журналистов, СМИ в интернете множатся, каждый уехавший интеллектуал открывает что-то медийное, и всем нужны соцсети. А СММщики – это и есть соцсети: исследуют целевую аудиторию и разрабатывает контентную стратегию, как объяснила нам Кира, когда я призналась, что у меня смутное представление об их работе. Девочки работают в трех местах, прямо из дома. Обеспечивают медийное присутствие. И волонтерят в ДРУГе.

Кира и Саша ходят в ДРУГ по очереди: Кира в понедельник и четверг, Саша в среду и субботу. Мы пошли с Кирой: был четверг. Все важное случается в четверг, вот и Далецкая появилась в нашей жизни в четверг. Чем это важно? Не помню: раньше знала, а потом позабылось, позатерлось, позатерялось. Но было важно, что именно в четверг.

ДРУГ находится в Центре Допомоги – Центре Помощи. Я сперва думала, что ДРУГ – просто «друг», оказалось, аббревиатура: Добровольцы России – Украинским Гражданам.

– А почему только украинским? – интересуется Костя. В большом помещении первого этажа по периметру стоят столы, на полу за столами составленные в ряды большие пластиковые пакеты – гуманитарный набор: продукты на неделю, лекарства, детское питание – кому нужно, печенье. За столами добровольцы: отмечают по спискам, кому сегодня выдана помощь.

– Каждый месяц к нам приходит шесть тысяч украинских беженцев, – поясняет Антон. – Всего в Грузии их двадцать три тысячи, в основном, здесь – в Тбилиси. Состав все время меняется: одни уезжают дальше в Европу, другие приезжают. Мы снимаем для вновь приехавших дома, пока они не найдут жилье, выдаем помощь, помогаем оформить документы. Найти врачей. Открыли бесплатную столовую и каждый день кормим пятьсот человек. Теперь еще и малоимущие грузины приходят: им тоже нужно помогать. Здесь государственная соцподдержка не очень: власти и своим мало помогают. А про украинцев и говорить нечего.

– А русским? – спрашивает Костя. – Почему русским не помогаете? Вы сами откуда?

– Из Москвы. – Антон улыбается. – Русским помогают другие – «Прибежище», «Свободная Россия». А мы помогаем украинцам. – Он вынимает сигарету, но внутри курить нельзя – много детей. Прячет обратно в пачку. – Я, Костя, один из немногих россиян, у кого вообще нет никаких связей с Украиной: ни родных, ни друзей. Я не поклонник украинского государства: я его не знаю. Я там даже никогда не бывал, представляете? Нигде, даже в Крыму. Но моя страна убивает украинцев: должен же я что-то для них сделать? Если я это допустил? Вот и делаю.

— А как вы это допустили, Антон? — спрашиваю я. — Вы что — ходили голосовать за Путина? Работали в госаппарате?

— В госаппарате? В смысле чиновником? — мотает головой. — Нет, я медиаменеджер, работал в рекламном агентстве, затем открыл свое. Большие клиенты — российские корпорации. Я политикой никогда не интересовался, ни в чем не участвовал. Мы как жили? Мы бизнес выстраивали, деньги зарабатывали. Весело жили — барная тусовка. Клубы, девочки, зимой в Европу на лыжах или купаться на Мальдивы. В Африку — на сафари. Летом гонки на водных скутерах, соревнования — себя развлекали. Мы что? Мы ждали, пока эти старые уроды в Кремле подохнут, а мы у их сыновей перехватим инициативу, потому что сыновья ни хера делать не умеют, только бабло отцовское пилить и жить на свои привилегии. Не получилось: войну начали. Они войну начали, пока мы соревновались на водных скутерах — кто быстрее. А быстрее оказались они.

Толстая пожилая украинка у одного из столов громко ругается — по-русски. Худенький мальчик лет двадцати, выдающий помощь, объясняет, что сегодня ей не положен гуманитарный набор — она уже получила на этой неделе. Показывает ее подпись: все отмечается в стоящих на столах компьютерах — учет.

— У нас учет, — объясняет Антон. — Я, когда начал, построил этот центр как бизнес: отчетность, лайн-менеджеры, таск-менеджеры, программа списывает каждый выданный набор, каждый продукт, знаем точно, что осталось на складе, какая потребность на следующей неделе. И в столовой также. Только так благотворительность и может работать — как бизнес.

— А деньги откуда?

— Пожертвования. Сделали канал в «Телеграм», еще один в Инстаграме, девочки, — он кивнул на Киру, — девочки помогают вести соцсети, размещают контент. Собираем пожертвования, но не хватает: у меня по месяцу бюджет пятьдесят тысяч долларов, но бывает, что дыра на десять, иногда на двенадцать тысяч. Приходится закрывать.

Я не поняла:

— Что значит закрывать?

— Свои кладу, — вздыхает Антон. — Других-то нету.

— Вы доплачиваете свои деньги? – Костя качает головой. – Зачем?

— Сам удивляюсь, – вздыхает Антон. Он решительно достал сигарету, не вытерпел. – Может, выйдем на улицу?

От крыльца до угла – очередь. Старые, молодые, одинокие, с детьми. Как в газетах: старики, женщины и дети. Шелест украинской речи, но в основном говорят по-русски. В очереди за помощью стоят те, кто должен был встречать путинскую армию с цветами и российскими флагами как освободителей. А они от своих освободителей убежали к таким, как Антон Скобелев. За допомогой.

Антон закуривает, несколько раз затягивается поглубже. Смотрит на очередь.

— У меня было почти двадцать лет активной карьеры – деньги зарабатывал. Тратил много, но все же один – без семьи, так что много и осталось. Когда уехал, перевел в Армению – в Грузии россиянам счета трудно открыть. Вот эти деньги я и использую – закрываю дыры по месяцу.

— А вы сами? – удивляюсь я. – Вы сами на что собираетесь жить за границей? Вы же здесь не работаете?! Что в будущем?

— Я про будущее больше не думаю, – говорит Антон Скобелев, глотая дым. – Я будущим больше не живу – хватит. Я живу настоящим – здесь и сейчас. И делаю, что нужно здесь и сейчас. А придет будущее – посмотрим. Будущее, когда придет, тоже станет настоящим – здесь и сейчас.

Я курю с Антоном, не слушая их с Костей спор, и думаю про Павла Горского, который живет только будущим. В будущем. Ради будущего.

А ради чего жить мне?

5

Файзуллин болел редко, но когда болел, то по полной: с высокой температурой, рвущимся из гортани, распирающим, царапающим связки кашлем, забитым мокро́той горлом и сжимающей, стискивающей, смыкающей глаза головной болью. Есть не мог, только чай пил, хотя жена ему говорила, что чай сушит горло. Но воду Файзуллин пить не любил: неинтересно.

Дома еще болеть можно: Фарида хлопочет, горячее питье, башкирский липовый мед – самый лучший. У башкир пчела особая: во-первых, зимостойкая, во-вторых, дает сухую печатку. Башкирская пчела запечатывает зрелый мед крышечками, оставляя небольшое пространство между мёдом и воском. Эта прослойка и спасает мед при изменении температуры; когда мед расширяется, ему есть куда подниматься, а то бы крышечку сломал и наружу вышел. Но башкирская пчела злая, жуть просто: на рынке в Алматы башкиры, кто мед привозит, рассказывали, что до смерти может заесть. Потому, думал Файзуллин, и мед от нее полезный: в нем злости много, а злость болезнь кусает.

Файзуллин хотел домой, но не мог: отбой из Северного Бутово пока не пришел. Как проверят, что товар в порядке, работает, все по накладной, тогда и поедет. Потому он лежал в просторной комнате, забитой непонятными книгами, и разрывался кашлем. Карлица ходила по коридору, прислушивалась: у нее шаг особый, дробный, и Файзуллин его хорошо выучил. А у старика шаг тяжелый, словно воду несет. Хотя ничего он не носит – так, целыми днями у себя в кабинете ерундой занимается, говорит что-то, а карлица за ним записывает. Файзуллин однажды встал под дверью – послушать, но там лабуда всякая, дела не говорят. Слова и слова, а дела в них нет.

Утром Файзуллин решил унять кашель чаем, как дома делал, и пошел на кухню. Карлица эта, Полина, уже там – старику завтрак готовит. Поздоровался, хотел чайник поставить, только воду налил, и закашлялся, будто отбойный молоток в горле. Сильно, даже присел, словно живот скрутило.

– Вы с таким кашлем должны из комнаты только с маской выходить, – сказала Далецкая. – Вы тут нас всех перезаражаете, а у папы от возраста пониженный иммунитет. Идите маску наденьте, потом в общие места выходите. А то я и так уже после вас ванную вчера дезинфицировала. Понимать же надо.

Хотел ее на хуй послать, но не стал: вдруг с квартиры погонит? Вернулся к себе, так чаю и не попил. Маски у Файзуллина не было, а идти за ней в аптеку – еще хуже потом болеть: во-первых, дождь, во-вторых, в аптеку кто ходит? Больные. Еще чего-нибудь там подхватишь, а ему и этой заразы достаточно. Лег на кровать и голову своим полотенцем замотал: Файзуллин полотенце с собой возил, чужими брезговал. Особенно если карлица ими пользовалась. Сама бы маску надела, чтобы лицо ее жабье не видеть. Тоже мне, доктор. Шла бы на хуй со своей маской. Вместе с папой своим. Папа-то ее скоро подохнет, а Файзуллин поболеет и выздоровеет. Ему только в дорогу нельзя больным: у него ЗИЛ «Бычок»-трехтонка, он даже не груженый внимания на трассе требует, а больной что? Тут не увидел, там скорость вовремя не переключил, и сошел с трассы. Да и не новый у них с Галипом ЗИЛ, брали б/ушный, и пробег уже приличный. Они осенью его менять решили, но пока едет, пусть едет. Чего деньги зря тратить? Хотя деньги у них теперь были: им за поставки на военный склад в Бутово платили много. Файзуллин понимал, что там не просто товар, а такое, что лучше и не знать. Он и не знал.

День не понравился Роману Кирилловичу прямо с утра. Еще не до конца проснувшись, а лишь обозначив свое присутствие в мире уютным поскрипываньем дивана, колебанием ресниц, нарастающим давленьем в мочевом пузыре, узнаваньем заново окружающего пространства, Роман Кириллович чувствовал, что недоволен. Чем он недоволен, понять не мог, но ощущение недовольства было растворено в сероватом утреннем свете, заполнившим кабинет. С ним теперь такое часто случалось.

Иногда – редко – он просыпался счастливый, с радостным предчувствием предстоящего большого события – знакомое чувство из прошлого: впереди студия, съемка, работа, разговоры и часто полуслучайное свидание с одной из. Этих полуслучайных случалось много, и Роман Кириллович не относился к ним серьезно, потому что любил жену Сюзанну. Они слетались на него сами – мотыльки на яркий, манящий их свет; кто-то согревался и улетал, кто-то обжигался и жил потом с обожженными крылышками, но Роман Кириллович этого не знал, потому что мотыльки, приносящие ему частую радость, отдых, подтверждение востребованности, оставались в его жизни приятным шелестом своих крылышек – прошуршали, порадовали и улетели, растворились в небытии.

Он не помнил брянскую актрису Лику, то есть помнил, что было что-то недолгое, сладостное, бурное – первая ночь в его гостиничном номере, куда они поднялись из ресторана, другие ночи, и что-то дневное – быстрое, щемяще горячее, задыхающееся – с полузадернутыми шторами, с невозможностью ждать до вечера, все это было, пока он снимал «Надрыв», но съемки закончились: уехал и забыл. А она возьми и вернись через много лет – сплющенной коротконожкой со сдавленным лицом, семенящей по его квартире и его жизни. Все то случайное превратилось в постоянное, вернулось, аукнулось, проникло в устоявшееся, уложившееся, успокоившееся бытие и заполнило, постепенно подчиняя себе, преобразуя, как туман, затапливающий матовой мутью низкую долину. Только туман этот не собирался рассеиваться, и потому Роман Кириллович просыпался теперь по утрам будто в тумане и долго лежал у себя в кабинете, куда определила его новая жизнь, привыкая к себе заново.

Он с трудом встал и пошел в туалет – мочиться.

Завтракали молча – так обычно и завтракали. Завтракал, собственно, он – круто сваренной овсянкой, Далецкая же стояла у стола, словно воспитательница в детском саду, следящая, чтобы дети хорошо поели. Роман Кириллович запивал кашу сладким чаем из своей большой черной кружки, подаренной Сюзанной. Давно – в другой, теперь почти чужой жизни.

После завтрака он пошел в кабинет и сидел на диване, собираясь с мыслями о следующей главе книги, пока Далецкая возилась с посудой на кухне. Иногда он хотел позвать Сюзанну, но быстро вспоминал, что Сюзанна здесь больше не живет, а содержится – выражение Далецкой – в Доме Ветеранов Сцены. Он навещал ее дважды, она его не узнавала и перебирала бахрому покрывала на кровати, смотря куда-то влево, словно там и был настоящий Роман Кириллович. Он пытался рассказывать жене об Асе, о ее жизни за границей, уверял, что все хорошо, и ответом было шуршание золотистой бахромы в длинных худых морщинистых пальцах. В следующий раз, когда Далецкая предложила поехать навестить Сюзанну, он сказался больным. Она кивнула и больше никогда о Сюзанне не говорила.

– Папа, – Далецкая поставила рядом с ним длинный стакан с теплой водой, куда был выжат лимон: она заставляла Романа Кирилловича пить много воды. – Папа, вы сегодня хотите диктовать про неснятый фильм со Смоктуновским или о влиянии Хуциева?

Роман Кириллович не помнил про влияние на него Хуциева. Переспросил.

— Папа, — Далецкая прочла с экрана стоящего перед нею компьютера. — «Июльский дождь» Марлена Хуциева поразил меня длинными планами, не несущими выраженной смысловой нагрузки, бесконечными диалогами, не способствующими движению сюжета, но создающими ритм, настроение, определяющее зрительское восприятие. Камера словно живет сама по себе, отвлекается на мелочи, словом, похоже на настоящую жизнь, а не на искусство». Это последнее, что мы вчера записали.

Она смотрела на Романа Кирилловича, словно ждала ответа ученика на уроке.

— Воду пейте, папа, не забывайте. Вам нельзя обезвоживаться.

Роман Кириллович отпил теплой противной воды. Чуть не сплюнул, но, сделав усилие, проглотил.

— Где ж здесь влияние? Это оценка, а не влияние. Сам Хуциев был под влиянием Трюффо, особенно раннего. Хуциев перенес новую французскую волну с ее необязательным следованием заявленной истории, с ее отказом от сюжетности на советскую почву. А я-то здесь причем? У меня все свое, мое, собственное. Не было на меня никакого влияния.

«Вот, обиделся, — подумала Далецкая. — А вчера про Хуциева целый час говорил. Не поймешь, что у него когда. Осторожнее с ним нужно: сегодня день важный».

6

Раньше — до переезда на Садовническую — Тихон Никольский никогда не опаздывал в офис: жил далеко от работы, на Краснопресненской набережной, поэтому выезжал заранее. Езды было минут двадцать — без пробок, но когда в Москве, да еще через Новый Арбат, бывает без пробок? Не бывает. Работал он тоже на набережной — Фонд кино находился на Раушской, так что вся его жизнь получалась вдоль реки: и жил у воды, и работал. Только это кончилось: он теперь жил на Садовнической улице и ходил на работу пешком. Там пройти пять минут не торопясь. Тихон не торопился. И опаздывал.

Квартиру — двушку в «Балчуг Резиденс» — купили по везению: война помогла. Бывший владелец в апреле 22-го — после киевского разгрома и отступления – запаниковал и решил окончательно перебраться к семье, давно живущей в Германии. Срочно избавлялся от активов, а тут Никольские. Он хотел сбросить по дешевке, договорились в конце концов на триста миллионов: не задаром, конечно, но считай задаром: в другое время в «Балчуг Резиденс» такая квартира ушла бы за четыреста. Легко. Почти половина у них с Дашей было своих, остальные одолжил ее отец. Повезло.

Тихону вообще везло. Так на везении и ехал по жизни. Раньше он думал, размышлял, пытался понять, везение ли это только или что-то в нем еще есть помимо везения, а затем бросил пытаться: получается и получается, что зря думать, искать в себе, оценивать, достоин ли всего, что достиг, когда главное, что достиг. А раз достиг, значит, достоин.

Иногда признавался себе, что везение его – от женитьбы на Даше. Не было бы Даши, не было бы и везения. Но Даша-то была. И будет. Значит, везение продолжится.

Была у Тихона и другая – Катя, с какой-то змеиной, переливающейся красотой, словно ускользающей от взгляда, и потому красоту эту нужно было постоянно ловить, следить, чтобы не скрылась, растворившись в дальнем воздухе, став маревом, мороком, исчезнув; от Кати нельзя было отрывать взгляда – пропадет. Потом не отыщешь. Тихон понимал, что у Кати он не один, это она у него одна: Дашу он не считал, она была данность, часть его жизни как восход и закат, неотделимость, непреложность его существования, а Катя могла исчезнуть – не найдешь. Катя за него не держалась, и он с ней делился подробностями жизни с женой, понимая, что Даша ей не соперница, что Катя за него не будет бороться – она вообще не будет бороться, потому что уже победила. Когда он рассказал ей, что собирается жениться на некрасивой девушке из богатой влиятельной чиновничьей семьи, Катя, сощурив узкие с зеленой искоркой глаза, сказала:

– А что, Тиша? Хороший для тебя вариант. – И добавила – без улыбки. – Тиша едешь – Дашин будешь.

Он и поехал.

По утрам, когда брился, смотрел на себя и думал: я это? Ведь другим был, совсем другим: творческие планы, сценарист-продюсер, артхауз, «Кинотавр», херня всякая в голове плавала, а получился госчиновник от культуры. Тихон Никольский сбривал мыльную пену вместе с наросшей за день щетиной, смывал теплой водой белые ошметки с лица, промокал щеки и шею мягким бежевым полотенцем и улыбался своему отражения – я. Это и есть я. Настоящий. С квартирой в «Балчуг Резиденс». С женой – дочерью замминистра экономразвития. Это тот, прежний, был не я. А этот – я.

Осознание себя настоящего, нынешнего, его всегда возбуждало: он чувствовал горячее – через низ живота – проходило в пах, нарастало, крепло, рвалось через нижнее белье. Тихон трогал себя, сжимал, словно проверяя, не показалось ли: нет, не показалось – эрекция. Его всякий раз удивляло, как мысли о жизненном успехе трансформировались в сексуальное возбуждение, но времени подумать об этом и понять механизм превращения мыслей в приток крови не было: пора на работу. Тихон Никольский шел на работу, и эрекция томила его, но не долго: дела одолевали. Иногда, когда выдавалось время, Тихон звонил днем Кате: пообщаемся? Если могла, они встречались – в гостинице, всегда в гостинице, номер на ее имя, и Катя помогала ему снять отвлекающее от дел возбуждение. Он ей дарил деньги и возвращался в свою настоящую теперь жизнь.

Странные сложились отношения с Катей: раньше любовь, страсть, невозможность быть без нее ни секунды, теперь – деньги. Катя не жаловалась и не вспоминала о прошлом: прошлого для нее не было. Оно же прошло. А деньги были в настоящем.

Иногда Тихон думал – бросить все и уйти к ней. Но понимал, что и он не бросит, и она его не примет. Лежа ночью в постели с женой, Тихон вспоминал Катину полуулыбку, проступающую из лиловой темноты спальни, – одними краешками губ, ровные зубы чуть поблескивают, и ему становилось холодно, будто в него опустили лед. С Катей счастье было невозможно, без нее же невозможно было жить. Вот и мучайся. Терпи. Зато жизнь сложилась – успех за успехом.

Перед выходом он всегда заходил в спальню, где все еще спала жена, сложившись в клубок под одеялом, – лица не видно, только рыжеватые тусклые волосы по подушке, и целовал Дашу в сухие горячие губы – благодарность за сложившуюся жизнь. Он ее не любил, но ценил, как ценят дорогое и надежное транспортное средство: довезет, куда нужно. А нужно Тихону было наверх.

Далецкая долго обдумывала, идти ли в Фонд кино лично или все устроить по телефону и интернету: заполнить заявки, отослать документы, договориться с человеком, отвечающим за распределение денег на поддержку мастеров кино. Роман Кириллович был мастер кино. Значит, имел право на поддержку. Сам старенький, вот дочь и хлопочет.

Проблем усматривалось две: первая, дочь у Романа Найденова была другая – Ася. Ее знали – киновед Ася Найденова. Публиковалась в разных «Афишах», «Коммерсантах», писала колонки в онлайн. Книгу выпустила про немое кино. Во ВГИКе преподавала. Далецкую же не знал никто, и уж точно никто не знал ее как дочь Романа Найденова.

Вторая проблема – что карлица. Придет лично, и неясно, как на нее среагируют: может, смутятся, стыдно будет калеке отказать, а, может, и наоборот – вызовет отвращение. Далецкая людей за это не осуждала: она привыкла, что к ней не хотят прикасаться, будто заразная, что сначала с любопытством поглядывают, словно на безлапого или как-то по-другому диковинного зверька, а потом глаза отводят. Только в интернате ее никто не чурался, но там и не такие были. Там Далецкая вообще за нормальную сходила, просто ростом маленькая.

Решение пришло из жизни. Она у жизни училась, перенимала: другие книжки читают, но ей ни к чему – там учиться можно, если жить по-книжному. А она взаправду жила.

Папа много рассказывал о Михалкове: гнида, но большой художник. Талант. Настоящий талант. Вся семья их, михалковская, – подонок на подонке, Андрон еще ничего – есть в нем порядочность, искренность, Никита же гнида и холуй. Но талант, не поспоришь. Никитино кино папе было чужое, но талант – высшей пробы – он за ним признавал.

– Эти не потонут, Полина. Эти при любой власти будут наверху, потому что такая порода. При любом царе выплывут, лишь бы царь был в России, а какая Россия без царя? Не потонут, ты же понимаешь, *что* не тонет. Но талантливый народ. Все до единого – таланты. И Никита больше всех.

– А он к вам как относится? – поинтересовалась Далецкая. – Если талант, то понимает же, что вы тоже талант.

– Понимать понимает, хвалил меня много раз – публично. Премию как-то дал – «Нику». Он теперь Андрона на «Нику» посадил – контролирует. Он вообще все кино в России контролирует: Фонд кино вроде бы государственный, а председатель Экспертного Совета его человек из «ТриТэ» – Верещагин. Нет, без Никиты в кино никуда.

Далецкая поняла, что папа Никите не нужен. Оставалось понять, нужен ли папа Фонду кино.

Далецкая шла на встречу с Никольским без волнения: лучше бы избежать, лучше бы по телефону или перепиской, но Тихон объяснил, что существуют условия выделения поддержки на создание Фонда Романа Найденова. И условия эти нужно оговорить при встрече. Далецкая, если чего нельзя избежать, принимала и о том больше не волновалась: чего зря себя изводить, если не избежать? Только нервы портить.

– Вы же Романом Кирилловичем уполномочены обсуждать *все* вопросы? – спросил ее Тихон – голос мягкий, глубокий, словно крепкий чай с медом льется по телефонным проводам, хотя проводов уже никаких не осталось – одна связь беспроводная. – У вас же от Романа Кирилловича имеются все полномочия?

Полномочия у Далецкой были одни: заботиться об отце, которого старшая дочь Ася бросила и уехала за границу. Забота была обязанностью, а обязанности подразумевали права. Потому Далецкая ответила утвердительно: полномочия имеются. Все.

– Вот и хорошо, – сказал Тихон. – Приходите в Фонд, обсудим процедуру выделения средств. Имеются нюансы.

7

Звонок разбудил Файзуллина – он спал допоздна от болезни, но телефон не выключал: так в Бутово велели. Должен быть на связи – день и ночь. Он и был.

– Собрался быстро и сюда, – сообщили ему. – Проблема.

– Проблема? – В голове у Файзуллина плавала холодная муть, в теле – мокрый, затапливающий всю внутренность жар. Его тошнило, нос забит – воздуха нет. Отлежаться бы, чаем отпиться, а тут звонят. – У вас проблема? – переспросил Файзуллин – время тянул.

– У *тебя* проблема, – сказал знакомый голос. – Не то привез.

День и вправду был важный: письмо нужно подписать, больше тянуть нельзя. Не поймут. Она и так Тихону этому обещала, что подпишут еще на прошлой неделе. Далецкая слушала рассказ Романа Кирилловича о съемках фильма «Надрыв», в котором играла мама Лика, но слушать о том не хотела: ей про маму было неинтересно. Она про нее сама все знала и для себя определила: умерла мама. Она, может, в интернате еще долго жить будет, но для нее умерла. Как она для мамы когда-то. Только Далецкая из мертвых в живые вернулась, а маме не выбраться.

Она смотрела на Романа Кирилловича и думала, как подобраться к главному. Главным было письмо. Тихон объяснил, что без письма денег на сохранение наследия не выделят. Ясно сказал.

Тихон Далецкой понравился: красивый мужчина. Молодой, а на должности. Он на нее только в начале глянул – не гадливо, а удивился вроде – кто это, зато потом говорил как с нормальной. А она нормальная и есть.

– Вот такая у нас с вами ситуация, Полина, – повторил в конце разговора Тихон. – Дело государственное, Роман Кириллович человек важный, знаменитый, гордость отечественного кинематографа, так что ожидаем от него понимания и поддержки. И мы в свою очередь его поддержим – выделим бюджетные средства на ваш фонд.

Так и сказал – «на ваш». Ей польстило. Она улыбнулась про себя, вспомнив его слова – приятно. Голос отца висел в воздухе кабинета, вибрировал, и она продолжала за ним записывать, слыша, но не слушая: Далецкая могла думать об одном и делать другое.

– Тогда, в основном, монтировали через панораму, чтобы скрыть сшивку кадров, – Роман Кириллович отпил кислой воды, поморщился. – При переходе – после завершения кадра – крутанули камеру, соответственно очередной кадр начинают так же – с вращения. Сгладили, скрыли следы монтажа – смена кадра стала незаметной. Например, переход в одном пространстве или от одного персонажа к другому – подчеркнуть временной отрезок между соседними кадрами, что вот время прошло, а переход плавный. Словно жизнь течет единым потоком — река, а реку не разделишь. И время не разделишь. И жизнь не разделишь.

Далецкая коротко впечатала сказанное Романом Кирилловичем в текст будущей книги: «Приемы монтажа — отражение жизни. Плавность — единое время. Река. Жизнь». Она потом расшифровывала — по памяти. Память у нее хорошая: Далецкая все помнила и не тревожилась, что забудет детали. А и забудет — не страшно: он еще наговорит.

Что-то в сказанном — про время — ее задело. Было в этом что-то важное, словно для нее сказано, будто в помощь. Только понять не могла. Прислушалась.

— А в «Надрыве» я по-другому снимал, — продолжал Роман Кириллович. — Фильм о надрыве — 90-е, жизнь надорвалась, порва́лась дней связующая нить, все рассоединилось — и в стране, и между людьми, и внутри семей, и внутри самих людей — из целого, общего стало сегментами. Как показать? Мы с Глушковым — оператором — долго думали и решили: никакой плавности, никаких бесшовных переходов: кадр — отбой, кадр — отбой. Поэтому весь «Надрыв» сняли с крышкой.

— С крышкой? — не поняла Далецкая. — С какой крышкой?

— Это прием такой, его сейчас все используют, после нас стал популярным: мне Ася сказала, что теперь даже видеоблогеры так снимают. А первые мы были, Полина. Мы.

«Вот что для него «Надрыв», — решила Далецкая, — Он прием новый нашел — как снимать, а про маму не вспоминает, что ее на съемках встретил. Это для него неважно, ему крышка важна». Ей стало обидно, но не за маму, а за себя: она же, Далецкая, из надрыва этого и родилась. Он и думать о том не думает. Ему крышка важнее.

— Там суть такая, — продолжал рассказывать ее отец. — В момент завершения очередного кадра оператор закрывает объектив крышкой, а при начале съёмки последующего кадра ее снимает. При монтаже момент затемнения в первом кадре и темная часть в начале следующего вырезаются. Получается, что кадры соединяются черным переходом, словно надрыв по пленке, когда еще на пленку снимали.

«Может, потому что он так снимал — с надрывом, и я такая родилась?», — подивилась Далецкая. Она понимала, что глупость, но в этом объяснении было что-то успокоительное, потому что раньше у нее никакого объяснения не было: неудача по жизни, и все. Никто не виноват.

А теперь, выходило, виноватый нашелся: кадры разрывал своей крышкой, и жизнь ей разорвал. Далецкая про себя улыбнулась: он ей должен. За надрыв.

Роман Кириллович посмотрел на Далецкую – понимает ли. Не поверил, решил объяснить:

– У героев фильма вся жизнь разорвана – каждый момент теперь сам по себе: и внешне, и внутри них самих. Понимаешь? И мы нашли как это показать. Жизнь надорвалась, и средства изображения должны соответствовать. Революция, если честно. Только тогда мало, кто понял, – добавил Роман Кириллович и отпил воды. Пить ее было противно.

А в голове у Далецкой нужное высветилось: вот он, момент. Она главное услышала: средства должны соответствовать жизни. А жизнь должна соответствовать времени. Сейчас она ему это и объяснит: время такое наступило – письма подписывать. Жизнь такая.

Файзуллин решил поехать в Бутово на машине: он не знал, как все обернется: вдруг, скажут забрать товар? Такого еще не было, но все случается в первый раз. Нужно готовым быть.

Он запихнул в рот три таблетки анаферона – Фарида им лечила детей и совала ему в сумку при каждой поездке. От таблеток вкуса не было, и Файзуллин чувствовал их слабое, еле заметное шевеление во рту, словно таблетки ворочались, пока рассасывались. Он пошел на кухню – пустую: карлица с отцом сидели в кабинете, трындели о своем пустом, и поставил чайник. Заварил в высокую кружку два пакета, подождал. Глотнул только и его чуть на кухне в раковину не вывернуло: еле добежал до туалета, глотая рвоту. Стоял на коленях у толчка весь мокрый, пока выворачивало – до горькой плотной тяжелой желчи. Но стало легче – в голове просветлело.

Файзуллин решил чай не пить, положил в рот еще две таблетки анаферона – прежние-то у него с блевотиной вышли. Запер комнату – ему сучка эта ублюдочная разрешила свой замок врезать, за его счет, понятно. Проверил ключ от машины и закрыл за собой входную дверь.

Роман Кириллович перечитал текст письма дважды. Он понял сразу: помнил эти слова по советской жизни, тогда много таких писем давали подписывать. Ему не давали: он никто был – модный авангардист. Снял три фильма в той жизни: первый, «Испытание» – как сумел такое снять в двадцать шесть лет? – успех, шум, на все фестивали отобрали – и в Берлин, и в Карловы Вары, и дома – на Московский Международный. На Венецию представить не захотели – выбрали Парамоновскую «Дорогу на север», про трубоукладчиков, ну, и, понятно, про трубоукладчиков на Венецианском не прошло. А послали бы «Испытание», может, чего-то и получили бы. Испугались – 70-е, венец застоя. Но заметили и дали дальше снимать.

Следующие два его фильма пошли сразу на полку. Роман Кириллович помнил приемку комиссией Госкино – идеологически не выдержано, нетипичные персонажи, не отражает советскую действительность. Времена были – поздний Ермаш: все вроде все уже понимали, почти вслух говорили, но совсем вслух было нельзя. А он вперед забежал. И легли его фильмы на полку.

Потом-то, конечно, их показывали – и театральный прокат, и по телевизору крутили, только время прошло. Ушло. Другое наступило время, а эти фильмы остались в том, прежнем. Так Роман Кириллович понял, что фильмы плохие, хотя ему сначала казались удавшимися: хорошему кино время не мешает, потому что оно о безвременном. Он о них не жалел.

– Я никогда ничего такого не подписывал, даже при советской власти, – сказал Роман Кириллович. – Зачем?

Далецкая ожидала, что получится не сразу, готовилась.

– Я, папа, при советской власти не жила, может, тогда можно было не подписывать, а деньги на кино все равно давали. А сейчас не дадут. И Фонд Романа Найденова не дадут сделать. Ясно сказали.

– Ну, не дадут. Я и раньше без фонда этого жил. И дальше поживу. Да и зачем он мне?

«Нажать надо, – поняла Далецкая. – Только мягко, а то упрется». Ее злило упрямство Романа Кирилловича – говорили же о фонде, обсуждали, планировали: сохранить наследие, стипендии для молодых режиссеров-новаторов, издание книг о его творчестве, а если совсем хорошо пойдет – Кинофестиваль Романа Найденова. А тут делов-то – письмо ихнее подписать. Сейчас люди и не на такое идут, пусть телевизор посмотрит, как там все распинаются, друг друга пытаются перещеголять – кто больше власть любит. Кто больше войну поддерживает.

Нельзя спорить. Убеждением нужно. Вроде как мы с ним против тех, других. Вроде как мы их обманываем и свое получаем. Наследие сохраняем.

— Папа, я вас понимаю прекрасно. Мне самой не нравится, и я их заставила текст изменить, — врала Далецкая. — Там в оригинале такое было… Но я сказала: Роман Кириллович это не подпишет. Они мне: ну, остальные же подписали. И Зотов, и Ривкин, и Макаров подписали.

— Макаров? — удивился Роман Кириллович. — Ну, эти два меня не удивляют, ты бы еще Михалкова с Шахназаровым назвала, но Коля Макаров?!

«Зацепило, заглотнул, теперь главное, чтоб не сорвался, — думала Далецкая. — Напирать нужно, что текст для него лично изменили, для него на уступки пошли».

— Они мне в Фонде кино: мы ни для кого текст не меняли, нам этот текст из администрации президента спустили, а я им: вы, пожалуйста, Романа Кирилловича с другими не равняйте. Он — не другие, он — Роман Найденов.

Роман Кириллович, казалось, не слушал и в третий раз перечитывал письмо от деятелей культуры. Оно обращалось к президенту и было ненужно длинным, многословным, начиналось с исторического обзора и утверждения единства Руси, частью которой является Украина, причем именно Руси, а не России. Он, может, и сам так думал, но зачем эта славянофильская пошлость? Имперская пышность? Высокий штиль? Текст не подходил ему эстетически.

— Они его на войну благословляют, просят не останавливаться, выражают поддержку войне. Как такое можно? Люди же погибают. За что? Кому это нужно?

— Там слова «война» нет, — возразила Далецкая. Она посмотрела на свою копию письма на столе. — Тут сказано: «Всецело поддерживаем ваше мудрое и ответственное решение начать специальную военную операцию для защиты наших братьев в Донбассе». Про войну ничего. Тут про защиту.

— А почему только братьев? — Роман Кириллович развеселился. — А сестер защищать не будем? Пусть гибнут от, — он взглянул в текст, — от рук националистов и фашистов, захвативших в заложники народ нашей родной Украины? – Его смешила стилистическая глупость текста, и смех, ирония, как обычно, явилась защитой от подлости. – А старики и дети? Бросим на растерзание, – он сновал взглянул в текст, – на растерзание заокеанским кукловодам, мечтающим о разрушении Святой Руси?

Далецкая чувствовала, что пошло не так, но *что* именно пошло не так, пока не понимала: то ли текст не устраивает, то ли суть. Решила попробовать:

– Можем вписать про сестер, про стариков и детей, если хотите. Я думаю, там возражать не будут.

– Да брось ты, Полина, – Роман Кириллович неожиданно – рывком – встал с дивана и бросил два листка с письмом на пол. – Я этот православно-большевистский бред никогда, понимаешь, ни-ког-да не подпишу. Противно же, неужели тебе не противно? С ними в одной упряжке бежать – ни-ког-да! И не нужно мне от них денег – ни на фонд, ни на кино, – ничего не нужно! Пусть вообще все заберут – и звание свое – тоже мне почет – «народный артист России», плевал я на их звания, пусть все, все забирают: не под-пи-шу! И не говори со мной больше об этом.

Он легко – откуда эта легкость? – повернулся и вышел. Дверь осталась неприкрытой, и сквозь нее в кабинет пролился свет из большой комнаты с тремя высокими – в полстены – окнами. В кабинете же было одно узкое окошко, смотревшее в тусклое даже в солнечную погоду пространство маленького двора с четырьмя мусорными бачками, но Романа Кирилловича устраивало отсутствие вида из окна: не мешало работать. Он теперь проводил в кабинете весь день, затворившись от остальной квартиры, от остальной жизни, от остального мира, и вдруг вышел.

Далецкая слушала его тяжелое – с оступкой на левую ногу – хождение по квартире, угадывая, где он – вот вдоль коридора, остановился, посмотрел на набитые по стене полки с книгами, вот зашел на кухню – до окна и обратно, вот зачем-то ушел в снова просторную переднюю – она Асины и Костины вещи убрала на антресоли, перебирает что-то в шкафу – что? Неужели на улицу собрался? Один? Он уже давно без нее никуда не выходит. Он уже давно без нее вообще никуда. Откуда вдруг эта сила, самостоятельность эта?! Далецкая поднялась и пошла к отцу – надзирать.

Кирюшин понял, убедился, что болен, когда по утрам начал рассматривать свой кал: он уже больше полутора месяцев недомогал – тошнило, слабость, пот прошибал, температура скакала, думал – вирус. Принимал сперва антивирусные, самолечился, когда не помогло, почитал про антибиотики и купил какие народ в чатах хвалил. Кирюшин был человек обстоятельный – Бауманку закончил с отличием – и выбрал препарат, хоть и не первый в списке, но с наибо́льшим числом положительных отзывов и наименьшим количеством побочек – сумамед. Только не помогло. Тогда и решил пойти к врачу. Хотя и без врача уже понял – по желтым зрачкам, по зуду кожи, по темной, как пиво, пахнущей кислым моче – гепатит.

Но окончательно – перед походом к врачу – капитан Кирюшин понял, чем болен, когда рассматривал на дне унитаза свой плавающий в воде, но не тонущий, легкий, светлый, будто обваленный в муке, кал. Он набрал симптомы в Яндексе и выскочило – гепатит Б. Почитал про последствия и в тот же день записался к гастроэнтерологу: в полковой поликлинике не было отдельного гепатолога. Не ошибся с диагнозом. А жаль.

Сам виноват: надо было той сучке в рот с гондоном давать. Он ей еще лишнюю тысячу заплатил – за «без резинки». И получилось – без резинки, зато с гепатитом. Минет с бонусом. Если б не пробки московские, не заболел: пробка на трассе из Бутова, а она на трассе и работала: или дальнобойщики остановятся, или такие как он – устали в пробках стоять. Захотели расслабиться. Ну и расслабился – с потенциальным циррозом печени.

Он ее не винил: девка работала – ее попросили без резинки, она обслужила. Он себя винил.

Иногда, когда тянуло, щемило в правом подреберье, Кирюшин думал, что ведь и у бляди этой болит, и ему становилось легче. Он пытался ее вспомнить – лицо, волосы, но не мог: она по зиме была в белой пушистой шапке, которую не сняла и все время поправляла рукой, пока сосала: шапка спускалась на лоб, закрывая ей глаза. Этот жест – как поправляла шапку – Кирюшин помнил, а лицо вспомнить не мог. Да он и не смотрел на нее: к чему смотреть?

Сейчас капитан Кирюшин смотрел на приведенного к нему испуганного казаха и видел в его пожелтевших белках, в желтушности щек, в пахнущей едким испарине свою болезнь. Файзуллин потел, хотя на складе было холодно – нельзя электронику перегревать, и по его угреватому лбу блестел пот. «Интересно, он как заболел? – думал Кирюшин. – Тоже половым путем или наркоман?» Хотя, по правде, ему это было неинтересно.

– У тебя суставы болят? Моча темная? – неожиданно для себя спросил Кирюшин. И не понял, зачем спросил.

Файзуллин смотрел на молодого толстенького пухлого капитана, словно не понимая вопроса. Его трясло – еле доехал. Ему бы лечь и чаю с медом башкирским, да теперь мед будет не скоро. Не до меда. Живым бы выбраться.

– По-русски понимаешь? – спросил казаха Кирюшин. – Или вы в Казахстане теперь по-русски уже ни бум-бум?

Стоящий рядом сержант Гаврилин коротко засмеялся – угодить капитану. Но не слишком громко – субординация.

– Я татарин, – сказал Файзуллин. – Не казах – татарин. Живу в Казахстане.

Ему казалось важным объяснить разницу.

– Один хуй – казах, татарин, – прервал его сержант. – Отвечай капитану – ты чего привез.

Файзуллина качнуло, ему хотелось сесть. Лучше лечь. Но нельзя: стоять должен. Да и не ляжешь на пол. А ляжешь – не встанешь.

– Не знаю я, – сказал Файзуллин, – мне что погрузили, то и привез. Я за перевозку отвечаю, а комплектацией другие занимаются. Нам в Алматы на склад уже запакованное доставляют, мы прямо в упаковке перегружаем и вам везем. Мы и не знаем, что там.

«А ведь и вправду не знает, – Кирюшин удержался, чтоб не зевнуть – не солидно. – Их турки подставили, нужно было бы с турок и спрашивать, а не с барана этого. Хотя с турок особо не спросишь: на хуй пошлют. Мы от них по этому сегменту на сто процентов зависим. И как мы комплектовать будем? Меня же и накажут». Он понимал, что еле стоящий, еле держащийся прямо казах-татарин не виноват, но до виноватых было не добраться. А если так, то виноватого нужно назначить. Сейчас назначим.

После Бауманки Кирюшин поработал пять лет инженером, и тут война. Его вызвали в военкомат и предложили должность. Почти по специальности. Но его не специальность привлекла, его деньги заманили: платили двести сорок две тысячи, как командиру отделения на фронте, плюс двадцать три штуки за звание – оклад. А он не на фронте был, а в Бутово – разница большая. Он не в БТР под украинской артой по полям гонял, а на своей тойоте на работу – по трассе. На той трассе вся опасность – пробки и проститутки с гепатитом. А деньги те же, что на фронте. Потому и контракт подписал.

Да и работа интересная: Кирюшин отвечал за скрытый импорт комплектующих для российских ракетных комплексов, но российскими, по правде, они только назывались: в них российского было немного. Чтобы запустить ракету, нужно сначала найти цель для удара с помощью, например, беспилотника-разведчика «Орлан-10», затем передать координаты цели по комплексу радиосвязи «Акведук», а только потом выпустить ракету из реактивной системы залпового огня «Торнадо-С». Все они – и «Орлан», и «Акведук», и «Торнадо-С» – наши, российские, только не работают без иностранных компонентов: в «Орлане-10» японская камера Sony на карданном подвесе с американским электродвигателем Hextronik, система управления на микроконтроллере от швейцарской компании STMicroelectronics, двигатель тоже японский – Saito Seisakusho. «Акведук» вообще на две трети американский: микроконтроллер – от Analog Devices, цифровой сигнальный процессор – от Texas Instruments. И сама российская ракета 9М549, которую запускают из «Торнадо-С», не полетит без навигационных устройств от американских Altera Corporation и Cypress Semiconductor. Вот и российская оборонка. Войну с НАТО, битву ни на жизнь, а на смерть с коллективным врагом Россия без этих врагов вести не могла: своего у нас были только деньги, думал Кирюшин, когда выстраивал цепочки импорта необходимых для запуска ракет частей через Турцию в Казахстан. Там цепочка обрывалась: погрузили выпотрошенную в Турции бытовку – холодильники, телевизоры, стиральные машины, набитые нужной для ракетных комплексов электроникой, и повезли на склад в Бутово. Тут бытовку разобрали, комплектующие вынули и отправили по оборонным заводам. Вот и слава русского оружия. Мы эту славу в чужих холодильниках привозим.

Чипы шли из Тайваня через Китай, но Кирюшин чипами не занимался: он сидел на ракетном импорте. Без него ракеты не летали.

«Что с ним делать? – думал Кирюшин. – Он и вправду не знает, как турки старую, да еще и не ту – подешевле – электронику в бытовку запихнули. Отпустить нельзя, конечно, тебя самого потом не отпустят. Ладно, проведем как преднамеренную диверсию от СБУ: украинцы казахов завербовали, ну, а дальше понятно». Ему понравилась эта мысль: она отводила удар от него самого. А что татарина этого ФСБ на диверсию нагнет, Кирюшин не сомневался: нагнут, кого хочешь. Во всем признается. В чем скажут, в том и признается.

Он встал с неудобного жесткого стула и кивнул сержанту Гаврилину:

– Запереть до приезда эфэсбэшников, охрану приставить.

И пошел прочь, не оглянувшись, – к себе в отапливаемый электрообогревателем закуток: писать рапорт о диверсии.

8

Идея познакомить Антона Скобелева и Павла Горского принадлежала мне: хотелось послушать двух разных людей – один про настоящее, другой – про будущее. Главное же, я хотела вытащить Костю из кокона обид, из норки прошлой жизни, куда он спрятался от жизни нынешней, жизни вокруг. Костя упорно жил прошлым. И мысли его были прошлые.

– Ты с кем из них спишь? – спросил Костя, когда я рассказала про готовящийся ужин с Антоном и Павлом. – Или с обоими?

Он все еще думал обо мне прошлой. А я становилась другой. Но моему мужу было удобнее со мною прошлой: привычнее, понятнее.

– Костя, любимый, ни с тем, ни с другим. Ты же знаешь, я никогда от тебя ничего не скрывала. Я же честная. Я бы тебе рассказала, если б что-то было.

Сад Мананы шевелился весной – зеленел, распускался, готовился. Гранат над столом, где мы с Костей курили, собирался зацвести через месяц – в июне, и мы ждали его цветения: ни Костя, ни я никогда не видели, как цветет гранат. Птицы молчали, отпев поутру, но казалось, что их клеканье, их узкие переклики еще бродили в прозрачном воздухе сада, не умолкали в голубом-голубом небе, куда поднимался и быстро таял рваный белесый дым от наших сигарет.

– Зачем мне туда идти?

– Познакомишься с людьми. Мы здесь уже скоро четыре месяца, а ты так никого и не знаешь. Ни с кем не разговариваешь. Не общаешься. Сидишь дома и смотришь в телефон. Или ходишь со мною по городу – и только со мной. А жизнь идет.

– Моя жизнь осталась в Москве, – сказал Костя. – Там жизнь. А здесь так… ожидание одно. И ждать нечего: никуда нас никто не пустит.

– Костя, нам никуда и не нужно: мы уже здесь. Вот я и хочу, чтобы ты познакомился с людьми, которые живут свои жизни здесь, думают про то, что сейчас и что будет, а не про то, что было. И не только думают, а делают – строят эти сейчас и потом. Действуют. Я устала ждать жить: я хочу жить прямо сейчас. И хочу, чтобы ты начал жить прямо сейчас. Как они. Пойдем с ними на ужин, хорошо? Пожалуйста.

Костя промолчал, не ответил. Я решила, что молчание – знак согласия.

Ресторан выбрал Антон: он жил в Тбилиси давно и знал места. Я тоже знала места, но, в основном, в Чугурети: где жила, там и ела. Иногда, очутившись в центре, мы с Костей, устав от ходьбы по петляющему внутри себя городу, садились, где придется, где найдется, но не запоминали чудесные, чу́дные, чудны́е грузинские названия: они оставались картинками, а не звуками. Так и говорили – «Пойдем к фазану?»: это было небольшое кафе с чучелом фазана в стеклянном фонаре на потрескавшейся деревянной подставке, привинченной к стене перед входом. Или: «Сегодня в оркестр?» – темный-темный, вечно полупустой ресторан в Сололаки, где по стенам стояли старые музыкальные инструменты – немое фортепьяно с крутящимся красным стулом; три поблескивавшие древним лаком скрипки – песочные часы, уставшие отсчитывать ход времени; одинокая широкобедрая виолончель в навсегда раскрытом футляре и навеки замолкнувшая тусклая туба с закрученной, словно кишки, мензурой. Хотя, возможно, это и не туба, а эуфониум. Чем они различаются? Не помню.

Ресторан, предложенный Антоном, назывался «Мшвениери Сардапи». Спуск в подвал с вывеской где-то сбоку, и не поймешь, чья это вывеска. Каменная лестница, пять ступенек – высокие и узкие, словно не думали, что по ним будет неудобно спускаться, когда строили. Может, и не думали.

Входишь – будто погреб: пол – кирпич, стены – кирпич, только потолок деревянный – темные балки, вдоль потолка – прямыми углами медная труба для вентиляции, старая мебель – покоробившиеся от неупотребления шкафчики со странными бутылями и насовсем запертыми дверцами – ключи от маленьких ржавых замков давно затеряны. Широкие полки, на которых тускло отсвечивают банки с закатанными помидорами и маленькими узкими острыми перчиками «бычий рог», и в самых неудобных местах на полу – ненужные высокие глиняные кувшины, словно свидетели ежедневного поглощения грузинских вкусностей. Окон нет: подвал же.

– Что означает «Мшвениери Сардапи»? – спросил Антона Павел Горский: ему нужно все знать, все определить – мир не должен, не может оставаться необъясненным.

– Чудесный подвал. Переводится «чудесный подвал».

Только не переводится ничего с грузинского – остается грузинским.

Ттттбилиси – город чудес. В нем подвалы и те чудесные.

Мы не остались в зале: Антон провел нас сквозь его кирпично-деревянную полутьму, и мы вышли в маленький дворик, в центре которого стоял уже накрытый на четверых стол – тарелки, бокалы, бутылки с «Боржоми», кувшин с водой, в которой плавали узкие дольки лимона и маленькие листочки мяты. Как только мы сели, принесли нарезанные овощи и кинзу.

Над нами – на балконах, нависавших по стенам жилых трехэтажных домов, окружавших двор как высокие заборы, шла своя жизнь. Старые резные балконы – с отданной погоде мебелью, больше ненужными детскими велосипедами, гортанно переговаривавшимися старухами с выточенными из камня лицами и молча курящими молодыми мужчинами в черном, будто в трауре по тем, кто уже никогда не будет курить. Через двор – почти над нашими головами –

словно телеграфные провода тянулись веревки, на которых сушилось выстиранное белье.

Люди на балконах жили, не обращая на нас внимания. Предполагалось, что мы тоже не должны их замечать. Двор не пытался казаться кавказским садом: ни растений, ни переплетения фальшивого винограда над головами, ни искусственной пальмы в кадке. Двор был двором. И этого не стеснялся. Не прятался.

Еду заказывал Антон – по праву старожила. Молодой официант, толстый красавец, скользнувший по мне взглядом – я надела короткое красное узкое платье, не записывал наш заказ и, казалось, не слушал Антона, потому что уже решил, чтó мы должны есть.

– Хинкали калакури на всех, – диктовал Антон.– Еще…

– Пасанаурули берите, – перебил официант. – У нас хинкали пасанаурули – нигде в городе не найдете.

Он говорил с сильным, стягивающим русские слова, акцентом, но грамматически правильно. Большинство молодежи в Тбилиси не говорили по-русски, и мы с Костей, когда терялись, спрашивали дорогу по-английски. Его это злило: Костя считал, что молодые грузины притворяются, будто не понимают по-русски. Он воспринимал это как проявление русофобии, охватившей окружающий его мир.

Официант чуть повернулся ко мне и сказал что-то по-грузински. Со мной на улицах здесь часто заговаривают по-грузински, принимают за свою. Почему нет? Брюнетка, с темными-темными карими глазами. Мамина кровь. Я поняла только «пасанаурули». Кивнула.

– Да, пасанаурули тоже, – согласился Антон. – Тогда хинкали половина на половину – четыре одних, четыре других.

На закуску заказали пхали и мои любимые баклажановые рулеты с грецкими орехами; как можно так вкусно есть? Как можно придумать такую вкусную еду? Откуда у грузин это чутье на сочетание ингредиентов, как у художников на сочетание красок? Хочется съесть все, а потом лечь и болеть.

Нельзя: я тогда в это платье не влезу. И в зеленое с разводами тоже не влезу – оно еще больше обтягивает. Мне нужно их иногда носить: узкие платья дисциплинируют. Особенно в Тбилиси.

– Аджарский хачапури – не больше двух, разделим, – продолжал Антон. – На горячее…

— Аджарский? Я не знала, что хачапури – аджарский.

— Трех видов бывает: аджарский – как лодочка с сыром, сырой желток и масло, его везде подают. Имеретинский...

— Имеретинский нет, не даем, – перебил официант.

— И не нужно, – согласился Антон. – Имеретинский – с сыром внутри, без яйца, еще бывает мегрельский – сыр и внутри, и сверху. Но аджарский, поверьте, самый вкусный. Я за год жизни здесь заметил, что в грузинской кухне самое вкусное – что дают везде. Самое популярное, самое массовое – оно и самое вкусное.

Я взглянула на официанта: согласен ли. Он заметил мой взгляд и качнул ресницами – то ли да, то ли нет. Молодой красивый толстый сфинкс.

— На горячее чакапули берите, – тон у него был почти приказной: лучше вас знаю, что нужно. Я бы подчинилась.

— Нет, нет, – Антон покачал головой. – Я у вас люблю шкмерули. Такого шкмерули нигде в Грузии нет.

Официант кивнул – не спорить же. Спросил про вино.

— Начнем с «Саперави» или «Баракони»?

— Я не пью, – Горский показал на стоявшую перед ним уже пустую бутылку «Боржоми». – Я бы хотел еще воды.

— Вы вино не будете? – спросил его Костя. – Я тоже не хочу.

— Я алкоголь не пью, – Горский погладил высокий стакан с водой. – Совсем.

— А я пью, – с ненужным, непонятным вызовом. – Но не грузинское вино. Я водку буду. Есть у них водка?

Официант взглянул на моего мужа, словно тот сказал глупость.

— Шведский «Абсолют», польская «Кролевска» и «Зуброва» есть, потом украинская «Немиров» – с перцем, острая, с горячим хорошо будет...

— А русская водка у вас есть?

Костя хотел русского.

— «Столи», – официант почувствовал Костино раздражение, и голос его зазвенел ответной неприязнью. – «Белуга» есть, но дорогая...

— Я «Столичную» буду, – перебил Костя. – Двести граммов. Только холодную.

Пауза. Неловкость. Мне показалось, что люди, негромко говорившие о своем на оплетших, словно гигантский плющ, стены домов балконах, почувствовали напряжение внизу и заговорили приглушеннее, тише, будто хотели отделить себя от нас, спрятаться от возникшего напряжения – мы не здесь. Вы там одни со своими русскими проблемами. Сами разбирайтесь.

– Нам тогда «Баракони», – прервал паузу Антон. – Вы же будете со мной «Баракони», Ася? Для начала.

Я согласилась на «Баракони»: для начала. Все равно не знаю, что это такое. Но для начала всегда хорошо то, что не знаешь.

Официант ушел, запомнив весь заказ, и снова тишина – словно сверху опустили тугую пленку. Мы сидели за одним столом, но порознь. Кто-то должен был нас соединить.

Антон.

– Я решил взять шкмерули – на ночь легче, чем чакапули. Чакапули – тяжелое блюдо: ягнятина, тушёная с зеленью и специями. Остро, вкусно, но тяжело. А шкмерули – жареная курица в молочно-чесночном соусе. Тоже, конечно, не тофу с листьями салата, но полегче. Легкой еды вы в Грузии не найдете: только сырые овощи. Я здесь за год набрал десять кило.

– По вам не видно, – льщу ему я. Хотя видно.

– Спортом совсем не занимаюсь: времени нет, – Антон вздохнул, достал сигареты. – Никто не возражает? Или я могу отойти, пока курю?

Горский кивнул: лучше отойти. Антон подумал и спрятал пачку в карман куртки: потом. Решил не прерывать возникший из неловкой паузы разговор.

Костя молчал, чуть отодвинувшись от стола, показывая, что ему неинтересно, ненужно. Он не вел себя так подчеркнуто враждебно даже когда нам приходилось бывать в одной компании с моими любовниками, о которых он знал: вел себя цивилизованно – на людях, потом дома устраивал сцены. Но на людях – никогда: улыбался, шутил. Зато мне доставалось дома ночью.

– Ася рассказывала о вашей волонтерской... инициативе, – Горский крутил в толстых длинных пальцах ниточку кинзы с обвисшими мокрыми листочками, не решаясь ее съесть. Словно не знал, нужно ли есть кинзу целиком – с тонким стебельком или только листики. – Это… – Он запнулся, вспоминая нужные слова. – Благородный позыв. Замечательно. Расскажите подробнее, что вы делаете. Для кого. Что нужно. Что вам поможет.

– Деньги помогут, – Антон запил пхали вином. – Ничто так не помогает благородным позывам как деньги. Мы каждый день раздаем шестьсот гуманитарных наборов – продукты, гигиена, лекарства. В неделю – больше четырех тысяч. В месяц – почти семнадцать тысяч. А украинских беженцев во всей Грузии двадцать три тысячи, большинство в Тбилиси. Так что считайте, мы почти их всех на неделю обеспечиваем самым необходимым.

Он посмотрел на оставшийся на большой синей с белой окаемкой тарелке красноватый пхали из свеклы, прикинул, съесть ли и сделать паузу в беседе или продолжать; решил не есть. Хотя видно было, что съесть пхали ему хотелось. Как и хачапури с уже выеденным яйцом – грустный-грустный от остывания на становящимся все более холодным воздухе двора. Мне казалось, что хачапури съежился – то ли от холода, то ли от обиды, что его не едят.

– Добавьте к этому аренду четырех домов – три на шесть квартир, один на четыре, да и сам центр помощи – большое здание, плюс транспорт продуктов, а теперь еще и столовую. Мы открыли столовую для украинских беженцев – кормим бесплатно почти четыреста человек в день. И все это благородство стоит денег. Так что деньги нужны: без них трудно оставаться благородными.

– А как долго украинцы здесь будут? – спросил Горский. – До конца войны?

– Нет, нет – Грузия для них транзит. Им же местное правительство не помогает, никаких госпрограмм помощи беженцам в Грузии нет. Только добровольцы, как мы. Большинство ждут виз в Европу, кто-то возвращается в Украину – в западную часть. Восемьдесят пять процентов, кстати, хотят вернуться в Украину, – добавил Антон. – Мы постоянно опрашиваем. Война, а они хотят домой. Хотя могут уехать в Польшу, в Германию – их сейчас везде принимают. Нет, домой хотят.

Он, наконец, решился и подцепил одинокий пхали ложкой. Опомнился, остановился:

– Никто последний не хочет?

Мы с Горским отказались, Костя не ответил. Антон помедлил, положил пхали на оторванный кусок хачапури и проглотил целиком, отпив вина. Было вкусно на него смотреть.

Люблю смотреть на мужчин, когда они вкусно едят. Наверное, так же вкусно будет с ними и в постели. У меня внутри потеплело от этой мысли – прежнее вернулось. Прежняя Ася-Мася. Я ее быстро заткнула и отправила далеко-далеко – в прежнее.

Мне туда дорога заказана: я – другая. Вокруг все другое, и я другая. Той было все можно, а мне нынешней не все нужно. Вот и разница.

– Ну и что? – вдруг сказал Костя. – Волонтерство ваше что поменяет? Что, режим путинский упадет от того, что вы бесплатно кормите украинцев в столовой? Устыдятся, заплачут и отдадут власть – извините-простите, что мы были такие людоеды, обязуемся стать вегетарианцами и чистить зубы на ночь? Вы для кого это делаете – для себя? Чтобы себе казаться хорошими?

Он выпил еще одну рюмку водки – третью. Его тарелка была пуста: Костя ничего не ел, только запивал водку боржоми. Он сидел очень прямо, не опираясь на спинку стула, словно собирался встать и уйти.

– Костя, ты совсем не ешь. Съешь что-нибудь. – Я положила ему на тарелку половину хачапури и два баклажанных рулета. Он мотнул головой – нет.

– Сколько нас здесь? Уехавших? Несколько десятков тысяч? Ну пусть сотни тысяч по миру – тех, кто уехали после войны. Кто потом не вернулся. А там – дома – остались миллионы, десятки миллионов, понимаете, сотни миллионов, которым та жизнь нравится. Путин им нравится – их президент. Что вы можете поменять, находясь здесь – далеко?

– Мы и не собираемся ничего менять в России. Мы просто помогаем тем, кто от России пострадал. Мы же сами россияне и за Россию отвечаем. Показываем, что не все поддерживают Путина. Войну. Они там – кто не мог или не захотел уехать, я никого не осуждаю, каждый делает свой выбор, и там, Константин, труднее, чем здесь, но мы-то здесь. И должны помогать здесь тем, кому эта помощь нужна.

– Зачем это все? Зачем быть здесь? – Костя налил и выпил еще водки. – Жить с чужими? Мы здесь не нужны, нас здесь терпят, и то не терпят – гонят, не хотят никуда пускать. Не принимают. Нам с Асей никуда не дали визы, понимаете, никуда! Не нужны. Мы здесь больше чужие, чем там. Там мне Путин не подходит, я его не поддерживаю и войну эту не поддерживаю, но кроме Путина – большая страна, моя страна, а здесь все чужое. И я здесь чужой. И вы тоже – с вашей благотворительностью.

На ближний балкон с проломанными столбиками облупившейся деревянной балюстрады вышла девочка с как будто надетой на голову высокой папахой черных волос. Она мотнула головой, убирая волосы с лица, и начала тянуть одну из висящих над двором веревок, подтягивая сушившееся белье. Подтянув, потрогала широкие красные простыни, черные брюки, бесформенную ночную рубашку какого-то сизого даже и не цвета, а оттенка и, не оборачиваясь, крикнула через плечо что-то гортанное, скрученное, скомканное, словно боевой клич. Дождалась из комнаты за спиной ответа, слышного лишь ей, и потянула за другую веревку, отправляя невысохшее белье обратно – досыхать. Посмотрела сверху на нас без интереса, закрутила волосы, завязав их узлом, и, подтянув голубое платьице, вдруг встала на пальцы левой ноги и попыталась сделать фуэте. Сорвалась на середине, схватившись за перила, и ушла обратно – в проем открытой двери.

Темнело. Сырело. На балконы Грузии легла ночная мгла.

– Нам, Константин, здесь ничего не должны, – сказал Антон. – Да и за что? Что мы войну не поддерживаем, ах, спасибо нам! Так это мы с вами до этой войны довели, потому что сидели по углам и занимались своими делами, словно нас жизнь в стране не касалась. Жили параллельно. А геометрия-то оказалась не эвклидовой, а по Лобачевскому – русская геометрия: параллельные прямые пересекаются. Если их перечеркнуть другой прямой. Называется «секущая прямая». Вот они взяли и перечеркнули наши параллельные жизни такой секущей прямой – войной.

Антон смотрел на Костю, ожидая ответа. Не дождался.

– А что мы делаем для себя, – продолжил Антон, – вы правы, конечно: для себя больше. Чтобы не было стыдно смотреть в зеркало. Но главное – это тренинг, на будущее: учимся быть активными. Учимся самостоятельности. Учимся построению и управлению общественной жизнью. Мы же как общество заснули, впали в летаргию на двадцать лет, когда нам говорили «не лезьте, живите свои жизни, а мы здесь поуправляем»; ну, мы и не лезли. Жили свои жизни. И разучились быть обществом. А теперь люди, как я, люди, никогда ни в чем не участвовавшие, жившие для себя, разрозненно жившие, начали действовать, пока, может, и по отдельности – один там, другой здесь, но действуют. Действуем. Для меня это и есть главный урок их войны: смотрите, сколько российских добровольческих движений сейчас по всему миру – сами создались. Самоорганизовались. Колоссальный потенциал. Поразительная российская способность к самоорганизации! Эта война сыграла с ними злую шутку, Константин: они равнодушных сделали неравнодушными. Много стало неравнодушных. Это и есть актуальный контекст. Понимаете, Константин, моя профессия – анализировать актуальный контекст. Без его анализа невозможно верное действие. А я верю только в действие. И только в здесь и сейчас.

Он достал сигареты и, не спрашивая разрешения, закурил, сдувая дым в сторону от стола. Я хотела что-нибудь сказать – нарушить паузу, продолжить беседу, сделать ее более застольной, но не успела: Горский.

– А моя профессия – создавать актуальный контекст, – сказал Горский. – Новый контекст. Менять мир. Здесь и сейчас уже не подходят, потому что здесь и сейчас не работает – нужны инновации. Нужны новые формы общественной жизни – вне традиционных государственных систем. Наступил момент перелома: время сделать выбор в сторону универсального вместо национального. Традиционное государство умирает, частные инициативы перехватывают его функции, пора сделать шаг в будущее. Потому я и предлагаю кардинальное решение: создать новый тип объединения людей на основе разделяемых принципов, а не факта рождения. То, что вы, Антон, делаете, безусловно важно и нужно, но это паллиативная терапия бед общества: вы облегчаете страдания при неизлечимой болезни, а нужно избавиться от самой болезни.

– А что это за болезнь? – спросила я. – И как от нее избавиться, если она неизлечима?

– Любая болезнь – совокупность факторов, ее вызывающих. Нужно убрать сами факторы, изменить сам организм, и не будет болезни. Болезнь, о которой мы говорим, – нынешняя система государств:

они привязаны к территории, обеспечивающей власти легитимность и контроль над гражданами. Территория стала источником сакральности, и эта сакральность позволяет власти репрессировать граждан, посылать их на войну, обирать налогами. Избавимся от территориальной привязки в объединении людей, сделаем это объединение добровольным, объектом выбора, договора, обеспечим людям субъектность и тем самым лишим власть легитимности, позволяющей ей диктовать своим гражданам, когда им идти на войну, умирать и убивать других — за сакральность территории. Не было бы этой территориальной привязки, не было бы и у российской власти права послать своих граждан на войну, причем даже не за свои, а чужие территории, объявив их своими. И не было бы сейчас украинских беженцев, которым вы, Антон, помогаете.

— И как это сделать? — Антон затянулся — красный ободок сигареты вспыхнул и погас в заполнившей двор все еще прозрачной полутьме. — В реальности. Потому что я живу в реальности, в настоящем. И люди живут и нуждаются в помощи в настоящем. А что вы говорите — далекое будущее. Утопия.

— Вовсе нет: это как вы любите — здесь и сейчас. Почему так важна нынешняя российская диасп… релокация? Потому что это уникальная группа хорошо образованных людей, вынужденно оказавшихся вне своего государства, вне своей территории. Какие у них варианты? Абсорбция? Обособление? Сохранение своей культуры? Потому я и езжу по их новым местам обитания и рассказываю про новый тип — МЕТАГОСУДАРСТВО, основанное на сетевом, а не на иерархическом принципе, ищу его будущих граждан. И, знаете, что я заметил из моих наблюдений за релокантами?

Горский сделал паузу, подождал. Никто не спросил, и, помедлив, он решил, что наше молчание и есть проявление интереса.

— Представьте себе, что Атлантида затонула. Но какие-то атланты выплыли на ближний пляж, на материк, и вот они сидят и спорят о том, что им делать. Обсуждаются только два варианта: давайте поднимем Атлантиду со дна, почистим от ила и всяких вредных акул, а потом снова там заживем. Другие говорят: нет, не поднять. Давайте вместо этого построим точно такую же Атлантиду на нашем пляже и будем здесь жить, как раньше, только без хищников. Но они не понимают, что Атлантида затонула, потому что ей пришло время затонуть. И не нужно ни старую со дна поднимать, ни новую отстраивать, и вообще не нужно больше никаких атлантид.

— А что же нужно бедным атлантам? — спросил Костя. — Научите, пожалуйста, атлантов, как жить дальше.

Я заметила, что он уже пьян — не сильно, но пьян. Костя, когда пьянел, начинал говорить очень отчетливо, словно декламировал. И становился подчеркнуто ироничен.

— Нужно другое строить, — не заметил его иронии Горский: он иронию не понимал. — Универсальное вместо национального. Потому для меня так важны вы, Ася, — он повернулся ко мне. — Немое кино было универсальным — поверх культур, поверх языковых различий оно создало универсальный язык ситуаций без речи. Нашим общим языком должны стать общие ценности. Речь разделяет, ценности объединяют. Территории разъединяют, ценности объединяют. Государства — нынешние национальные государства — разъединяют, ценности объединяют. Вот мне и нужен специалист по медиуму, который однажды объединял. Это и есть моя профессия — создание нового, — добавил Горский. — Раньше я создавал новые технологии, теперь время создать новый тип государства. Чтобы Антону не нужно было лечить неизлечимое.

— А у меня, знаете, какая профессия? — спросил Костя. — Преподавать португальский. На курсах при инязе. В Москве. А не строить новый мир. И не латать старый. Не чинить настоящее и не изобретать будущее. Это и есть моя жизнь: и здесь, и сейчас, и потом, и во веки веков. И я хочу свою жизнь, потому что она — моя. Там я свой, пусть и не самый нужный, пусть я с ними и не во всем заодно, но свой. А здесь…

Он посмотрел на свою пустую рюмку, потянулся к уже наполовину пустому графину, но передумал. Встал, чуть пошатнувшись.

— Здесь меня не примут, — сказал Костя совсем трезвым голосом. — И я их не приму. И вас не принимаю. Ни настоящего вашего, ни будущего. Мне свое нужно — прошлое. Которое у меня было. Мне другого не надо.

Он повернулся и пошел в темноту зала, столкнувшись с двумя официантами, несшими на поднятых руках блюда с горячим — жареной курицей в молочно-чесночном соусе. Официанты остановились, потому что Костя останавливаться не собирался, и он прошел мимо них, пропав, растворившись в чудесном погребе.

Я знала – он не вернется. И не хотела его останавливать. Пусть уходит. В свое прошлое.

Горский затронул во мне что-то новое: не идеи его – в них я не верила, а что он сказал обо мне: я ему нужна. Нужна как я – без дополнений в виде секса. Без добавки с моей стороны: отношения равных. Чары, наложенные на меня Марком, начинали терять свою силу, и – словно ото сна – я просыпалась: новая, другая, иная Ася Найденова. Спящая царевна проснулась – без поцелуя. Без прежних страхов и комплексов своей ненужности, без самоналоженной обязанности обменять часть себя на нужность другим. Эта новая я мне нравилась.

Горячее ели молча, затем Горский извинился и ушел – зум с Калифорнией. Мы с Антоном курили и пили горький турецкий кофе – каждый сам по себе и при этом вместе. С ним было хорошо молчать – без неловкости, без необходимости заполнить повисшую паузу, потому что не было паузы: мы продолжали общаться без слов. И без украдкой встретившихся взглядов, молча договаривающихся о потом.

На балконах появилось больше людей, и они заговорили громче, словно наступило их время. Маленькая девочка – неудавшаяся Плисецкая – вышла к перилам, решительно потянула веревку с бельем, и, не ощупав, как раньше, начала снимать его и складывать в старую детскую коляску.

Антон попросил счет. Толстый красивый официант покачал головой: Горский заплатил на выходе. Антон ничего не сказал, я тоже: что тут скажешь?

Мы вышли в лиловую грузинскую ночь. Было зябко.

– Я провожу вас домой, – предложил Антон.

Раньше после ужина, оставшись с ним одна, я бы заглянула ему в глаза – вопрос? предложение? согласие? – чтобы он понял: не хочу домой. Не хочу к себе домой.

Но не сейчас: прошло время ненужных трофеев. И время быть трофеем тоже прошло.

– Спасибо, Антон, – обняла, не задержавшись, не прижавшись – коротко. – Дойду. Я знаю дорогу.

9

Далецкую беспокоили непонятные вещи: она не любила непредвиденности. Потому и тревожилась, чем обернутся побочные эффекты, перечисленные в инструкциях к пачкам бромазепама, оставшегося после Сюзанны: сонливость, чувство усталости, снижение способности к концентрации внимания, притупление эмоций, замедление психических и двигательных реакций, депрессия, тремор, снижение памяти, подавленность настроения, спутанность сознания, злокачественный нейролептический синдром и дистонические экстрапирамидные реакции. Последнее – «дистонические экстрапирамидные реакции» – ее особенно волновало: что это и каковы последствия? Прочитанное в интернете не добавило ясности, и Далецкая приняла решение не сразу, но риск оправдывался необходимостью, а бездействие могло обернуться бóльшим риском: можно было все потерять.

По утрам Далецкая варила Роману Кирилловичу овсяную кашу из цельного овса: не жидкую размазню, а как он любил – зернышко к зернышку, словно гречневую. Она поначалу предлагала ему и другие крупы – ту же гречку, перловку, пшенку, но он не хотел ничего менять: ел овсянку, сваренную на воде, запивая крепким сладким чаем из большой синей кружки с надписью РЕЖИССЕР, подаренной когда-то Асей. Сначала Далецкая решила подмешивать растолченные таблетки в чай, но поняла, что не годится: и вкус был, и взвесь стояла, не растворяясь до конца в черной жидкости. Замешивать же в кашу получалось самый раз.

Нужно было определиться с дозой: инструкция по применению определяла среднюю дозу как 1.5–3 мг 3 раза в день, при необходимости предлагалось повысить до 6–12 мг 2–3 раза в сутки в условиях стационара, в тяжелых случаях – до 60 мг/сутки по 20 мг за прием. Далецкая решила, что у Романа Кирилловича тяжелый случай.

Письмо деятелей культуры в поддержку спецоперации она, конечно, подписала за него и передала Тихону из Фонда кино – а как еще? Не могла же она сказать, что Роман Кириллович отказался: вышла бы неприятность, а Далецкая не любила неприятностей. Да и дело-то пустяковое: все подписывают, ничего особенного. Но тогда же и поняла, что нужно найти решение, а то неприятности могут начаться у нее самой. За квартиру она не волновалась, она уже была в ней прописана, но время наступило такое, что лучше перестраховаться: время менялось, колебалось, сгущалось, становилось темнее и плотнее, и Далецкая ощущала эту сгущающуюся плотность физически, словно тебя заворачивают в черный целлофан. Время становилось густой непрозрачной массой, будто кисель, и в этом времени нужно было вести себя хорошо. Как в интернате. А то поедешь на «лежак», а там злые нянечки – не переворачивают. Будешь лежать одна, и никто к тебе не придет.

Нынешняя жизнь вообще напоминала ей интернат: словно все вокруг стали обеспечиваемые, а распоряжаются одни воспитатели. Такое наступило время: слушаться старших. Она и слушалась.

А Роман Кириллович не понимал про другое время и хотел жить, как жил – не подписывая писем, хотя просили по-хорошему. Даже предлагали помощь взамен. Могли бы и потребовать. Когда он отказался, Далецкая сперва хотела написать в ФСБ: дочь за границей, распространяет слухи о преступлениях российской армии на Украине, критикует спецоперацию. Прошу принять меры. Что-то такое. Чтоб у самой неприятностей не случилось. Но потом вспомнила про бромазепам, оставшийся после Сюзанны Георгиевны, и внимательно прочла про его действие и побочные эффекты. Ей понравилось: выраженное антипсихотическое действие, уменьшает агрессивность, снижает возбудимость. Правильно, нечего возбуждаться. Да и не из-за чего. Особенно Далецкой понравились побочные эффекты – сонливость, психомоторная заторможенность. Заторможенность – это хорошо. Заторможённый Роман Кириллович ее устраивал.

Понятное дело: старый – изменения в психике. Попринимает месяца два, и можно объявить недееспособным. Экспертизу провести, сунуть кому нужно в комиссии, чтобы не особо копались, и назначить себя опекуном. А там уже и решить, оставить ли его в квартире или определить в обеспечиваемые: да хоть в тот же интернат в Низово, где она выросла. У него, конечно, не брянская прописка, но договориться можно: директриса Никанора ушла на пенсию, а назначенная на ее место бывшая воспитательница Виктория Николаевна брала. Далецкая это чувствовала. Она такое в людях чувствовала – кто с червоточинкой.

Далецкая вставала рано и по утрам делала дыхательные упражнения: она нашла их на сайте «Дышим правильно». Далецкая хотела дышать правильно и жить долго. Она затыкала левую ноздрю и вдыхала через правую, отсчитывая про себя до десяти, задерживала дыхание на счет до двадцати, затем убирала палец и выдыхала через левую – снова на счет десять. И так по пять раз с каждой стороны. Такое дыхание насыщало мозг кислородом и расширяло легкие. Далецкой нужно было и то, и другое: она решила жить здоровой и заботиться о себе, потому что заботиться о ней было некому – у нее, кроме себя, никого не было. Мама Лика ее предала, сначала сдав в интернат, а потом доведя себя до инсульта, сестра Ася ее не приняла, а отец оказался ненужно упрямым и своим поведением мог поставить их московское благополучие под угрозу. Далецкая была на всем белом свете совершенно одна, так себя и вела. Ей ничего другого не оставалось. Ей люди выхода не оставили. Как России. Она слышала это по телевизору: России выхода не оставили. Сами теперь виноваты.

Поначалу Далецкая подсы́пала отцу в кашу максимальную дозу – 20 мг: думала, так быстрее будет. Но Роман Кириллович отреагировал на максимальную дозу максимально: побледнел, пошатнулся в коридоре, схватившись за стенку, и когда Далецкая довела его до дивана в кабинете, послушно сел, уставившись в одну точку, безучастный к ее вопросам о самочувствии, ушедший, улетевший в далеко-далеко. У него открылся рот и потекла слюна, капая на постиранную байковую клетчатую рубашку: Далецкая содержала его в чистоте, заботилась, потому что вдруг кто придет и посмотрит? Она пыталась напоить его водой, но вода выливалась из полуоткрытого рта, мешаясь с мутной слюной, и Роман Кириллович сжимал зубы, мотая головой. Она боялась закинуть ему ноги, чтобы положить на диван – еще задохнется, и стояла рядом, не зная, что делать. Затем догадалась вызвать скорую, чтобы засвидетельствовать состояние – потом пригодится для комиссии.

Дозу Далецкая урезала вдвое – помрет еще. Умирать раньше положенного Роману Кирилловичу было ни к чему: могла вернуться Ася и тогда нужно разбираться с квартирой и Фондом Романа Найденова. Ее устраивало, как сейчас: Ася бросила отца, уехала, отправив мать в дом престарелых, вот у него и начались изменения в психике –

согласно инструкции: заторможенность, повышенная сонливость, психическая индифферентность и запоздалая реакция на внешние раздражения. И не нужно ему реагировать: сама за него прореагирует. Потому что он ошибется, а она на внешние раздражения реагирует правильно.

Далецкая выучила наизусть признаки, описываемые в инструкции по применению, и отмечала их появление в состоянии отца: как он терял нить и смысл разговора, как часто засыпал в течение дня, как соглашался есть все, что она предлагала. Особенно ей нравилось, что он теперь часами сидел на диване в кабинете, молча глядя на стену, далеко-далеко – неопасный и на все согласный. Далецкой нравилось, что шло по инструкции.

Все шло хорошо, правильно шло. Жизнь удавалась, и она дышала по утрам верным дыханием – каждой ноздрей по очереди. Мозг насыщался кислородом, легкие увеличивались в объеме, и Далецкая чувствовала себя лучше и лучше. Хотя и раньше она не болела.

Она заслужила свою новую жизнь, потому что была готова за нее бороться. А другие думали, что им все сразу дали, и расслабились. Не поняли, не прочувствовали, какое время закончилось и какое наступило.

Ее время наступило – время далецких.

10

Третье утро я просыпаюсь одна. Когда он уехал, я не сразу почувствовала Костино отсутствие, словно он вышел ненадолго и должен скоро вернуться. Мы женаты шесть лет и никогда надолго не расставались. Мы вообще никогда не расставались – ни физически, ни в мыслях. Я всегда была с ним, с кем бы я ни была. А теперь он уехал.

И сегодня – на третье утро после его отъезда, проснувшись под прерывистую булькающую перекличку птиц в нашем маленьком пыльном саду, я поняла: уехал. Я одна, мой муж вернулся в Москву – тоже один. Так теперь и будем жить порознь, потому что я не хочу возвращаться в прошлое: оно для меня прошло.

Что там в прошлом, ставшем в России настоящим? Мою Нину арестовали за пособничество терроризму, вот и настоящее. Мы с Костей узнали это за неделю до его отъезда, он обещал связаться с ее матерью, узнать, нужна ли помощь. Но чем можно помочь? Доказать, что это ошибка? Что Нина Малахова никакая не террористка, что она кроткая верующая, ходит в церковь, верит в бога, носит длинные юбки, помогает людям? А, может, это теперь и есть терроризм? Потому что они (опять они!) теперь решают, кому помогать и в кого верить.

В Тбилиси сегодня хороший день: дождь – теплый, мягкий, несильный, будто город решили полить из большой лейки, чтобы прибить пыль. Или чтобы пробивающиеся сквозь пошедший трещинами асфальт сорняки лучше росли. Это негрустный дождь, не дождь, от которого хочется закрыть окна и задернуть шторы, когда небо затянуло унылой серостью. Это дождь, зовущий выйти на улицу и идти по блестящим от воды мостовым в открытых босоножках. Чтобы мокрые пальцы ног, и педикюрный лак сильнее блестел. Так и выйду. Надену короткую юбку. Чтобы на меня смотрели. Мне сегодня нужны эти взгляды.

Офис Горского стал больше, словно раздвинулись стеклянные стены, сквозь которые видно, как далеко внизу мутная быстрая Мтквари-Кура спешит в Каспийское море. Ничто не поменялось – та же гостиничная мебель, те же две комнаты, но офис стал шире, просторнее. Будто раздвинули стены. Подняли потолок с кружочками вмонтированных в него галогенных лампочек, светящих прохладным, неестественно белым светом. Или я стала меньше, и теперь всё вокруг мне кажется бо́льшим? Как провалившаяся в кроличью нору Алиса, и вокруг все чудесатее и чудесатее. Кто ты, мой Белый Кролик? Куда бежишь? Остановись, отзовись. Ай-ай-ай! Я опаздываю!

Белый Кролик, возьми меня с собой.

А потом Белый Кролик окажется Сумасшедшим Мартовским Зайцем и сядет пить чай. Потому что время пить чай. И никакого другого времени больше нет и не будет.

Горский – мой Белый Кролик – предложил мне чай. Все, как в сказке Кэролла, только я отказалась: не пью. Только кофе. А кофе Горский не предложил.

Он начал сразу, без любезностей и ненужных вопросов. В карьер.

– Вам теперь не нужно оставаться в Тбилиси, вы можете отсюда уехать. Я, Анастасия, предлагаю вам отсюда уехать. Переехать.

Куда? Откуда он знает, что я теперь одна? А вот знает.

– Я открыл офис в Берлине, потому что в Берлине собралась, сконцентрировалась наиболее активная и наиболее интеллектуально значимая часть нынешней российской релокации. Мне не нравится слово «релокация», но я уважаю сентимент уехавших от путинской войны, и раз они сами так себя называют, я буду следовать..., – он запнулся, – следовать их самономинации.

Такого слова нет в русском языке. Хотя язык развивается, язык отражает реалии: вот и слова «релокация» раньше не было, а появилась такая реалия жизни, появилось и слово.

Спрошу его, как Надежда Константиновна молодого Ульянова, когда тот позвал ее в Шушенское: в качестве кого?

– Вы мне нужны как специалист по универсальному коммуникативному медиуму – языку немого кино. Я создаю междисциплинарную группу, которая будет работать над системой принципов нового общественного объединения, основанного на разделяемых ценностях, а не на формальной принадлежности к тому или иному когда-то случайно создавшемуся административному образованию – государству. Большинство современных государств случайны, Анастасия, – результат исторических казусов, а потом их начинают начинять мифами о закономерности общей судьбы, культурной идентичности и всякой прочей чепухой. Ничего этого, по правде, нет: всего лишь историческая случайность, каприз стечения обстоятельств, личных прихотей разных пассионариев, которые впоследствии выдают за неизбежность. Я же хочу дать людям выбор: сами решите, какое сообщество вы хотите. А не куда вас приписали, как в советских поликлиниках – по прописке.

Он еще помнит советские поликлиники. Ну да, это же его юность. Горский говорит гладко, а у меня в голове сплошной ветер, давно-давно выдувший оттуда все гладкие умные слова. У меня в голове один сквозняк.

Он явно часто говорит все это, давно продумал, отшлифовал, произнес много раз. Многим людям. И теперь мне.

— Современная демократия перестала работать как настоящая демократия, она больше не соответствует своему названию – власть народа. Она больше не власть народа, а власть попавших во власть. Народ в этой власти участвует очень опосредованно: через каких-то далеких представителей, которые в основном преследуют свои интересы и интересы поддерживающих их групп. Этот механизм нужно заменить другим. Возвращающим людям реальную власть над своими жизнями. Контроль. Чтобы не просто нажать кнопку или пометить галочкой имя кандидата, а потом сесть в сторонке и не мешать ему вами управлять, а продолжать участвовать. Я хочу предложить вместо выборной демократии другую систему – демократию участия. Непрерывного участия в управлении страной, государством, а не раз в четыре года.

— Как это? Новгородское вече – сядем в круг и проголосуем? Древние Афины – будем собираться на площадях и решать сообща? Как вы представляете себе это в реальности? И кто вам это позволит? Кто добровольно откажется от власти?

Спрашиваю, а сама далеко-далеко – утекла, унеслась, уплыла вместе с Мтквари-Курой. Только моя Кура течет не в Каспийское море, а в Москву – к мужу. Глупый Костя – он без меня не сможет. Он мой, мой. Это я была не его. Была не только его.

А теперь он взял и уехал в прошлое, а я осталась в настоящем. В котором Павел Горский рассказывает про будущее. Про другое время. Какое время на дворе?

Время пить чай.

Смотрю на Горского в дорогой рубашке поло с длинными рукавами, без логотипа бренда, но видно, что дорогой. Видно, что очень дорогой.

Улыбнуться, что ли? Хотя это ничего не поменяет: в мире Горского нет места улыбкам – там все очень серьезно.

— Вы правы, Анастасия: никто из нынешних правительств не захочет делиться властью. И не нужно: мы предложим альтернативный вариант – приватизируем функции государства, отдадим их рынку. Люди поймут, что больше не обязательно быть чьими-то гражданами, что все, что предлагает им страна – паспорт, социальное обеспечение, систему безопасности, экономическое участие – они уже построили в онлайне и могут этим пользоваться без возлагаемых на них требований лояльности и послушания. Первый шаг – альтернативные валюты – уже сделан: у государства отняли монополию на универсальный платежный медиум, на кровь экономики – деньги. Мы присутствуем при глобальной трансформации рынка труда: когда-то вся экономика была привязана к физическому месту, а теперь доля цифровой экономики растет – каждый день, каждый год. И как с отвязкой от места теряется контроль работодателя за работником, так постепенно все бо́льшая часть наших жизней оторвется от территории, от административных конгломератов – государств – и перейдет в онлайн, где мы сами будем управлять этой жизнью. Где государство не сможет больше собирать с нас налоги, не отчитываясь, куда оно тратит наши деньги. Не сможет посылать нас на войну за свои, а не за наши интересы. Мы отберем у государства контроль за своими жизнями, вернем отнятую у нас субъектность. Вот какое будущее я предлагаю. И предлагаю вам принять участие в его создании. Все расходы и обеспечение рабочей визы в Германию я, конечно, беру на себя. Если согласны, можем поговорить о вашей компенсации.

Вот так – сразу. Перевезет меня в Германию и будет платить деньги. Мужчина, готовый решить мои проблемы. Таких в моей жизни пока не случалось. Но и проблем особых не было. Так, проблемки, которые я сама себе создавала.

– Павел, большое спасибо. Но у вас все в будущем. Про будущее. А я живу сейчас – в настоящем. Мне нужно про настоящее. Мне нужно про здесь и сейчас.

– Анастасия, настоящего нет. Это я вам как физик говорю. Настоящее – это прошлое, – Горский отпил воды, поставил высокий стакан на стеклянный стол, в котором – на секунду, не больше – тускло отразилось круглое донышко стакана: отразилось и пропало. – Настоящее не существует – с точки зрения физики: формально, все что мы видим вокруг, это уже прошлое в силу конечности скорости света. Посмотрите на эти лампочки, на свет от них, он приходит к нам быстро, но не моментально. Например, свет от Солнца идет к нам целых восемь минут. Поэтому Солнце мы тоже видим в прошлом. Все, что мы видим, все, что мы считаем настоящим, – это прошлое. А единственное настоящее настоящее – это будущее. Потому я его и создаю. И создаю, как вы любите, – здесь и сейчас.

Он замолчал, ожидая ответа. Сделал предложение поменять всю жизнь и хочет ответа сейчас. Что-то в этом есть. Что-то в нем есть. Но не для меня.

Мой выбор – не между «здесь и сейчас» или «там и потом». Мой выбор в том, чтобы сделать выбор, а не жить по инерции, как я жила до сих пор. Следовала по проложенным другими удобным им тропкам. Как сказал Горский – жизнь как участие? Это и есть мой выбор. Я согласна с ним: жизнь по выбору. Только не по его выбору, а по моему. И этот выбор сделаю я сама.

Увижу и сделаю. Пока он мне еще не встретился – мой выбор. Не случился. Время не пришло. Но одно я знаю: больше не время бесконечно пить чай. Это время закончилось. Наступило время выбраться из кроличьей норы.

ЧЕРНОЕ И БЕЛОЕ

1

Каменное лицо воина в маленьком сквере перед бывшим инязом – ныне Московским Государственным Лингвистическим Институтом – сурово смотрело на Костю. На голову воина была надета каска, и оттого было ясно, что он воин. Цифры под памятником – 1941–1945 – тоже не оставляли сомнения, кому это памятник. Советский воин в каске словно спрашивал Костю: «Где ты был в те годы, когда я за тебя воевал? Где ты был восемь лет, когда шла война на Донбассе? Где ты был весь прошлый год, когда снова пришла беда? И вообще – где ты был всю свою жизнь?». Костя щурился от почти летнего московского солнца, нависшего над заполненной машинами Остоженкой, и думал о том же: где я был? Он слышал обращенный к нему вопрос явственно, словно кто-то продолжал и продолжал задавать его вслух – Костя-Костя, где ты был? Раньше вопроса не было, люди жили как жили – свои жизни, и гранитные памятники не требовали от них встать в строй, но теперь – по возвращению – этот вопрос висел в небе над каждым в Москве, над каждым в России, и не ответить было нельзя. Костя Муромцев повернулся к памятнику спиной и пошел в сторону Гоголевского бульвара к станции метро «Кропоткинская», ускоряя шаг, словно там его ждали ответы.

Директриса курсов, где он почти десять лет преподавал португальский, объяснила, что его не могут восстановить в должности после года отсутствия: на эту ставку – на его 0,75 ставки – взяли другого преподавателя. Преподавательницу. Если что-то освободится, с ним свяжутся. Она говорила Косте «вы» вместо обычного между ними «ты», избегала называть его по имени и как-то слишком спокойно смотрела ему в глаза, словно задавая тот же вопрос: «Где ты был? Мы были здесь. А где был ты?». Косте показалось, что ее пухлое белое лицо стало похоже на вырубленное из гранита лицо каменного воина перед входом в МГЛУ, только без каски. Пока без каски.

Он остановился у ларька – купить сигареты. Его любимые «Мальборо Голд» стоили 189 рублей, вроде недорого, но «Филип Моррис Компакт» – синяя пачка с мужчиной в цилиндре, гуляющим с бультерьером, – продавалась на 40 рублей дешевле. Собака на пачке глядела в сторону, словно отвернулась от хозяина. Словно хозяин не смог ответить на ее вопросы.

Косте Муромцеву не нравился «Филип Моррис». И бультерьеров он не любил: бультерьер чуть не убил Белого Клыка в любимой Костей с детства книге. Раньше в Америке всех пит-бультерьеров называли бульдогами, но Костя всегда знал, что это был бультерьер: в доме, где он вырос, на восьмом этаже жил маленький толстый бульдог, с трудом семенящий за такой же толстой хозяйкой во время прогулки: он не мог никого убить. Он еле ходил. А бультерьер мог.

Он вспомнил имя хозяйки бульдога – Нонна. Она была старая – лет тридцать пять, сколько ему сейчас, и всегда выходила на прогулку с маленькой красной сумочкой. Зачем нужна сумка на прогулке с собакой? Костя не знал. У него не было ответа даже на такой простой вопрос. А от него хотели знать, где он был и где он сейчас. Встал ли он в строй. И готов ли шагать в ногу.

Костя Муромцев не хотел отвечать на вопросы. Он хотел курить. Костя подумал и купил «Мальборо Голд» за 189 рублей. У него были деньги: дала Далецкая.

Поначалу они воевали из-за памперсов: Роман Кириллович не хотел их надевать. Он цеплялся за резко пахнущие свежей мочой домашние серые брюки и не давал их стянуть. Далецкая увеличила дозу бромазепама до 40 мг, и Роман Кириллович перестал сопротивляться:

он смотрел в стену, когда по утрам Далецкая меняла полный, набухший за ночь памперс, послушно вставал, позволяя обтереть свой поросший седым жестким волосом пах и обвисший мешочками дряблых ягодиц бледный зад влажной салфеткой из сиреневой пачки Happy mom, с которой глядел улыбающийся круглоголовый ребенок. На пачке было написано: «Подходит для новорожденных». Ему тоже подходило. Далецкая выписывала их блоками через интернет-магазин: выходило дешевле.

Недержание мочи как результат нарушение функции почек – побочный эффект бромазепама, обещанный инструкцией по приему, проявился у Романа Кирилловича через месяц. До этого проявлялись другие эффекты – снижение концентрации внимания, вялость, притупление эмоций, замедление реакций. Далецкая вела дневник изменений в состоянии отца – для комиссии по признанию его недееспособным. Она вычитала, что одними из самых нежелательных последствий длительного принятия бромазепама являются спутанность сознания и антероградная амнезия. Она не согласилась с инструкцией: ей эти последствия были очень даже желательны.

Про спутанность сознания все было понятно, и она отмечала неуверенность Романа Кирилловича, который теперь не мог найти дорогу на кухню, не мог одеться без ее помощи, а про антероградную амнезию пришлось почитать: оказалось, что это потеря памяти о предшествующих событиях. Состояние сопровождалось растерянностью, неспособностью сориентироваться в происходящем: человек не помнил прошлого и не мог понять настоящего. Это устраивало Далецкую, и она каждый день проверяла, наступила ли у отца антероградная амнезия: Далецкая показывала ему фотографии Сюзанны Георгиевны и спрашивала, помнит ли он жену. Роман Кириллович безучастно смотрел на красивую – словно яркая темная вишня – брюнетку и не реагировал. У него из-за рта текла слюна.

Но пока он еще помнил Асю: каждый раз, когда Далецкая открывала перед ним Асины фото в тяжелых альбомах, Роман Кириллович начинал волноваться, пытался встать с дивана и дергал себя за нижнюю губу. Далецкой это не нравилось, но она боялась увеличить дозу: и так много. Она надеялась на накопительный эффект бромазепама: чем дольше Роман Кириллович его принимал, тем сильнее изменения.

Он больше не выходил на улицу, и Далецкая одевала его в домашнее – серые мягкие брюки на резинке поверх памперса и старый желтый свитер на голое тело. Она меняла его одежду раз в десять дней, когда запах мочи, каким-то образом все же проникавший сквозь памперс, смешанный с едким стариковским потом, становился слишком сильным и начинал ее раздражать. Памперсы менялись дважды в день – утром и перед сном. Раньше менялись чаще, но потом Далецкой надоело и она сочла, что дважды в день достаточно. В кабинете, где теперь проводил все свое время Роман Кириллович, пахло почти как на «лежаке» в интернате, куда маленькая Далецкая ходила смотреть на тех, кому не повезло, как повезло ей, и они не могли ходить. Она больше не разрешала Роману Кирилловичу выходить из кабинета без ее позволения, и целыми днями он сидел на диване, чуть согнувшись, в полудреме или совсем заснув. Далецкая жалела, что не может знать его сны.

Она держала дверь в кабинет всегда закрытой.

Раз в десять дней – перед сменой одежды – она мыла отца, посадив на табурет, поставленный в ванне. Он щурился, мычал, но не сопротивлялся. Только однажды – в самом начале – попытался вырвать у нее гибкий душ. Далецкая ударила его мокрым полотенцем по лицу, Роман Кириллович зажмурился и затих. Так и сидел зажмуренный, пока она его мыла. Ему же лучше.

Москва, в которую Костя вернулся, стала другой Москвой: без прежних друзей. Многие уехали, и те, кто остались, не спешили встречаться: они ссылались на занятость и не расспрашивали Костю о том, как было там. Он же хотел рассказать о том, как ему было там, и расспросить, как им теперь здесь. Хотя и сам уже понял.

А Тая Меньшова согласилась с ним встретиться. Сразу. Тая была старый друг, давняя подруга. Костя знал ее с института, она училась на курс старше: высокая, строгая, стройная – африканская статуэтка, с длинным тонким лицом, словно старый портрет поэтессы серебряного века в рамке короткой стрижки тёмно-медных волос, и удивительно, непомерно большими зелеными глазами, казавшимися еще больше за стеклами круглых очков. Она всегда снимала очки перед сексом – перед тем, как пустить, пригласить Костю в себя, и ее лицо теряло строгость: Тая становилась беспомощной, потерянной, словно ждала, что ее возьмут за руку и поведут, куда она теперь не может дойти. Косте это нравилось: он не мог объяснить почему, но ему нравилась беспомощная Тая. Она сразу надевала очки после, будто очки возвращали ее в прежнюю себя, где ей было спокойно и безопасно, где Тае было открыто, куда нужно идти. Очки были для нее важнее, чем одежда: она могла оставаться голой, но в очках, и чувствовала себя одетой, защищенной от непонятности их ситуации, будто очки возвращали их в дружбу из состояния временной – кратковременной – потери абсолютной ясности отношений: снова друзья. Голые друзья в постели – с кем не случается. Пока не наступал момент снова потерять эту ясность, сбежать от нее в прерывистое дыхание, становящееся их общим, единым дыханием, и Костя всегда знал, что Тая ожидает от него, снимая очки.

Со временем – с их совместным временем – секс стал не целью встреч, а дополнением, привычным компонентом общения, и не более. Секса не стало меньше, но он стал менее важным: милый аксессуар, как брошка на блузке, можно прицепить, а можно и нет. С ней блузка выглядит чуть по-другому, но можно и без нее. А раньше между ними без нее было нельзя.

Их браки ничего не поменяли: ни ее замужество на последнем курсе пединститута, ни его женитьба на Асе. Они продолжали встречаться и во время ее беременности – до пятого месяца, и через полгода после родов продолжали видеться в квартире умершей Таиной бабушки среди старой тяжелой мебели, будто из театральной постановки о другом, давно ушедшем времени. Квартира в Старопименовском переулке – дом без лифта, пятый этаж, заполненная тишиной чужой прошедшей жизни, где неизвестно чьи портреты с холодным невниманием смотрели на их любовь с поклеенных почти старинными обоями стен. Хотя любви между ними никогда не было: дружба и секс, душевное родство и физическая близость. Возможно, такой и должна быть любовь? Или любовь должна быть, как с Асей: словно Костю с напряжением на 120 вольт включили в розетку на 240 – смесь обиды и страсти, смесь унижения и наслаждения от этого унижения? Ася – омут, Ася – темный водоворот, манящий Костю прыгнуть в вертящуюся против часовой стрелки черную, как ее глубокие влажные глаза, воду, стать этой водой, раствориться и никогда не выплыть. В этом водовороте было страшно, больно, он клубился, звал Костю –

прыгни, прыгни в меня; Костя смотрел в его крутящуюся воронку уже семь лет – со дня их встречи – и не мог оторвать взгляда. Такого, как с Асей, у него не было ни с одной женщиной, и не должно было быть, потому он продолжал встречаться с Таей Меньшовой, и ее спокойная, мерная дружба, их не претендующий на отношения секс возвращали ему уверенность, что страшный омут не затянул его до конца, и он еще держится на плаву, на поверхности черной, бурлящей опасностью, страшной воды. Костя Муромцев никогда не задумывался, чем их дружба была для Таи. Он вообще мало о ней думал.

Они встретились в кафе «Мята Lounge», спрятавшимся во дворах близ Тверской. Они и раньше – до Костиного отъезда – иногда встречались там, пили вкусное, и потом шли в ждавшую их квартиру в Старопименовском. Место – светлое, негромкое, недорогое – место без оттенков, без намеков на что-то большое, что-то иное, чем оно было, как их дружба была чем была, и в ней не было ничего, кроме дружбы. В их дружбе не было подтекста, не было недоговоренности, не было ожиданий даже, когда Тая снимала очки и аккуратно клала их на бабушкину тумбочку у старой, поскрипывающей кровати с изголовьем, обтянутым зеленым шелком в ярких цветах. Дружба оставалась дружбой, и оттого она длилась так долго.

За год, что не виделись, Тая будто стала меньше ростом. И красивее. Костя не знал, как объяснить, но она стала меньше ростом. Словно их разлука пригнула ее к земле, к московским мостовым, покрытым светлой плиткой. Хотя, возможно, ее пригнуло что-то другое. Он спросил.

– Все хорошо, – сказала Тая. Она отпила имбирный чай с лимоном и мятой – ее любимый. Взглянула Косте в глаза, защищенная круглыми очками от ненужных расспросов. – Правда, все хорошо.

– Меня год не было. Даже больше года. Знаешь, я там читал всякое про то, как здесь. Как людям здесь. Кто остался.

Это было приглашением к беседе. Тихая, ненавязчивая фоновая музыка наполняла зал в стиле лофта, не мешая разговору, не мешаясь с разговором. Костя ждал.

– Все хорошо, – повторила Тая. – Живем, как жили. У Димы тоже все хорошо – много работы. Лиза в следующем году пойдет в школу. Обычно все. Без эксцессов.

Дима работал у Ковальчуков в Национальной Медиа Группе директором по контенту рекламного агентства «Эверест». Костя его знал – виделись у общих знакомых. Дима не был частью их отношений, он был частью Таиной жизни за стенами квартиры в Старопименовском: в той ее жизни не было Кости и портретов на стенах – свидетелей их встреч. Тая иногда говорила о муже, но вскользь, словно о соседе по этажу. Зато всегда внимательно слушала Костины рассказы про Асю, не советуя, не высказывая своего отношения к их ссорам, проблемам, несовпадениям. Только однажды спросила:

– Ты говоришь, что страдаешь от ее поведения. Но уйти не можешь. Ведь не можешь? Не хочешь уйти?

– Не могу.

– Значит, тебе это нужно. Значит, ваши отношения тебя устраивают. Было бы по-другому, ушел. Так что успокойся и не мучай ни себя, ни ее. Живи, как живете. Тем более, что она тебя любит. А другие ее мужики… они и есть другие. В другой Асиной жизни, где тебя нет. Это не про тебя, не про вас с ней; это про нее.

Она смотрела на Костю сквозь синеватые стекла очков – спокойно, рассудительно – старшая сестра. Старшая медсестра: дала лекарство, и больше не болит.

Костя хотел спросить, так ли у нее с Димой: жизнь в семье и встречи с Костей, параллельные проживания на разных планетах, в разных галактиках, вещество и антивещество, вода и масло, лед и пламень, но не стал: Тая была в очках, и такой вопрос казался неуместен. Очки не позволяли такие вопросы. А когда Тая снимала очки, щурясь от налетевшей на нее беспомощности, ища Костю губами и длинными тонкими пальцами, то и вопроса не было. Все вопросы умирали в тишине бабушкиной квартиры: оставались лишь их дыхание и влажные звуки смыкающихся и размыкающихся тел.

Официантка – чуть больше двадцати, с закрученными назад темными волосами, андрогинная, неясная, безучастная – подошла и подлила Косте чай из маленького треугольного чайника. Он не просил, не хотел больше чая, но не стал спорить. Подождал, пока она отойдет.

– Я там много читал про жизнь здесь… всякое. – Он не знал, говорить ли более определенно, и такого у него с Таей раньше не было: раньше он мог ей сказать все. – Что тут сложно, многое поменялось, что люди, которые раньше не поддерживали... – Костя запнулся, подыскивая замену слову «война», – не поддерживали все это, сейчас...

– Ты уехал, ты не понимаешь, как мы теперь здесь живем, – прервала, оборвала его Тая. – Мы об этом не говорим. Мы живем свои жизни. – Она кивнула ему: – Понимаешь? – Живем свои жизни. Все хорошо.

Костя тоже кивнул: понял – все хорошо. Это хорошо, что все хорошо.

– Я один вернулся, – зачем-то сказал Костя. Он хотел сказать это сразу – в начале разговора, но не сказал. Словно было не время. Хотя, может, и сейчас было не время. – Ася осталась в Тбилиси. Не захотела со мной вернуться.

Тая не удивилась, промолчала, ожидая продолжения, разъяснения. Убрала волосы за левое ухо, потянула себя за мочку с длинной серьгой из старого серебра. Костя не помнил этих сережек, но он никогда не приглядывался: может, были и раньше.

– Вы расстались? – спросила Тая. – У нее кто-то другой?

– Нет, не расстались, – он и сам не знал, но решил так ответить. – Просто не хочет возвращаться. У нас вообще теперь все не так... не так, как раньше: у нее, пока мы там были, никого не было. Совсем. Это не про то: просто не хочет возвращаться пока... здесь так.

Тая кивнула. Тронула экран лежащего на столе телефона в красивом футляре. Посмотрела на фотографию дочери в ярком летнем платье.

– Мне пора, – она оглянулась в поисках официантки. – Должна идти. Правда.

Это было не как всегда. Всегда – после недолгого сидения в кафе – они шли в ждавшую их тишину, в навсегда застывший бабушкин воздух, где Тая снимала очки. Костя заглянул ей в глаза.

– Мы... там ремонт, – поняла его Тая. – Мы с Димой решили ее продать. Сейчас в центре хорошо продается.

Дима был допущен в их жизнь. Значит, их жизнь теперь не их жизнь – жизнь для них двоих, только для них. Или их жизни вообще больше нет? Река утекла, и в ту же реку нельзя войти.

– Когда я тебя снова увижу? – спросил Костя. Он хотел рассказать ей о потерявшем себя Романе Кирилловиче, о Далецкой, о поисках работы, хотел говорить о себе и смотреть ей в глаза – пусть, пусть за стеклами очков. У него, кроме Таи, никого теперь не было.

– Я позвоню. Напишу. – Тая поправила тонкую-тонкую, почти невидимую золотую оправу. – Я сама тебе напишу. Хорошо?

Она смотрела на него без улыбки, без участия, как смотрят на ненужных больше людей, когда-то бывших частью жизни и потерявшихся в ходе времени, а затем неизвестно зачем появившихся вновь. Так смотрят на дальних родственников и неблизких знакомых, пришедших попросить в долг.

– Хорошо, – согласился Костя. – Напиши сама. Буду ждать.

2

Времени было много: рейс Eurowings Тбилиси-Берлин улетал в 19:55. Бизнес-класс – 250 евро. Никогда не летала бизнес-классом. Никогда не летала в Берлин – ни из Тбилиси, ни откуда еще. В первый раз. Моя жизнь становится жизнью в первый раз. А раньше моя жизнь повторяла себя – по кругу, по кругу, по кругу. И вот круг закончился, хоровод порвался, порва́лась дней связующая нить и хорошо, что порва́лась: пришла пора сшить что-то новое из оставшихся нитей. Новое платье короля. Королевы. Мысли путаются, плодятся, родятся, роятся – мешают собирать чемодан.

Перестану думать. Совсем.

Чемодан получился небольшой – все влезло. Да у меня и было немного.

Лечу одна: мой муж теперь живет в Москве – уехал в империю зла, в тоталитарность-авторитарность, в милитаризм-империализм, звонит через день, но ничего особенно не рассказывает. Только про папу: тот болеет. У папы началось, что было у мамы, но хуже, быстрее, сильнее. Далецкая заботится о папе как может, но что она может – деменция. Через месяц комиссия по недееспособности, так нужно для оформления инвалидности, сказала Далецкая: она знает эти вещи – сама инвалид. Далецкая – инвалид детства.

Я тоже инвалид детства: не была никому нужна. Пока не встретила Марка. Ему я была нужна, но нужна для него: сюжет для небольшого рассказа, сюжет для большого сценария, сюжет для сериала. Но хотя бы так. Мне нужно было быть нужной – все равно как. Все равно кому. А сейчас? Сейчас я хочу быть нужна себе. Тоже в первый раз.

Я села в саду послушать Карлушу. Попрощаться с ним, с этим отрывком жизни. Никогда не думала, что проживу полгода в Грузии – хинкали-хачапури, яркость красок в старых церквях, горбатые горы вдали, монастырь Джвари – там, где, сливаясь, шумят, обнявшись, будто две сестры… красивые гордые лица, бедность, разруха, счастье от вкусной неторопливости – Грузия. Теперь в Берлин. На Берлин! Можем повторить. Только для меня это не повтор; для меня все – в первый раз.

Написала друзьям, кто уже в Берлине: ждут. Ответили. Миша Назаров тоже ответил. Но я не хочу с ним как прежде: вообще не хочу как прежде. Не буду как прежде. Ни с Мишей, ни с другими моими – ныне берлинскими – друзьями-любовниками. «Как прежде» закончилось, осталось в аэропорту Шереметьево; у меня теперь все в первый раз.

Горский – мужчина, которому можно верить; таких не много: обещал все устроить и устроил – германская виза фриланс артист на три года, билет бизнес-класса, резервация гостиницы на первые две недели. Его люди в Берлине уже ищут мне квартиру. И уже платит мне деньги, хотя пока я только написала ему три страницы про универсальность коммуникации: немое кино было универсальным, потому что обращалось к общепонятному и общепринятому – жестам, эмоциям, ситуациям, не требующим сложных интерпретаций. Ситуациям без второго плана, без подтекста. Универсальность опирается на простое, но не на примитивное. Поэтому сначала нужно создать словарь нового государства – государства без объединяющей людей территории, словарь принципов, терминов, который и станет базой объединения. Когда люди согласятся на термины – что называет что, у них появится общий язык. Общий словарь. А затем от общности терминов – к консенсусу ценностей. Беда любого дискурса: люди начинают спорить, не договорившись о терминах – что есть что. Говорим «партия», подразумеваем… что-то еще. А нужно – что говорим, то и подразумеваем. Или говорим только то, что подразумеваем.

Мир по Горскому – ясный, определенный, без иерархии, без делегированности власти самой этой власти, мир самоуправления, мир по выбору. Пусть назовет свое новое государство – ВЫБОРЛЭНД. Нужно записать, а то забуду.

Карлуша – зелено-красным комочком в перьях – перелетел на ветку пониже, словно хотел попрощаться, пропеть свое булькающее напутствие. Но не пропел: уселся на ветке, перехватывая ее костяными лапками, топчась – взад-вперед, взад-вперед, не глядя на меня, словно меня уже не было в саду. Словно я уже уехала – улетела бизнес-классом в другую жизнь. А меня и правда уже здесь нет.

Пора. Хотя совсем еще утро – нет и десяти, но пора: зайду к Саше-Кире – отдать ключи. Они сегодня волонтёрят в Центре Допомоги. Посижу с ними. Помогу. Время есть. У меня еще есть время до моей новой жизни.

Такси BOLT – белая тойота с зеленым боком – довезло до угла улицы, на которой находился Центр: дальше начиналось одностороннее движение, а объезжать долго. Я вышла и повезла чемодан по разбитому пузырящемуся асфальту вдоль длинной очереди за недельными наборами помощи. Люди в очереди смотрели на меня, как на свою: вот приехала еще одна из Украины с маленьким чемоданом и пришла за помощью. Только я пришла не за помощью: я пришла отдать ключи от своей закончившейся здесь жизни.

Перед ступеньками входа был запаркован небольшой черный джип: двое мужчин грузили в кузов запечатанные коробки. Один – молодой невысокий красивый грузин в военном камуфляже, но без погон, тёмно-русый, светлоглазый, какой-то неяркокавказский, словно резкость черт лица притушевали пастелью. Грузинские лица обычно вычерчены тонким пером, его же лицо нарисовано мягкой акварелью. Другой был Антон.

Подошла и тронула его за рукав рубашки хаки навыпуск – поверх голубых джинсов.

– Уезжаю сегодня. Улетаю в Берлин. Буду теперь там.

Антон кивнул, будто я улетала в Берлин каждый день. Поставил коробку в кузов. Достал сигареты.

– Тоже куда-то едете? – я кивнула на джип.

– Ну да – четверг. Мы по четвергам отвозим помощь грузинам – на линии оккупации.

На линии оккупации? Я и забыла, что грузинская земля оккупирована. Он рассказывал нам с Костей про российские войска в Осетии, про войну 2008-го, но это казалось далеким – и по времени, и по расстоянию. Хотя было совсем недавно и совсем близко.

– Это Ладо. Он из анти-оккупационного движения. Наш связной с местной полицией. Там без него никак.

Ладо сказал мне что-то по-грузински: со мной часто так заговаривают – из-за темных-темных волос и черных глаз. Очи черные. Я кивнула, словно поняла. Ладо засмеялся.

– Украинка? Такие бывают, – сказал Ладо. – Как грузинки... но... другие немножко.

Он хорошо говорил по-русски.

– Русская, – призналась я. – Из Москвы. Здесь жила, а теперь уезжаю в Берлин.

Ладо нагнулся и поднял коробку. Было видно, что тяжелая.

– Я в Берлин не был. В Стамбул ездил – три раза. В Белград ездил. Ереван. В Берлин – нет.

У него был мягкий рокочущий баритон – чистый, без хрипотцы. А у Антона с хрипотцой, словно простужен. Или прокурен. Наверное, прокурен.

– Далеко это?
– Что?
– Линия оккупации.
– Да нет – меньше двух часов, когда дорога позволяет. Сейчас хорошо: дождей давно не было, за час сорок можно доехать.

– Я с вами поеду, – сказала я. Сама не поняла, как сказала. Почему. Вырвалось.

Ладо посмотрел на Антона: он не все понял. А хотел понять.

– Вас не пустят, – Антон прикурил от спички – он никогда не пользовался зажигалкой, затянулся, посмотрел на меня. – Мы имена посещающих линию оккупации согласуем со Службой Безопасности Грузии. Заранее.

Он повернулся к Ладо – за подтверждением.

– Хотит с нами ехать? – спросил Ладо.
– Да.
– Пусть, – решил Ладо. – За Эргнети блокпост, поговорим. Я всех знаю, попрошу. Не пустят – там посидит. Подождет. Пустят – с нами

наверх едет. Пусть посмотрит. Ей нужно. Только чтобы документ: без документ нельзя.

Документ у меня был: я же сегодня улетала в Берлин.

По времени получалось: мы выехали из Тбилиси в половине двенадцатого: два часа – максимум – туда, два на месте, два обратно. Шесть часов, и это с запасом.

– Меньше выйдет, – пообещал Антон. – К пяти должны вернуться. Ну, к полшестого точно. Мы вас сразу в аэропорт повезем.

Он взглянул на Ладо.

– Как дорога, – зеленые глаза Ладо качнулись – показались и пропали – в зеркале заднего вида. – Как дорога поедет. В Эргнети поймем. До Эргнети дорога хороший, там блокпост, отмечаться, скажут, как дорога наверх. Если ее пускать будут скажут. Если нет, там посидит, подождет.

Он, все-таки не очень хорошо говорил по-русски. Но и не должен был: чужой язык. Мы вот жили в Грузии полгода, а только и можем, что мадлоба-гамарджоба. И не должны ожидать от других, что они говорят на нашем языке: они нам ничего не должны.

Ладо продолжал говорить обо мне в третьем лице. Было странно: за время жизни в Тбилиси я поняла, что в Грузии – в отличие от «кавказского стереотипа» – нет такого мужского шовинизма, как в России, и грузинские женщины не чувствуют себя зависимыми, не собираются подчиняться; они сильные и равноправные. И грузинские мужчины это знают. Так что Ладо не обращался ко мне напрямую не потому, что ему зазорно говорить с женщиной. Может, просто стесняется? Хотя не похоже: он не из стеснительных. Загадка. Интересно. Любопытно. Хочется понять.

Сделаем пробный шаг – сама с ним заговорю.

– Ладо, а вы военный?

Ладо повернулся к Антону, словно тот должен ответить на мой вопрос. Антон ответил:

– Ладо, конечно, служил в армии. Раньше. Здесь все служат. Как в России. Но он уже отслужил.

– А почему вы в форме, Ладо? – я не собиралась сдаваться.

Ладо хмыкнул. Кивнул Антону: давай, отвечай.

— Все члены антиоккупационного движения носят такую форму. Для них война продолжается и продолжится, пока Россия оккупирует грузинские земли. Так, Ладо?

Ладо кивнул. Он вел машину, иногда обгоняя медленных водителей на старых советских марках по встречной полосе – ловко, плавно, без ненужных гудков и рывков.

— Ладо был ранен в Украине, – сказал Антон. – Воевал за Украину. Это их война тоже. Грузины, как никто, это понимают. Их война не закончилась. И пока мы не уйдем с их земли – не закончится.

— А вы оттуда, Ладо? Из… – я чуть не сказала «приграничных районов», но вовремя остановилась: какая может быть граница, если это все Грузия? – Из… мест, куда мы едем?

— С Хевсурети, – зеленые глаза в зеркале. – С Хевсурети. Восток это. На север, восток немножко.

— А почему не вернулись к себе? Там же нет оккупации? На вашей земле?

— Это все наша земля, – сказал Ладо. – И восток, и запад.

Он добавил что-то по-грузински.

— Дзала эртобаши, – повторил Антон. – Так их движение называется: «Сила в единстве».

Мне мешал чемодан, засунутый между передними и задними сиденьями джипа: кузов был забит коробками и ящиками. Угол чемодана упирался мне в бедро. Я легла на заднее сиденье, согнув ноги в коленях, подложила сумку под голову. Машина шла мерно, без рывков: до самой Мцхеты хорошая дорога. Ладо сказал.

Меня разбудили не голоса, а отсутствие движения: машина стояла. Вокруг говорили – неразличимая грузинская речь с опускающейся интонацией в конце предложений. Я понимала лишь интервалы между фразами.

Дверь машины открылась – Антон.

— Ася, дайте, пожалуйста, ваш паспорт. И билет в Берлин тоже.

Сажусь, открываю смятую моим сном сумку. Достаю паспорт с вложенным в него билетом. Тру глаза.

Надо посмотреть на себя – наверное, опухла после сна. Выгляжу черт-те как. Решила не смотреть, чтобы не расстраиваться: все равно ничего не сделаешь.

Голоса, голоса. Засмеялись. Это хорошо. В машину заглянул полицейский – лысый, большой. Черноглазый – как я. Смотрит весело.

– Гамарджоба.

– Гамарджоба, гамарджоба, – ответил полицейский. И по-английски, ломая слова: – Ю гоу Берлин? Ю жорналист? Ю райт оккупация?

Нужно ответить.

– Ай эм флайинг то Берлин. Йес. Тудэй.

Показываю на свой билет у него в руке.

Полицейский кивает.

– Райт эбаут оккупация. Спик эбаут оккупация. Раша оккупация ауер лэнд. Вери бэд. Вери.

Он протянул мне паспорт с билетом сквозь окно и отошел, открыв вид на еле видимые зеленые горы вдали. Чуть дальше стояли другие полицейские, разговаривавшие с водителями двух машин на площадке перед небольшим грязно-белым зданием. Еще один полицейский – постарше, потолще – беседовал с Ладо и Антоном. Он заметил, что я на них гляжу, кивнул и что-то сказал. Ладо засмеялся и кивнул. Они распрощались, пожав руки, и толстый полицейский помахал мне на прощание. Значит, пропустили. Я помахала в ответ.

– Повезло, – сказал Антон, когда мы отъехали от КПП. – Ладо объяснил, что вы русская журналистка из Берлина, против Путина, будете писать про оккупацию. Что вы не успели согласовать со Службой Безопасности. Не знали, что нужно согласовывать – наивная, незнающая местных правил журналистка из Берлина. Пропустили.

– Так просто? – удивилась я.

– Оккупация – большая тема. Больная для любого грузина. Мы пообещали, что вы напишете репортаж.

Мы свернули с трассы на узкую дорогу, и начались колдобины вперемежку с разбитым асфальтом. За окном лежала плоская равнинная земля, горы пропали, спрятались в синеватой дали; вокруг поля, заросшие высокой травой. Там и тут – часовыми, охраняющими неясно что, – стояли незнакомые мне деревья. Они росли грустно, словно были никому не нужны. Иногда горы мелькали далеко слева и тут же исчезали, съеденные бесконечным белесым небом с пробивающейся сквозь марлю облаков синевой. Было некрасиво, было как-то не по-грузински. Будто эту землю никто не любил.

Через полчаса посреди пустой дороги показалась старая проржавевшая автобусная остановка. Под навесом на лавочке сидел старик в черном пиджаке поверх клетчатой рубашки. На голове у него была красная бейсбольная кепка с английскими буквами. Рядом на боку лежал большой лохматый палевый пес, над которым кружила стайка черных мух. Он спал.

— Вы что знаете об оккупации, Ася?

— Мало что. К сожалению. Мало что.

— После войны в 2008-м погранвойска ФСБ начали демаркировать линию, устанавливать границу. Хотя это все территория Грузии — не может быть границы внутри страны. А они в селах по линии — прямо через поля, через сады — протянули «колючку», столбы арматурные вкопали. По всей границе — в Квемо Никози, в Земо Никози, в Дици, Арбо, Корди — везде. В Шида Картли — недалеко здесь, в Тахтисдзири — на самой линии село, в общем, везде. Люди утром проснутся, а на их поле или через сад натянута проволока — граница. Подходить нельзя: схватят и увезут в Цхинвали — в Погрануправление. Будут держать, пока родственники штраф не заплатят — нарушение пограничного режима. Выкуп по сути. Бандитизм. Пытают, чтобы выкуп побыстрее заплатили. Несколько мужчин вообще убили. Да, Ладо?

Ладо кивнул. Он свернул на небольшую площадь у старой-старой церкви и остановил машину. Выключил зажигание. Чуть дальше — у ничем не поросшей пустоши — толпились беспризорные козы. Было тихо: пустая гулкая тишина, словно здесь не жили.

— Это… Квемо Никози? — мне запомнилось название, и что их было два — почти одинаковых. — Или… другое Никози?

— Нет, — Антон потянулся, отведя плечи назад, и открыл дверь машины. — Это хуже — Атоци. Здесь самая беда.

3

Костя старался не приходить домой до вечера: незачем было. Его там ничего не ждало. Никто не ждал. Хотя Далецкая была ему вроде бы рада и на второй день после возвращения даже приготовила грибной суп — его любимый. Потому он бродил по московским улицам, дожидаясь темноты, чтобы можно было проскользнуть в квартиру, которую он прежде звал своей, и ни с кем не разговаривать. Да и не с кем было.

Роман Кириллович стал не прежний Роман Кириллович, не Роман Кириллович, которого Костя знал раньше: решительный, страстный, не допускающий возражений, не интересующийся ничем, что не о кино, не о нем самом, в общем, настоящий режиссер. Роман Кириллович превратился в пахнущего сладковатой мочой и кислым потом старика с падающей на застиранную рубаху из уголка дурашливо открытого рта слюной, которую Далецкая вытирала серой нечистой тряпкой, заткнутой за резинку его домашних штанов. Вынет, утрет и обратно засунет. Так Шулинские вытирали слюни своему французскому бульдогу Моне.

К Шулинским Костя тоже не мог пойти: сходил по приезде. Одного раза оказалось достаточно. Более чем.

Он прилетел в Шереметьево рейсом авиакомпании «Азимут», открывшей беспересадочные полеты в Москву из Тбилиси в мае. Билеты дорогие – от семнадцати тысяч рублей в одну сторону. А он в одну сторону и летел.

На следующий день Костя поехал к Шулинским, но сперва позвонил, что вернулся. Адика не было дома, и Костя долго ходил по улицам, дожидаясь его прихода, чтобы не быть с Мариной наедине: он не знал, как говорить с матерью, чей сын убит на войне – восемнадцатилетним. В этом «убит на войне» было что-то нереальное: из старых советских фильмов, из книг о давно прошедшем времени, о чем-то вообще давно прошедшем, что осталось там – в общей памяти, в прошлом, а не в настоящем: осталось в ненастоящем. Но смерть Бори была настоящей и делала прошлое сегодняшним, словно сказочные чудовища ожили и вышли из своих укрывищ, заполнили улицы российских городов, окружили дома, захватили опустевшие дворы и больше не таились, не прятались. Прошлое – из книг, из фильмов, из рассказов умерших бабушек и дедушек – стало настоящим, и в этом настоящем на войне убивали восемнадцатилетних мальчиков. И это настоящее – медленно, верно – становилось их общим будущим.

Дверь открыла Марина: Костя старался не смотреть ей в глаза, боясь увидеть там вопрос, на который нет и не может быть ответа. Он, бормоча что-то ненужное, лишнее, никчемное, обнял ее – неуклюже, жестко – и затем сунул ей в руки бутылку грузинского вина, провезенного им из

Тбилиси в чемодане, сданном в багаж. Марина посмотрела на бутылку, словно не знала, что это, для чего, зачем, и поставила ее на высокий комод под зеркалом в прихожей. Когда Костя уходил, бутылка все еще там стояла.

Они сели за стол – сразу. Без обычных долгих разговоров ни о чем, обо всем, без незначащих фраз, без воспоминаний о прошлых встречах: стол был накрыт и ждал их, требуя серьезного к себе отношения. Адик погрузнел еще больше, стал не толще, а как-то тяжелее, и его красивое толстое лицо потемнело, будто старая картина со сгустившимися от времени красками. Оттого его карие глаза казались даже ярче, чем были, словно сделаны из яркого блестящего стекла и приклеены к выцветшему, покрывшемуся трещинками холсту. Глаза продолжали жить, а лицо замерло, установилось в неподвижности, решив, что пришло время замереть, обозначиться, остановиться. И остановилось.

Марина показалась Косте красивее, чем раньше: тонкая, высокая, светловолосая, с правильными чертами русских барышень позапрошлого века. Тургеневская девушка, дожившая до сорока. Ее прозрачное лицо стало еще безмятежнее, еще спокойнее, будто залитое гладкой водой. Она глядела на Костю ровно, не уводя взгляда, без горечи, без укора, без упрека миру, убившему ее сына. Будто она никого не винит, словно ее горе – ее горе, и никто другой в нем не участвует, не может его разделить, не может быть его частью. Марина Шулинская была как заполненная, залитая гладкой недвижной водой долина, где жизнь, если и продолжалась, то глубоко-глубоко, вдали от чужих глаз – на дне, подо дном, светлая мертвая жизнь, в которой никому и ничему не было места. Жизнь для одной. Смотри, не смотри, ничего не увидишь: гладкая вода. И круги не разойдутся, если бросишь в нее камень: потонет, скроется, съестся этой неколебимой гладью, пойдет на дно.

– У нас уха, – предложила Косте Марина. – Из головы лосося. Я перловкой заправила. Адик любит.

Раньше Марина готовила изысканное: сложное французское с неугадываемыми ингредиентами, простое итальянское с тонким вкусом базилика, порою терпкое тайское, приправленное узкопахнущей лимонной травой. А теперь уха из головы лосося с перловкой, потому что в ее мире не осталось места сложному и чужому. Мир Шулинских вернулся к детству, к хорошо знакомому и узнаваемому, к прошлому, ставшему настоящим. Где нет места трем-четырем закускам, как раньше, где сначала едят салат из помидоров и огурцов, заправленный сметаной, а главное блюдо – уха.

– Адик любит наваристое, – сказала Марина. – Чтобы рыба плавала в супе. Говорит, что ему нужен белок.

Адик Шулинский ничего не говорил про белок и вообще ничего не говорил. Адик Шулинский ел молча – с хлебом, с серым вкусным хлебом, который раньше никогда не водился у Шулинских: Марина пыталась следить за его весом. Видно, перестала следить либо вес перестал мешать Адику. Либо и то, и другое.

Пили водку. Костя боялся, что Адик скажет что-то типа «Помянем Борю», и нужно будет тоже что-то говорить, а что тут скажешь, когда убили мальчика, убежавшего из своей заграничной, почти сказочной жизни на чужую войну? Но Адик ничего не сказал, просто разлил водку в поставленные на стол длинные с синеватым отливом рюмки и молча выпил, не чокаясь. Марина тоже выпила, не до дна – маленький глоток, словно вкусный ликер. Костю водка сразу ударила, как ногой в живот: он ушел из дома, не поев, натощак, и перехватил плохой кислый кофе в «Шоколаднице» на Маяковской: Далецкая больше не покупала капсулы, потому что не пила кофе, и Асина кофейная машина была убрана со своего места в кухне. В их квартире многое поменялось: Костя уехал из одного места и вернулся в другое.

Марина спросила про Асю, и Костя соврал, что Ася задержалась в Тбилиси – улаживает дела перед отъездом. Он поехал вперед наладить жизнь, и Ася приедет позже. Шулинским это было неинтересно, они ничего больше не спросили. Но и о себе не рассказывали, только про общее: дожди в Москве, поездки на дачу, новые спектакли в старых театрах. О Боре ни слова: словно и не было никогда у них Бори. Костя понимал, что так лучше.

– Как агентство? – спросил Костя. – Реклама продолжается? Или упали заказы?

Адик посмотрел на него, будто не понял. Затем в его тяжелых карих глазах что-то щелкнуло, пробежала чужая тень – еще темнее темных глаз, пробежала и спряталась – затерялась далеко-далеко.

– А почему заказы должны упасть? – Адик покрутил в толстых длинных пальцах пустую рюмку, но не стал наливать водку. – С чего им упасть?

— Ну... обстановка другая, — Костя не знал, что сказать. — Рекламодатели ушли. Меньше рекламы.

— Сначала ушли. А теперь... рекламы больше теперь. Больше, — будто поставил на пол груз, сказал Адик. — И заказы выросли. Знаешь почему?

Костя не знал. Он чувствовал, что все вокруг поменялось, что Адик ждал этого момента, что молчал до сих пор, чтобы теперь сказать главное, что хотел. И что не нужно было спрашивать про рекламу, хотя дело не в рекламе: Адик все равно бы нашел повод. И что лучше молчать.

— Заказов больше, потому что конкуренции меньше. Потому что много уехало, не рассчитали, думали, им там будет лучше. А бюджеты остались, еще и подросли, поэтому, поэтому у нас заказы только выросли. Завалены заказами.

Адик нагнулся и поднял к себе на колени вертевшегося под столом черно-белого бульдога Моню. Он и раньше сажал его на колени, но не за столом, а когда шумная, шумящая, галдящая большая компания, собиравшаяся у Шулинских по средам, перемещалась на диваны и кресла у диванов. Теперь Моню пускали за стол, потому что кроме Мони, у Шулинских никого больше не осталось.

— Хорошо, — Костя постарался сказать это уверенным бодрым голосом, но понял, что опять не попал в нужный тон. И что не попадет.

— Нет, скажи, скажи, почему заказов должно стать меньше, — Адик неуклюже открутил одной рукой пробку на бутылке, чуть покачнувшейся, но устоявшей на столе. Налил себе водки и оставил бутылку открытой. — Почему? Потому что вам там этого хотелось? Чтобы здесь стало меньше заказов? Всего меньше? Хуже?!

Марина смотрела мимо мужчин — вне их разговора, вне еды, вне потяжелевшего воздуха гостиной. Она поправила распущенные по плечам волосы, затем, словно вспомнив, заплела их в недлинную косу, повиснувшую тяжелой светлой, будто скрученной мягкими жгутами, веревкой спереди, чуть не дойдя до высокой, обтянутой синей шелковой блузкой, груди. Кончики косы пушились и грозили распуститься. Костя смотрел на ее косу, чтобы не глядеть Адику в глаза.

Он не выдержал затянувшегося молчания.

— Кому нам? Кому нам там?

— Вам. – Адик сказал это, поставив после слова точку. – Вам, кто уехали. Куда вы там – в Тбилиси, в Турцию, дальше в Европу. Вы уехали, а у нас здесь заказы выросли. Еще больше всего стало. Со всеми вашими санкциями.

Костя не мог, не хотел спорить: у Адика сына убили. Костя понимал, что Адику Шулинскому нужно знать, повторять себе, что Боря погиб не зря. Что Боря, что такие, как Боря, защитили его жизнь от санкций, что сын – герой, вставший между заправленной перловкой ухой из детства и тем чужим, что грозило эту уху отнять, вылить в помойку и обесценить всю жизнь.

— Это хорошо, – сказал Костя. – Хорошо, что есть работа. Очень хорошо.

Он хотел прибавить что-то еще, но не нашел что. «Может, про то, как меня не взяли обратно на курсы?», – подумал Костя. Не успел сказать: Адик продолжал говорить.

— Здесь жизнь идет как шла, понимаешь? Работа – людей не хватает, зарплаты вдвое подняли, рестораны забиты, жизнь не остановилась, жизнь без вас не остановилась. Думали, уедете, и все пропадет? Не пропало. Еще больше всего.

Костя вдруг понял, что Адик абсолютно пьян: он раньше мог пить много, правда, пил хорошее вино, но пил много – один мог выпить больше бутылки, а сейчас, выпив три неполные рюмки водки, Адик Шулинский, чуть покачиваясь, словно молящийся еврей, с французским бульдогом Моней на коленях, сидел совершенно пьяный. Его речь была ясной, но шла по кругу, будто кроме того, что все хорошо, ему нечего сказать. Будто все остальное и не стоит, чтобы о нем говорить.

— Адик, а как Дима? – Костя попытался поменять разговор. – Он в какой колонии? Пишет?

Адик Шулинский моргнул и подался назад, удивленно, словно не поняв, о ком спрашивают: что за Дима? Какой Дима? Зачем?

— Не знаю, – сказал Адик. – Мы с Таней не общаемся. Или она с нами не общается. Марина, ты знаешь что-нибудь?

Марина не знала: Старцевы остались в другом мире, которому не было места в глубине гладкой, прозрачной воды, затопившей мир Марины. Эта вода стояла недвижная, тихая, и в этой воде нельзя было плыть: в ней можно было только тонуть.

4

Вокруг росла желтая трава. Будто желтое солнце – бледный шар в затянутом серыми облаками высоком небе – покрасило ее в свой цвет. Козы по окраинам небольшой площади не жевали траву, захватывая ее круглыми толстыми губами, а выискивали в ней что-то, словно не козы, а куры, выклевывающие крупинки съедобного, видимые лишь им одним. Козы тоже были желтые. Пожелтели на солнце, должно быть.

В левом углу площади стояла небольшая белая церковь. Дверь в нее была приоткрыта, заманивая мягкой темнотой. На ступеньках спали две маленькие собаки, чуть подергиваясь от своих снов. Одна из собак немножко поскуливала, другая спала молча.

Ладо открыл кузов и вытащил сложенный складной стол, разложил. Он поставил на стол четыре коробки, разрезал клейкую ленту и закурил. В селе, казалось, никого не было, кроме коз: тихо-тихо, даже птицы не пели. Только цикады трещали где-то по краям повисшей перед дождем тишины.

– Может, погудеть? – предложила я. – Чтобы знали – мы приехали.

– Они знают, – Антон достал сигареты и, сминая пачку, пальцами посчитал, сколько осталось. – Здесь не принято сразу бежать за помощью. Грузины так не могут: они понемногу соберутся, придут, сами что-нибудь принесут. Хоть у них и нет ничего.

– Что принесут?

– Ну, фрукты какие-нибудь, овощи принесут. Вино. Не взять нельзя: обида. Нам в прошлый раз два мешка фасоли притащили: дед один на тачке привез. У нас в столовой для беженцев теперь фасолевый суп каждый день. Еще осталось.

– Они здесь выращивают фасоль?

– И фасоль тоже. Всё сажают, что растет, то и сажают. Но в основном, конечно, лобио.

Он закурил, потом опомнился и предложил мне сигареты. Я не стала: не хотелось курить под этим пропитанным желтым светом небом, будто просмоленный дым был лишним в тонком горном воздухе. Или я себе это придумала? Или воздух как воздух, и нет в нем ничего особенного, ничего, что не разрешало нарушить его прозрачность?

Сколько реального в том, что реально? И сколько мы приносим в него своими ожиданиями – здесь должно быть так, значит, так и есть? Как обычно, у меня нет ответов: одни вопросы.

– Лобио? Это же блюдо.

– Они фасоль здесь так зовут – лобио. Но не только: здесь все сажают. Здесь – в Атоци – рассчитывать не на кого: что посадишь, то и съешь. Работы никакой, в магазине почти ничего нет, у людей – только что растет на земле, и мы раз в неделю с Ладо приезжаем – привозим, что не растет. Да, Ладо?

Ладо кивнул, согласился. Он молчал, глядя на далекие покрытые снегом горы, будто искал что-то важное, пытался высмотреть там, чего не было здесь. Но там ничего, кроме гор. И других гор – за ними.

Что за горами? За горами – горы. А между ними живут люди в затерянных маленьких деревнях. Сажают фасоль-лобио на полях, разделенных колючей проволокой. За проволокой – такие же горы и такие же поля. И такие же люди. Только там теперь другая земля. Там все другое.

– Много здесь таких сел?

– Всего около семидесяти – вдоль линии оккупации, – Антон потушил сигарету, затоптал в твердую утоптанную землю. – Где-то десять тысяч грузин живут. Молодые уезжают – делать нечего, работы нет, перспектив никаких. Да и опасно: подошел к колючке или к разделительным столбам – российские пограничники заберут, и поедешь в Цхинвали сидеть, пока родные за тебя штраф не заплатят. В Атоци дворов двести осталось, а то и меньше. Раньше, говорят, было важное село: здесь дуб знаменитый – больше тысячи лет. Но, главное, конечно, монастырь Святого Георгия. У них в ноябре большой праздник, люди приезжают, до сих приезжают, хотя сейчас не как раньше. Говорят.

– Что за праздник?

– Что за праздник, Ладо? – спросил Антон.

– Святой Гиоргоб, – Ладо не обернулся: смотрел на горы. – Русский – Георгий, у нас – Гиоргоб.

– Логично, – улыбнулся Антон: – Мог бы я и сам догадаться. Название не помнил, но суть запомнил – зачем люди приезжают. Со всей Грузии собираются. Хотя сейчас, говорят, меньше.

– И зачем?

– Святой Гиоргоб исполняет желания. Если попросить. Я решила попросить. Мне бы только знать свои желания.

– Идут, – сказал Ладо, не оборачиваясь. – Идут.

Как он увидел?

Никого не было, и вдруг пустое пространство заполнилось гортанными голосами, напевами речи, не казавшейся больше чужой, словно я начала понимать, различать, угадывать если не значение слов, то хотя бы их отдельность. Грузинская речь лилась как спокойная медленная река, и не важно было, куда она течет – вода и вода, но понятно, что вода. А что угадаешь, что разберешь в воде? Только что она вода.

Старухи в черных платках, завязанных назад, как банданы, не встали в очередь, а обступили стол – с пустыми сумками и мешками, спрашивали Ладо о чем-то, иногда смеялись. Черные галки – строгие, важные, гордые черные галки, что пришли не за помощью, а встретить гостей. Но пришли с сумками. Многие принесли пакеты, словно на обмен. Они совали пакеты Антону, и он, не пытаясь отнекиваться, принимал пакеты и повторял «диди мадлоба, калбатони, диди мадлоба, калбатони», сгружая пакеты в кузов, откуда Ладо вынимал и ставил на стол новые коробки. Я хотела чем-то помочь, но это лишь добавило бы к толкотне вокруг машины, и потому осталась в стороне. В воздухе над площадью собирался дождь, еще не капало, но вода будто насытила, пропитала собой воздух, и он помутнел, потерял прозрачность от повисшей в нем мокрой пыли.

Меня тронули за рукав: старик в черном пиджаке поверх клетчатой фланелевой рубашки. На голове красная бейсбольная кепка с черной надписью поверх козырька – LAS VEGAS. Этот старик сидел на остановке у въезда в село. Рядом с ним стоял большой кудлатый пес с обвисшими ушами. Он спал.

– Гамарджоба, гамарджоба, калишвило. Маттан ертад мокхведи?

Что ответить? Улыбаюсь, киваю. Спрашивает что-то важное. Пришел далеко – от ржавой остановки – спросить меня что-то важное. Я оглянулась на Ладо, но он занят.

– Картвели кхар? – спросил меня старик. – Картулад лап-арак-об?

«Картулад лап-арак-об» – это я знаю: меня это часто спрашивают на улицах Тбилиси и ждут ответа. Означает вопрос: ты говоришь по-грузински. Знаю и ответ, выучила:

– Нет, ме ар влап-арак-об картулад. Мкхолод русулад

Не говорю я по-грузински. Только по-русски.

– А, – старик покачал головой, – на грузинку похожа. Как грузинка, только немножко не как грузинка. Наверное, папа твой был грузин.

Он хорошо, чисто говорил по-русски с напевным акцентом, округляя слова, и они чуть рокотали, будто катились камни с гор.

– Гамарджоба, батони, – я чуть поклонилась.

– Я Григол, – старик снял бейсболку и снова надел: у него были пышные седые волосы с прочернью там и здесь, словно волосы пытались удержать давно ушедшую молодость. – Батоно Григол.

– Гамарджоба, батоно Григол. Я Ася.

– С ними приехала? – он кивнул на Ладо и Антона. – Помогаешь?

– С ними.

– Я по-русски забываю, раньше хорошо говорил. Совсем говорил как русский. Я в школе работал – в Балта. Русский учил – средняя школа, русский обязательно был, экзамен потом. Теперь забываю – не с кем говорить. И учить некого.

– Где это Балта, батоно Григол?

– Пойдем покажу. – Он толкнул ногой спящего пса и сказал ему что-то укоряющее по-грузински. Пес отряхнулся, словно вышел из воды, и пошел вперед, будто знал, куда мы идем. А, может, и знал.

Мы прошли от площади меж домов, растущих из земли вдоль расходящихся, убегающих в разные стороны гнутых улиц, которые, казалось, никуда не вели и заканчивались тупиками. Но батоно Григол уверенно вел меня сквозь чьи-то сады, сквозь узкие проходы между вроде бы сросшимися домами и слившимися вместе участками, вел дальше и дальше, пока мы не вышли к маленькой тихой реке. Вода в реке была неглубокой и мутной, и тут, и там из нее торчали сизые камни. Над ними кружили стрекозы, потрескивая почти невидимыми крылышками. Было тихо-тихо, и хотелось сесть у этой реки под опустившимся к ней большим лохматым деревом и никуда больше не идти.

— Проне, — батоно Григол кивнул на реку. — Течет из другой реки — Двани. У нас две реки здесь в Атоци — эта и другая, побольше. Они к нам обе из Знаурского района текут, — он махнул в сторону большого поля, поросшего высокой желтой, словно пожухшей, травой. — Теперь Осетия это — Знаурский район. Одна из реки Двани к нам вытекает, другая, побольше, из реки Пца. Обе к нам текут.

— А как вторая река называется? Которая приток Пца?

— Тоже Проне называется, — сказал Григол. — Эта Проне и та Проне. Но реки разные, текут из разных мест. Потом обе в Мтквари втекают. В Куру, по-вашему.

— Как же вы их не путаете? Как понимаете, про какую реку идет речь, если они называются одинаково?

— Зачем путать? — удивился старый Григол. — Мы же знаем, где какая течет. Тут у нас одна Проне, там другая. Это же наши реки.

Он подтолкнул острым коленом задремавшего пса и пошел вдоль спокойной воды в сторону поля. Было видно, как на солнце блестит металлическая проволока, режущая поле почти ровно, почти пополам. За полем — вплотную — продолжалось село.

— Близко нельзя, пограничники российские заберут, — сказал Григол. — Так, постоим, посмотрим. Тут все несложно, вот Балта, а вот дальше, на север — там Калети, потом Паткинети. Тут всегда одна земля была — вместе жили: грузины, осетины, все жили, вперемежку. Никто не различал, только имена другие, ели одно, пили одно, наше село Ацоти и то, — он махнул в сторону домов за проволокой, — то село — Балта — совсем вместе: не поймешь, где закончилось, где началось, только сельсоветы знали, где деление было, а мы и не думали. Дети в школу из Атоци ходили в Балта, потому что у нас здесь средней школы не было. Сам маленький ходил, потом в педагогическом техникуме учился — где учился? Во Владикавказе учился — там лучше русский учили. Сюда домой вернулся, где работал? В Балта, в школе, где сам учился, там русский другим стал учить.

Я заметила, что с долгим разговором батоно Григол теряет правильную русскую грамматику, и строй фразы начинает сбиваться. Мы молчали, смотрели на село Балта за проволокой. Далеко — у окраины поля — появились черные фигуры: три человека медленно шли в нашу сторону.

— Пограничники, — кивнул батоно Григол. — Они нас в бинокли увидели, сейчас подойдут. Как предупреждение: ближе нельзя, заберем. Что теперь это их земля, не наша. Здесь граница теперь, да? Тут с севера мы с Балта граничим, с Южной Осетией теперь, хотя какая граница? Раньше не было, одна Грузия, вместе жили, да, а после 2008-го Атоци на грузинской стороне, Балта — на осетинской. Проволока, видишь?

Я видела. Над нами куда-то — где не было границ — пролетел клин белых птиц. Я хотела улететь с ними, но нельзя: я из другой стаи. Моя стая останется здесь.

— Я старую карту — советская карта, мятая такая, у одного здесь хранится, старую карту смотрел, там видно, что Атоци — продолжение сел Знаурского района. Теперь Атоци Грузия, Карельский район, а эти, — он показал на приближающихся пограничников, — эти проволоку натянули. Они у меня полгектара земли забрали, через мой участок проволока идет, вон там, видишь? — Григол показал на проволоку к югу. — Это мой участок. Половина только осталась. Меньше даже.

Я молчала. Мне сказать было нечего: мне тогда — в 2008-м — говорить было нужно. Сейчас слова не помогут, только дела. Срезать проволоку, например. Или подойти к ней и закричать громко, истошно — чтобы весь мир услышал.

— Вот вы где, — Антон подошел тихо-тихо, и мы обернулись на его голос. — Я вас, Ася, по всему селу ищу.

У него в руках была небольшая сумка, набитая маленькими коробочками. Пес потянулся к нему, втянул воздух влажным черным носом — не еда ли, и отвернулся, потеряв интерес: не еда.

— Я пенсию вперед за два месяца брал — пятьсот лари, — батоно Григол продолжал смотреть за проволоку — на село, где учил детей русскому. — Лобио купил, высадил, да, только проросло, утром пришел, русские проволоку тянут. Столбы вкопали — знак: государственная граница Южной Осетии. По-грузински написано, по-русски, по-осетински. Показывают мне на грузинские слова: граница. Мне не нужно, я русские буквы понимаю, я детей учил, говорю им — как граница, ребята? Это мой участок, вот фасоль моя, вы ее топчете. Я для себя и на продажу сажал. Они ничего, молчат, только проволоку тянут — по карте. Что за карта? Откуда? У нас тоже карта есть – там все наше. Почему их карта важнее? Почему мы их карта слушать должны? Их карта кто – бог нарисовал?

– Их карту танки нарисовали, – сказал Антон. – Танк, батоно, – самый верный инструмент для установления границ.

Григол покачал головой. Черные фигуры пограничников оформились в людей в камуфляжной, почти черной, форме.

– Идти нужно, – Антон поставил сумку на землю. – Лучше уйти, пока они близко не подойдут. Да и ехать скоро: нам вас еще в аэропорт завозить. Батоно Григол, – он показал на сумку, – тут все, что было по рецепту. На месяц вперед.

Он повернулся и пошел к домам.

– Иди, иди, дочка, – батоно Григол погладил пса по лохматой голове. – Я здесь еще постою, посмотрю.

– А не опасно вам оставаться? Заберут.

– Зачем меня забирать, да? – Григол щелкнул языком: – Я старый, ничего у меня нет, никого нет, выкуп их, штраф платить некому. Постою, посмотрю на дома. Я там сорок лет почти работал, всех знаю. Брат мой – Бесо – женился на их женщине, ушел в Балта жить. Она умерла, он там живет.

– Вы… с ним видитесь? – Я не знала, что еще спросить старика, мне не хотелось его оставлять. Не хотелось уходить от проволоки. – Встречаетесь?

– Встречаемся, как не встречаться. Это же наше поле было, общее: он с одной стороны его работал, я с другой. Теперь тут – у колючки этой встречаемся. Стоим, молчим, смотрим друг на друга, не говорим ничего, а что скажешь? Там пограничники рядом тоже, когда с их стороны кто-то к проволоке, к границе ихней подходит. Вот, тот большой дом, – он показал на белый дом с коричневой крышей слева от нас, – его дом. Он один теперь – жена умерла. Дети, внуки во Владикавказ жить поехали, и Бесо там один. Старый, старше меня. Зимой, когда снег выпадает, я смотрю туда, проверяю, дым идет у него или нет, горит у него печка или нет. Так, по дыму, знаю – живой Бесо.

Он помолчал, снял кепку и обтер ей лицо. Улыбнулся чему-то, кому-то: наверное, своему старшему брату Бесо.

– В наших краях снега выпадает много, – сказал Григол. – Раньше я ходил к нему в Балта, помогал чистить крыша от снега, сейчас нельзя, даже позвать его нельзя. Ничего больше нельзя. Наша земля больше не наша.

Пес начал похрапывать – во сне. Он спал стоя, чуть опустив большую морду вниз. Григол толкнул его ногой и сказал что-то щелкающее по-грузински. Пес не проснулся.

– Старый он, – Григол погладил пса. – Как я – тоже старый. Но Бесо еще старше. Долго уже живем – и он, и я.

– Так вы что, так и не говорите теперь? – спросила я.

– Почему не говорим? Слова не говорим, а так говорим. Подойдем поближе к колючке и стоим, смотрим друг на друга. Стоим, молчим – а что скажешь? Там рядом пограничники – осторожный нужно быть. Так постоим, помолчим, потом домой идем – каждый к себе. Вроде и поговорили.

– Ася, – окликнул меня стоящий у деревьев вдоль реки Антон. – Нам идти нужно.

Он повернулся и вскоре пропал среди белых домов Атоци.

– Иди, иди, калишвило, – Григол погладил меня по плечу. – Иди, калишвило, нужно тебе. Дорогу найдешь обратно?

– Найду. А калишвило – что это значит?

– Дочка значит. Калишвило – дочка по-нашему.

– Спасибо, – я собралась, чтобы идти, и тут вспомнила, что хотела спросить: – Батоно Григол, мы когда подъезжали, вы на остановке сидели. Вы ждали автобус? Хотели куда-то уехать?

Григол повернулся ко мне, посмотрел – удивленный. Покачал головой.

– Зачем уехать? Просто сидел, на дорогу смотрел. Куда ехать? Мне ехать некуда. Я здесь.

Он улыбнулся – у него почти не осталось зубов.

– Ты иди, – сказал батоно Григол. – Я еще постою – посмотрю. Пока туман не спустился, потом Балта не увидишь – они чуть ниже. Их туман закроет.

Я повернулась и пошла к бегущей сквозь село Атоци реке Проне, вытекавшей из далекой, чужой теперь, реки Двани.

5

Далецкая людям ничего не была должна: люди для нее никогда ничего не делали. И она для них ничего делать не собиралась: ей о себе заботиться нужно, больше-то о ней заботиться некому. Она на этом свете одна, потому что все ее предали – мама, папа, весь мир ее предал – с рождения, так чего ей о людях заботиться? Какое им делать добро? Она от них добра не видала.

В интернате было по-честному: их не обманывали, что любят, что здесь их семьи, что воспитатели им как родные. Там было, как было: вы, обеспечиваемые, никому не нужны, но мы о вас заботимся – кормим, поим, учим, кого учить можно, кто не совсем дурак, и делаем это, потому что нам платят. Государство такое доброе – платит нам за вас, уродов, хотя какая от вас польза? Никакой, один расход. Ходячие – коробки клеили, только коробки эти кому нужны? Кто чего в коробки эти ло́жить будет? Ерунда одна, так – для себя клеили и стикеры цепляли: «Сделано воспитанниками государственного учреждения социального обслуживания "Низовский дом"». У них внизу, рядом с котельной, где банки с красками хранились, Далецкая много таких коробок видела: так и стояли – пустые, потому что ло́жить в них было нечего. И некому.

Лежачие – того хуже: делать ничего не могли, только лежали. Кто-то сам мог есть, а кого с ложечки кормили, но среди них даже умные были, как Спиридонов: он родился такой, скрюченный, свинченный, плохо рос, так и остался маленький – меньше Далецкой. Ходить не мог, сидеть не мог, только одной рукой двигал, но умный: книжки читал. Она ему носила, помогала Кларе Васильевне, библиотекарше: та ей книги давала в «лежак» отнести, сама не шла, потому что там пахло. А Далецкая носила, и Спиридонову больше всех. Он часто книги по второму кругу читал: книг-то было немного. Он молчал больше, говорил плохо, не поймешь, что говорит – ДЦП, слова тянул – долго так, не поймешь, но сам умный: много книжек прочел. Умный-умный, а пах как все на «лежаке» пахли: ссаньем. Их меняли два раза в день – нянечек не хватало, вот запах и копился. И книги никого от этого запаха не спасали: сколько не прочти, а будешь лежать обоссанный, пока нянечка не придет. Вот тебе и весь ум.

Далецкой повезло: она ходячая была, родилась такой. Она вообще удачливая: живет в Москве, в самом центре, еще и квартиру в Брянске сдает. Питается хорошо – из «Азбуки вкуса»: по Тверской двадцать минут, тяжело с сумками обратно, но она доставкой пользуется. Можно и вообще не ходить: заказать через интернет-магазин, но Далецкой ходить нравилось: сама выберет, сама посмотрит, сама в тележку положит, люди вокруг видят, что она здесь покупает, а не в «Пятерочке», такая же, как они, – обеспеченная. Раньше Далецкая была обеспечиваемая, а стала обеспеченная. Вот какая разница у нее теперь в жизни, и она эту жизнь сама сложила.

Костя ее жизни не мог помешать: он в квартире прописан не был. Он у матери своей прописан, мать его умерла, и в той квартире – в Давыдково – жила сестра со своим мужчиной. Далецкая это все давно выяснила: что-то консьержка Тося рассказала, что-то у Аси узнала. Костя был ходячий, а дурак: шесть лет прожил у Найденовых в Воротниковском и не прописался. Далецкая прописалась. Сами попросили перед тем, как уехали: ей так легче по квартире распоряжаться. Доверенность генеральную оставили. Вот она и распоряжалась. Раз доверили.

Ей их жалко не было: ее-то никто не жалел.

В день, когда Костя вернулся – позвонил из Шереметьево, сказал, что в Москве, что домой едет, Далецкая заволновалась: будет жизни ее новой мешать? Потом обдумала все и поняла – не может: у него прав никаких. Он в Москву вернулся и даже ключ не привез от квартиры, понадеялся, что она дома, что впустит. Потому Далецкая решила, что должна его приручить, но без ласки: сразу показать, кто теперь хозяин. Хозяйка. А не нравится, пусть к себе в Давыдково едет: его там сестра ждет, как же. Ему показать нужно, что он теперь никому не нужен. Что он теперь обеспечиваемый, как Далецкая раньше была. Он понять должен, кто его обеспечивает и кому он обязан.

Она комнату, где Файзуллин жил, могла открыть, но решила – нет: пусть помыкается сначала. Поймет, чего лишился. С комнаты печать сняли, но пока Костя ехал из аэропорта, она печать обратно повесила: сохранила на всякий случай. И не нужно было, ей следователь – Кривощеков – сказал, что все, что можно комнатой пользоваться, но Далецкая решила подождать и пока не сдавала. В деньгах теряла, но не сильно: все равно, что Файзуллин платил, она почти все Асе посылала. Немножко, конечно, ей оставалось – за заботу. Но хлопот не стоило. Да и человек чужой в квартире: чужие глаза и уши. Ни к чему. Потом дороже обойдется.

Костя не сразу понял, что комната больше не его. Далецкая хотела сначала правду сказать: ей денег не хватало, расходов много, цены растут каждый день, вот она и сдала их комнату. За Сюзанну Георгиевну в Дом Ветеранов Сцены платить поквартально – там повысили, Роману Кирилловичу теперь уход нужен: лекарства, врач раз в неделю приходит на дом, готовит представление на комиссию по признанию недееспособным – тоже не бесплатно, коммуналку повысили, продукты дорогие, а Роману Кирилловичу нужно все свежее, на одних памперсах разорение, и еще им с Асей посылать нужно. Ей откуда деньги взять? Вот и сдала. И, возможно, женщину по уходу нужно будет нанять, если Романа Кирилловича в учреждение не сдавать.

– Но это, Костя, мы с вами вместе решим – после комиссии, – она ему косточку бросила, что не все у него теперь плохо, потому что нельзя человека совсем загонять: человек как крыса – загонишь в безнадежность, на тебя бросится.

– Мы с вами теперь за него вместе отвечаем, а то я одна здесь была. Вы уж меня больше не бросайте.

Пусть себя сильным почувствует, мужчиной. Пусть себя немножко поуважает. Он ей за это чувство благодарен будет. Так с ним и нужно: тут осадить, опустить, а потом хвостик от морковки показать – будешь хорошо на задних лапках ходить, дам откусить. Но не все, а так: кусочек маленький.

Потом передумала: рано морковку, напугать нужно. Чтобы понял: у него друзей, кроме нее, больше нет. Он теперь ей за все обязан. Потому для Кости история была другая. Совсем другая.

Они стояли в коридоре у его бывшей комнаты, и Далецкая рассказывала ему, почему комната опечатана. Только не как на самом деле было. А как было, она хорошо помнила: не забыть.

К ним утром пришли. Позвонили прямо в дверь: не консьержка снизу, предупредить, а в дверь, на этаж поднялись. Далецкая пошла открывать, на цыпочки поднялась, а в глазке никого не видно. Спросила кто. Ей ответили.

Кривощеков – круглый такой, с родинкой под глазом, вежливый, – представился, показал удостоверение: ФСБ. Оперативно-розыскное управление. Другой помоложе, молчал все время, тоже представился, но без фамилии: Петр. А третий – лысый, за пятьдесят – представляться не стал. Даже не поздоровался. Он – Далецкая потом в комнату заглянула, будто в туалет идет – в обыске не участвовал: у окна стоит и по телефону разговаривает, пока Петр комнату досматривает. Значит, главный.

– Проводим в рамках следствия по делу Файзуллина И.Г., – пояснил Кривощеков. Так и сказал – И.Г., буквами. Не Ильгама Газимовича, а И.Г. Далецкая поняла, что у Файзуллина больше имени отчества нет, только первые буквы остались. Она кивнула – конечно, конечно. Кривощеков показал ордер прокуратуры, но в руки не дал. Она и не просила.

– Вам чаю поставить? – спросила Далецкая. Хотела понять, как они с ней будут: по-человечески или тоже теперь по буквам.

– Чаю? – Кривощеков улыбнулся. – Чаю можно. Тут коллеги пока посмотрят помещение, где Файзуллин жил, а мы с вами, Полина Романовна, на кухне чаю попьем, побеседуем. У меня вопросы к вам – не возражаете? Или хотите в официальном порядке – по повестке? Ваше право.

Далецкая не хотела по повестке. Сели пить чай. С зефиром.

Кривощеков зефир похвалил: тоже любил. Она покупала бело-розовый – «Обожайка», Сормовской фабрики. Он дешевле, чем «Шармель», а вкуснее. И Кривощекову понравился.

Далецкая рассказала про Файзуллина, что могла: никого к себе не водил, никто ему на городской не звонил, иногда слышала, как он у себя вечером в комнате по мобильному говорит, но не по-русски, непонятно говорил. На своем языке. Показала договор аренды, сделала копию на принтере у Романа Кирилловича в офисе: тот сидел на диване и полуспал. Потом расписалась на протоколе обыска – что вещи файзуллинские забрали. И комнату опечатали.

Опечатка ихняя – смех один: бумажечка длинная такая, на которой написано «Опечатано» с датой, печатью и сверху лента клейкая. Но, главное, написано, что ФСБ опечатали. Она, когда Кривощеков ей сообщил, что можно снимать, что следствие закончено, сковырнула опечатку, но выбрасывать не стала: будто толкнул кто-то. Сохранила, вот и пригодилось. Пока Костя из Шереметьево ехал, обратно приклеила: у нее такая лента тоже была.

— Вот, Костя, — они стояли перед дверью комнаты, где Костя прожил шесть лет, — сюда ФСБ пришло — видите, интересовались, где вы с Асей, куда уехали, зачем. Спрашивали, высказывались ли против перед отъездом. Нас с Романом Кирилловичем таскали.

— За что? — не понял Костя. — Мы же нигде ничего не писали, публично не выступали: уехали и уехали. Может, мы путешествовать поехали.

— Они толком не объясняли, — Далецкая головой покивала, вроде как с ним горюет. — Вопросы всякие задавали про вас, про Асю. Друзей ваших — кто ходил, с кем общались. Я сказала, что не знаю ничего, никого не видела, что плохого не говорили. Уехали и уехали, а на сколько — не предупредили. Может, у вас там командировка. — Она заглянула Косте в глаза, заполненные непониманием, неясностью, и поняла, что нужно еще попугать: — Сейчас время какое — сами знаете: вопросы задают, по квартирам ходят. На улицах проверяют. Ищут, кто не поддерживает. Кто против. Вы телевизор послушайте, там уже говорят, что у отъехавших квартиры отнимать будут. Потому что предатели.

Это она ему для страха сказала. Пусть поволнуется. Он за нее больше держаться будет.

— Вот, — Далецкая показала оставленную Кривощековым карточку: тот просил звонить, если кто-то объявится — про Файзуллина будет спрашивать. В левом углу карточки сидел двуглавый орел, словно не знающий, в какую сторону ему лететь и потому навсегда замеревший на месте. — Велели с ними связаться, если что про вас вспомню. Только вы не думайте: я ничего не сказала — ни про вас, ни про Асю.

Будто было что говорить, а она скрыла. Потому что с ним заодно. Он теперь ей обязан.

— Из-за Нины, — Костя потрогал ручку запертой двери своей опечатанной комнаты, будто хотел убедиться, что прежняя жизнь закончилась: заперта и опечатана. — Вы ее не знаете — Нина Малахова, Асина подруга. Ее забрали, вот из-за нее, наверное. Она помогала кому-то там. Кому помогать нельзя.

Далецкая Нину помнила: та приходила, на кухне сидела, про священника своего рассказывала. Она ничего не забывала.

«Хорошо получилось, – порадовалась Далецкая. – Он теперь сам все себе объяснит. Сам себя напугает. Еще больше, чем я его».

– Я, Костя, не знаю: они ж мне ничего не сказали. Только вопросы задавали. Но с меня что возьмешь? Я друзей ваших не знаю, вот и повторяла, что вы с Асей плохого не говорили. А Романа Кирилловича долго допрашивали, потом даже увезли – к ним, туда. Он обратно вернулся совсем плохой: белый весь. Вот с тех пор у него и началось это, – она кивнула в сторону закрытой двери кабинета, за которой теперь жил Роман Кириллович. – Он с тех пор и меняться начал: замолчал, общаться перестал, потом под себя стал ходить. В психике изменения. Доктор – Павел Семенович, который приходит, – говорит, что от стресса бывает: нарушения начинаются. Особенно у пожилых.

– Как… быстро у него, – Костя еще раз протянул руку к двери, но не потрогал, будто не имел больше права: – Как он быстро сдал. У Сюзанны Георгиевны это годами развивалось.

– Так стресс же, – Далецкая вздохнула – горестно так: она умела. – Сначала дочь с зятем уехали – он только с виду спокойный был, а внутри испереживался, черный ходил. Потом обыск этот, в управление увезли. В его возрасте стресс – самое страшное. Как инсульт. Еще хуже.

«Пусть вину свою почувствует, что из-за них отец ум потерял, во что превратился. Ему полезно – мягче будет, податливей. Как говно – из него что хочешь лепить можно», – думала Далецкая.

– Пойдемте, Костя, на кухню, – сказала Далецкая. – Я вас кормить буду. У нас тут просто, не Европа, конечно, да и дорого все. Но я помню, как вы любите: фарш перетерла на котлеты. В минуту пожарю. И картошку отварю.

Костя кивнул и пошел за Далецкой на кухню.

Ужинал он один: Далецкая с ним не ела. У стола постояла, потом ушла к себе – в бывшую спальню родителей. Она его оставила – пусть поварится, пусть в голове у себя все перекрутит. Попереживает. И поймет, что сготовить она ему сготовила, а убирать за собой сам должен: раньше, когда вместе жили, они с Асей поедят и посуду в раковину составят, она мыла за всеми. А теперь сам мыть будет – за собой. Там посмотрим, может, и за ней тоже начнет. Но не сразу: постепенно обламывать нужно, нельзя сразу. Потому что потом и обламывать будет нечего: одни осколки останутся.

Она стояла у открытой двери из спальни в большую комнату и слушала воду на кухне: Костя мыл свою тарелку. Когда звук льющейся в раковину воды прекратился, Далецкая подождала минут пять, потом позвала.

— Вы мне с папой поможете? — виновато улыбнулась Далецкая. — А то одной его менять тяжело.

Они вошли в кабинет, где на диване сидел Роман Кириллович. Он смотрел на стену перед собой и немного покачивался. Он не спал.

— Пахнет здесь…, — Костя поморщился. — Это так… всегда теперь?

— А сейчас поменяем, и пахнуть перестанет, — заверила его Далецкая. — Он же больше не держит, внутрь ходит, вот и запах. Мы проветрим потом, но сильно открывать нельзя: сквозняк, простудим. Папа теперь слабый, его беречь нужно.

Они подняли Романа Кирилловича, замычавшего что-то глухое, блеющее. Далецкая стянула вниз его домашние брюки, пока Костя держал старого режиссера за плечи. Тот был тяжелый и неживой, будто не человек, а мертвый груз, и все время оседал вниз.

— Как вы одна здесь справлялись, Полина? Тяжело же, а вы…

Он оборвал, понял, что дальше говорить нельзя. Дальше было про карлицу.

— Так и справлялась, — вздохнула Далецкая, кинув тяжелый пахнущий, испачканный коричневым калом памперс в приготовленный пластиковый пакет. Она начала обтирать Романа Кирилловича мокрой салфеткой, думая о том, что потом это будет делать Костя: не сразу, но пусть говно за отцом тоже поубирает. Сейчас нос воротит, отворачивается, не смотрит, потому что привык жить по-чистому. По-легкому жить. Все они привыкли. Только теперь поменялось, и пришло время им попачкаться, пожить, как другие живут. Ручки свои белые замарать.

Но не сразу: а то убежит. Постепенно опускать нужно. По-ласковому, чтобы за нее держался. Чтоб она ему как маяк, как свет в окошке. Потому что теперь так. Время наступило такое — всем мараться.

Позже она принесла на кухню простыни, подушку с дивана в большой комнате и узкое одеяло из верблюжьей шерсти — колкое, жесткое, плотное. Осталось от Глаши.

— Вы здесь ложитесь, а то я ночью через большую комнату к папе хожу, — вздохнула Далецкая: — Он спит неспокойно, я к нему за ночь пять раз встаю. А тут вас будить не будут – спите, сколько хотите. Я утром могу и подождать с завтраком, а папа совсем поздно ест: спит до десяти. Тут вам никто мешать не будет. И уборная рядом.

Костя долго лежал, глядя в незанавешенное кухонное окно на родное московское небо. Темнота с улицы, подсвеченная желтым светом выходивших во двор окон квартир, в которых не спали другие люди, успокаивала, обещала, что не страшно, что все уладится, и завтра наступит новый день. В этом дне случится другое – лучше, чем сегодня, или, по крайней мере, не хуже. Потом пошел тихий дождь, и его мерный звук закрыл Косте глаза.

Костя Муромцев спал на раскладном диване в кухне, где раньше спала домработница Глаша. Было удобно.

6

Дождь пытался себя извести, будто устал от бесконечной воды, скопившейся в облаках, и хотел истратить ее как можно скорее – без остатка. Жесткие листья незнакомых деревьев, толстые иголки невысоких кустов вдоль дороги, мокрые стены белых домов – мир вокруг смазался, растворился в струях теплого дождя, появляясь, проявляясь сквозь льющуюся с потемневшего неба воду, обнаруживая себя и вновь пропадая. Площадь перед старой церковью опустела, только черный джип, привезший меня в межгорное царство беды, стоял на своем месте. Стекла запотели, и по ним лилась, скатывалась на промокшую землю вода. На краю площади – ближе к садовым участкам – сбились в кучу козы, продолжавшие выискивать что-то в мокрой, прибитой дождем траве.

Я подошла к машине, из которой мне навстречу вышел – выскочил – Антон и распахнул заднюю дверь. И сразу дождь словно выключили: он перестал лить. Будто ждал, когда Антон откроет мне дверь в уютную теплую сухость кабины. Мы оба посмотрели на небо, и на наших глазах оно начало светлеть, чиститься от темных набухших туч, медленно уходивших за дальние горы. Солнце – будто загорелся прожектор – зажглось и осветило заблестевшую под его светом землю, от которой начал подниматься легкий светлый пар.

— Мокрая вся, — Антон потрогал рукав моей блузки. — Вам нужно переодеться. Простудитесь. Кто там – в Берлине – будет за вами ухаживать.

— Никто не будет, — согласилась я. — Но и здесь некому.

Мы стояли молча, согреваемые оранжевым теплом с неба.

— Григол… про сына рассказывал? – спросил Антон.

— Про сына? Нет, про брата – на той стороне.

Антон кивнул. Из машины вышел Ладо; он показался мне выше, чем раньше.

— Я думал, про сына. Он про сына часто говорит.

— А что случилось с его сыном? Болеет?

Антон и Ладо переглянулись. Ладо пожал плечами: сам рассказывай.

— У Григола сын в Тбилиси, дантист. Он часто сюда приезжает, уговаривает отца поехать к нему жить: там квартира большая в новом доме. Но Григол не едет, говорит: если уеду, кто нашу землю вернет? Я его тоже уговаривал: он здесь совсем один, жена давно умерла, дети уехали – дочь за границей, сын в Тбилиси. Он здесь один, старый. Больной. По-плохому больной. Рак. Мы ему лекарства возим. А какие лекарства? Только обезболивающие. Ему у сына лучше будет.

— Не поедет, — сказал Ладо. — Батоно Григол не уедет. Он сказал: Ладо, куда я поеду? Я пока на свою землю смотрю, она моя. Перестану смотреть, земля обидится, совсем уйдет от меня. Сама за проволока убежит.

Я заметила, что моя мокрая одежда стала легче: быстро сохла на солнце. Теплый рыжий свет будто просушил мокрую тяжесть и внутри меня тоже: стало легче. Словно внутри меня тоже светило маленькое теплое солнце.

— Почему им никто не помогает? – спросила я. — Почему правительство ничего не делает? Почему молчат?

— А что они могут? – Антон покачал головой: — Там, в Цхинвали, – российская 4-я гвардейская военная база, почти пять тысяч человек с танками, бронетехникой, боевыми вертолетами, и еще погранвойска ФСБ на линии оккупации. Они за пятнадцать лет построили семьдесят две погранзаставы. Целая группировка. А вся грузинская армия – и сухопутные войска, и флот – двадцать семь тысяч. Они что – могут с российской армией воевать? Саакашвили уже повоевал – в 2008-м. И вот чем закончилось: двадцать процентов территории потеряли.

– А европейцы? – спросила я. – Европейцы почему ничего не делают?

– Делают, почему не делают, – сказал Ладо: – Приезжали наблюдатели Евросоюз. Жилетки такая красивый, специальный, чтобы знать – Евросоюз наблюдатель. Камеры, журналисты, телевидение их – Евросоюз, снимали. Я с ними ездил, показал все. Колючка, столбы – оккупация. Вино пробовали, фрукты местный – наши люди приносить.

Он улыбнулся.

– И что?

– И все. Постояли у столбов, поснимались, слова говорили – в камера, все в жилетках – красивый такие.

Ладо замолчал. В поселке залаяли в перекличку вылезшие после дождя собаки: кончилось, кончилось. Можно лаять.

– И? – спросила я.

– И обратно уехали. В Евросоюз. Мне один жилетка дали – дома лежит.

Он открыл дверь машины, с которой на землю слетели капли, будто отряхнулась большая собака.

– Людей этих бросили, – сказал Ладо. – Все бросили – и наши, и Европа. Америка тоже бросил. Спасибо Антон и его друзья – деньги собирать, продукты привозить, лекарства.

Он наклонился и включил дворники, начавшие с хрипящим скрипом размазывать воду по лобовому стеклу. Ладо остался недоволен, выключил дворники и, достав из-под водительского сиденья грязное полотенце, пошел обтирать осевшую на стекле воду.

– Ехать пора, – Антон потянулся, заломив руки в замок за спиной. – Нужно до темноты добраться.

– Ведь эти наши пограничники – они чьи-то сыновья. Братья. Мужья. Они потом домой приходят и нормальные люди – дома. Хорошие. С детьми играют. Женам подарки. А здесь… Захватывают чужую землю, людей увозят. Воруют людей. Как же это?

– А что удивительного, Ася? Здесь служба, а дома жизнь. На службе люди поступают, как велит служба. Это не они виноваты: это мы виноваты. Кто не на службе. Если бы мы тогда – в 2008-м – такое не допустили, не было бы сегодня войны в Украине. И Крыма бы не было. Но мы сидели и смотрели или – еще хуже – даже не смотрели. Нам это не интересно было: где-то что-то с кем-то. Не с нами. Танки пошли куда-то. Осетия, Грузия – далеко, не важно. К нам не относится. Ну и досиделись, пока эти танки не въехали к нам в квартиры. Эти танки, Ася, теперь до нас с вами доехали.

Он улыбнулся.

– Ладно, пора обратно. До темноты нужно. Там до Мцхеты – через перевал – дорога не очень.

Он открыл багажник, обернулся:

– Вы переодеваться будете? В сухое?

Антон достал чемодан и поставил на землю.

– Можно в машине, мы с Ладо отойдем, здесь сейчас нет никого. А то нам уже ехать надо.

– Езжайте, – сказала я. – Вы езжайте, Антон.

Антон посмотрел на меня. Прищурился, наморщил лоб, пытаясь понять мои слова. Заглянул в глаза.

– Езжайте, – повторила я. – Вам до темноты нужно успеть.

– А вам?

– Мне не нужно: я в темноте по перевалам не езжу.

Одна из коз – более светлая, чем остальные, – вытащила из травы остаток бумажного пакета и начала его медленно, задумчиво жевать. Солнце становилось все жарче, словно пыталось нагнать упущенное из-за дождя время. Словно у солнца была норма света, которое оно должно отдать этой земле.

– Ася, – сказал Антон, – вам нельзя здесь оставаться: только местным можно. Местным грузинам.

- А я на грузинку похожа. Слышали, как со мной все по-грузински говорят? Я здесь своя. Калишвило.

– Ладо, пойди сюда, пожалуйста, – позвал Антон. – Подойди, объясни, что нельзя остаться.

Ладо – с полотенцем в руке – сделал два шага, но ближе не подошел. Остановился.

– Ася, вы поймите, здесь военная зона, линия оккупации, – Антон говорил медленно, раздельно – как с капризным ребенком. – Все, кого отмечают на въезд, должны выехать. Понимаете?

Я кивнула.

— Ее не отмечал, – сказал Ладо. – Ее список нет, она не заявляла заранее, разрешений не просил, потому ее не отмечал на блокпост. Как ее отмечать, когда список нет?

— Видите, – я улыбнулась, – меня в списке нет. Меня нигде нет, и никто не знает, что я теперь буду здесь. Только вы.

Антон смотрел на меня, словно раньше не видел.

— Вы помните очередь у вашего Центра Допомоги? – спросила я. – На всю улицу – до угла. Так вот, как вы сказали: если бы тогда – в 2008-м – мы интересовались, куда и почему идут наши танки, а не думали, что это не про нас, эти танки потом бы не пошли в Украину. И люди бы эти сейчас не стояли в очередях за макаронами, рисом и консервами. И вы бы жили в Москве. И я бы там жила. Но нам было неинтересно: мы своими жизнями занимались. А оказалось, что мы передоверили свои жизни другим. И другие решили за нас. Поэтому вы теперь ездите по четвергам на линию оккупации, а я должна улетать в Берлин из Тбилиси, куда прилетела из Стамбула. Где Ладо был три раза. Только он каждый раз вернулся к себе домой, а мы с вами, Антон, домой вернуться не можем. Потому что шестнадцать лет назад никому было не интересно, куда идут наши танки. А они пошли и с тех пор не остановились.

Я нагнулась и выдвинула ручку чемодана, чтобы было удобнее везти, но поняла, что по мягкой мокрой земле не провезешь – увязнет. Придется нести.

Ничего – у меня немного вещей. Да мне много и не нужно.

— А что вы здесь делать будете? – спросил Антон. – Вы же... даже говорить ни с кем не можете. Здесь по-русски три человека говорят, и то плохо. А жить где?

— Мне не нужно говорить, Антон. Вы забыли, что я специалист по немому кино. Я и так все понимаю. А жить... к батоно Григолу попрошусь: он меня пустит.

— А что делать будете? – повторил Антон. – Что?

— Жить буду, – ответила я. – Как раньше не жила. Не отворачиваясь.

— Вам это зачем? – спросил Антон. – Вам это для чего?

— Мне это для меня, – сказала я.

Моя мама Сюзанна – московская армянка – совсем не говорила по-армянски. Бабушка Манушак меня немного учила, но я мало что помню – только «барев», по-русски – «здравствуйте». Армяне так здороваются – особенно с детьми: «Джаник, барев, цавт танем». «Цавт танем» – дословно – «Унесу твою боль».

Мы эту боль принесли, нам и уносить.

– Ехать нужно, – Ладо кивнул и сел в машину, оставив дверь открытой. Попрощался.

Мы стояли на согретой ушедшим за горы солнцем площади. Воздух наполнился, налился стрекотаньем очнувшихся после дождя цикад.

– Вам трудно здесь будет, – мы наконец встретились глазами. – Трудно.

– А не здесь мне будет еще труднее, – сказала я.

– Трудно будет, – повторил Антон, словно меня не слышал. – Совсем одной.

– Вы же приезжаете раз в неделю, – я подняла чемодан. – По четвергам. Вот я – раз в неделю – и не буду одна. Вы же раз в неделю приедете?

– Приеду, – кивнул Антон. – Приеду. Я и чаще могу.

Книжный клуб
Бабук

https://babook.org/

Отпечатано в Латвии